散步

山河历史间

张发平 著

浙江工商大学 出版社
ZHEJIANG GONGSHANG UNIVERSITY PRESS

·杭州·

图书在版编目（CIP）数据

散步山河历史间 / 张发平著. -- 杭州：浙江工商
大学出版社，2024.12. -- ISBN 978-7-5178-6232-1

Ⅰ. I267

中国国家版本馆 CIP 数据核字第 2024DE1629 号

散步山河历史间
SANBU SHANHE LISHI JIAN

张发平 著

策划编辑	盛春洁
责任编辑	厉　勇
责任校对	沈黎鹏
封面书法	方志恩
内页插图	柴鸿钧
封面设计	朱嘉怡
责任印制	祝希茜
出版发行	浙江工商大学出版社
	（杭州市教工路 198 号　邮政编码 310012）
	（E-mail：zjgsupress@163.com）
	（网址：http://www.zjgsupress.com）
	电话：0571－88904980，88831806（传真）
排　　版	杭州朝曦图文设计有限公司
印　　刷	浙江全能工艺美术印刷有限公司
开　　本	710mm×1000mm　1/16
印　　张	18.25
字　　数	262 千
版 印 次	2024 年 12 月第 1 版　2024 年 12 月第 1 次印刷
书　　号	ISBN 978-7-5178-6232-1
定　　价	62.00 元

序

满腔深情
在故乡

臧军

前不久,张发平先生发给我一份电子文件,说他的散文集计划出版,嘱咐我帮他看看书稿,并撰写序言。他是我40年前在故乡临安工作时就结识的好友,盛情难却,欣然从命。

当我打开这本名叫《散步山河历史间》的散文集时,扑面而来的是满满的对故乡山水、故乡历史、故乡文化的深情倾诉与真情感悟。书中的一篇篇散文、一个个故事、一段段文字,深深吸引与打动着我。作为一名在县(区)基层工作的公务人员,能结合工作实际与兴趣爱好,长期坚持调研,并进行思考与文字表达,写作有思想、有观点、有创新、有高度、有深度、有温度的文稿80多篇,实属不易,亦较少见。可以说,这本散文集凝聚了张发平先生几十年来在工作中的所思所悟所求,是他边工作边思考、边调研边感悟、边考察边升华的思想结晶,也是我们了解临安山水历史与人文风情的乡土文献。

张发平先生为什么能写就这本历史文化厚重的散文集呢?在我看来,

这得益于他的坚守,得益于他的情怀,得益于他的责任,得益于他的自信。

他的坚守,体现在对传统文化的执着上。张发平先生1964年出生,1980年参加工作,从临安县财政税务系统最基层的专管员干起,一直干到高级会计师、一级调研员,先后担任过临安的乡镇党委书记和县(区)财政、经济、审计统计、文化体育部门的主要负责人,是个大忙人,但他热爱散文和格律诗写作。这种热爱还被他深深地刻进了骨子里,无论是在乡镇或县城,还是在经济或文化部门,工作再繁忙都无法湮灭他对故乡山水历史的执着、对文化叙述写作的激情。在他曾经的工作岗位上,都有他结合工作实际,对临安山水历史挖掘、整理、思考后所留下的文字。这种对传统文化的深情热爱、不忘初心、坚守理想、持之以恒、日积月累的精神,无不充盈在整部散文集的字里行间。

他的情怀,体现在对山河人文的关爱上。俗话说"一方水土养一方人"。故乡临安的大美山水景色、精彩人文故事,是他的关注焦点和热爱核心,更是点燃他心中文化情怀的火种,他的目光与笔触深情地聚焦临安的山水风光、人文典故,通过对故乡山水人文的记叙,寄托满腔深沉的家国情怀。如《探访临安山》《九仙山上觅仙踪》《秋登米积山》《秋登於潜牢粤山》《苏东坡心头的玲珑山》《临安火焰山与苏东坡》《昌化有座白牛桥》《西菩寺边话辩才》《径山寺禅者的境界》《两朝名家写经换茶为天目》《出世入世之地西径山》《东天目一方净土昭日月》《玲珑汲泉泡"马肉"》《在溪流中静坐》等,都是介绍临安名山名水名人的历史故事。每一个故事,角度新颖,叙述独特,娓娓道来,引人入胜。

他的责任,体现在对社会历史的担当上。作为长期担任基层有关单位和部门"一把手"的人,必须守土有责、守土尽责,既要做好规定动作,也要做好自选动作;既要让工作稳定发展,也要让其具备特色亮点。在恪尽职守的基础上,为实现对历史、对社会更大更强的责任担当,他努力创新、坚持思考、提高标准,试图给后人留下经验教训和启迪警示。于是,就有了一篇篇饱含哲学思辨、问题解读、经验总结的随笔,如《钱王与吴越文化之根》《於潜美女出甘溪》《喝贪泉水却无比廉洁的人》《朱光潜的"美是一生的修行"》《范仲淹的理政智慧》《西晋土豪斗富丑剧》《虽不能伟大,但可以崇高》《反省就是翻耕心灵的庭院》《做事就是做人》《感恩之心会让我们走得更远》《这是一库不贪的鱼》等，让人回味无穷。

他的自信，体现在对故乡文化的深情上。中华民族文化源远流长，博大精深、举世瞩目的辉煌历史是我们坚定文化自信的牢固基石，特别是故乡临安久远厚重且光彩纷呈的历史，更是我们深情热爱这块土地的动力源泉。这种高度的文化自信、文化自觉、文化自强精神，在他的作品中得到了淋漓尽致的呈现。如《说说临安与杭州》《高虹钱王大庙的前世今生》《探寻骆宾王的终点》《苏东坡与道潜的交往》《钱穆父与苏轼的友谊》《茶出米坞者亦清香》《陌上花开又一年》《探访天目玉琳国师塔院》《於潜县令陈亚的中药词》《外伍村的越剧》《从作家廉声的小说到吴人的采桑歌》《文物为"三美临安"添彩》等，以自信自豪的语言，讲述临安历史和当下的灿烂文化，必将悄然点亮每一位临安人的文化热情。

张发平先生能在纷繁忙碌的工作事务中，千方百计挤出时间，长期坚守文化理想，倾情拥抱地方文化，勤奋创作文化散文，追求文化创新发展，奉献文化作品，这种"不待扬鞭自奋蹄""语不惊人死不休"的精神，不得不令人肃然起敬。衷心期待，故乡临安能涌现出更多像张发平先生这样坚守文化的基层干部，"吴越名城，幸福临安"的文化发展，必将更加繁荣昌盛、灿烂辉煌。

还是让我们缓缓打开张发平先生的这本散文集《散步山河历史间》，伴随明快悦耳的文字节奏，聆听满腔深情的心灵感悟，穿越临安山水历史的神奇天地，解读临安山水历史的文化密码，触摸临安山水历史的博大精深吧！

（作者系浙江省文联副主席，省作协原党组书记、副主席，临安锦城人）

2024 年 6 月 15 日于杭州

目录

第一编　访今怀古

第二编　经史札记

第三编　山水禅心

第四编　诗词赏析

第五编　哲思小品

第一编

访今怀古

探寻骆宾王的终点

骆宾王,这是一个人们耳熟能详的名字。学龄前的儿童都能背出他的《咏鹅》诗:"鹅、鹅、鹅,曲项向天歌。白毛浮绿水,红掌拨清波。"骆宾王七岁时,在他的老家义乌吟出了这首诗,成为轰动一时的"神童"。他与王勃、杨炯、卢照邻一起被称作"初唐四杰"。然而才华横溢的骆宾王,政治上并不如意。后期因与开国元勋徐茂功的孙子李敬业(皇帝赐姓李)起兵反对武则天称帝,兵败被追杀。正史记载不一,一说被杀头,另一说投江。而野史的记载也不同,一说流落老死在南通,另一说出家为僧,最终死在於潜妙乐寺。

为此,我特地赶往位于於潜镇的妙乐寺,想一探究竟。车到凌口,向小店里几位闲坐的老人打听妙乐寺的位置,一位不到六十岁的王姓村民,自告奋勇带我前往。路上,老王告诉我,妙乐寺现为一座遗址,"文革"时被毁。他知道庙里有三位和尚,后来一位去了灵隐寺,另两位在村里安了家。现在都已不在世了。庙基在凌口桥的西面,路虽狭窄,但路面均已浇上沥青。不到十分钟就到了。

《於潜县志》记载,妙乐寺建于晋代,为小筑三楹。据说,古时周潭里有一座观音庙，庙中神龛前的一条幢幡被狂风刮走了。后来有人在凌口桥西边的山坞里发现这条幢幡绕在一株椆树上，人们认为观音看中了这块佛地，于是便在此建造了妙乐寺。

妙乐寺遗址下边建有两间房屋，是兄弟两户人家。大门紧闭，只有几只狗在看家护院。庙基是个向东北开口的山坞，山坞内分两条支坞。据我观察，两条支坞均是庙基。门口都有水塘，而且规模不小。我以玩笑的口吻问村民老王，会不会一个是和尚庙、一个是尼姑庵。他说以前是听说过有尼姑庵。目前庙前基上全是雷竹，也看不到什么特别的东西。只有一口古井，本来是在用的，但住家主人（两兄弟的父母）这两年相继离世，已废弃了。屋子也有部分坍塌，正屋上的观音瓷像还在，但已无人供奉香烛。

离开山坞后回头望去，妙乐寺遗址被郁郁葱葱的青山怀抱其中，有靠背、有扶手，青山像把"太师椅"，且前方有座低矮的山，像案桌。确是古人梦寐以求的宝地。我想，所谓"飞来幢幡"，大概也是古人"征地"的神来之笔。

那么骆宾王与妙乐寺是如何结缘的呢？据说骆宾王兵败后投江逃遁，削发为僧，云游天下，后到灵隐寺挂单修行。时宋考功（官名）宋之问（亦是诗人）来灵隐寺游玩，欲吟诗题寺，晚上踱步吟诗，吟了句"鹫岭郁苕峣，龙宫锁寂寥"后竟不接下句。边上一老僧问明情况后，略作沉思说："何不吟'楼观沧海日，门对浙江潮'？"宋之问听后才思被一下子打开。一气呵成作了一篇五言佳诗。但老僧的诗句却是全篇的精要。第二天宋之问再去找老僧时，已不见其踪影。后经多方打听，知老僧就是骆宾王，方才恍然大悟，难怪有如此气势。

骆宾王去哪儿了？当时成了一个谜团。后经於潜《潜阳唐夏骆氏宗谱》揭秘，骆宾王的儿子骆崇德，从义乌入赘於潜赵姓人家（后恢复骆姓，自开骆宗），得知父亲出家在灵隐寺，就接老父回於潜侍奉。骆宾王在这青山绿水怀抱之中的妙乐寺静修，颐养天年。后骆宾王终老于妙乐寺，据说活了九十多岁。按当地习俗停厝三年（於潜人称"拾黄金"），因骆崇德当时还是女婿身份，就从水路将父灵柩移厝至义乌老家（今义乌廿三里镇李唐村骆家桥）。

骆宾王是否终老于妙乐寺，史界尚存争议，但於潜百姓口口相传至今。当地人也曾听妙乐寺的老和尚说过。我想，於潜百姓至今还在传颂骆宾王的故事,不仅是因为骆宾王的才华,更是因为骆宾王的人格。他为了正义,为了士大夫舍身成仁的理想,敢于置生死于不顾,起兵讨伐当朝最高权贵。他写的《讨武曌檄》(《代李敬业传檄天下文》),慷慨激昂,气吞山河,势如破竹。以至于武则天看到"一抔之土未干,六尺之孤何托?"时,问是谁写的,当得知是骆宾王所写,就责怪宰相放走了骆宾王。后来武则天归还天下于李家,与骆宾王他们起兵反对武则天,不是没有关系的。

骆宾王,选择了临安,为本已厚重的临安人文,又添了重重一笔。

（写于 2013 年 4 月）

苏东坡与道潜的交往

夏天骄阳如火，临平山脚下，时任杭州通判的苏东坡虽然坐在轿上，但仍然汗流浃背。到了前面的一座凉亭，终于可以停下轿子歇脚乘凉了。进入凉亭，墙壁上的一首新诗吸引了这位大诗人的注意力。

> 风蒲猎猎弄轻柔，
> 欲立蜻蜓不自由。
> 五月临平山下路，
> 藕花无数满汀洲。

此诗细腻优美，体察入微，画面充满动感。蒲草在风中摇动，蜻蜓停停飞飞，成片的荷花点缀在汀洲间的水面上。随处可见的一景一物在诗人笔下是那么美丽、俏皮，充满禅意。这首《临平道中》的作者是署名为道潜（参寥子）的人。

道潜是谁？苏东坡回杭州后到处打听，方知作者是於潜县深山中的一位僧人。于是找机会前去会一会这位僧人,便成为苏公心头的一件难以忘怀的事情。

北宋熙宁六年(1073)春,苏东坡从富阳、新登,取道浮云岭,进入於潜县境"视政"。在於潜县令刁璹的安排下,苏东坡下榻在镇东南的金鹅山巅"绿筠轩"中。东坡本来以为可以见到道潜,但前去拜见苏东坡的是寂照寺僧人慧觉。一番谈佛论经后,两人在"绿筠轩"临窗远眺,只见满目皆是茂林修竹,苍翠欲滴,景色宜人。慧觉知苏东坡已被眼前的绿竹景色所吸引,就挑起话题:"苏学士,房前屋后栽几株竹子,我们於潜自古以来如此,不过点缀一下而已。"苏东坡摆摆手道:"此言差矣,门前种竹,绝非点缀而已,此乃高雅心神之所寄。我这儿有一首诗赠你。"于是,他即兴挥毫写就了《於潜僧绿筠轩》:

> 宁可食无肉,不可居无竹。
>
> 无肉令人瘦,无竹令人俗。
>
> 人瘦尚可肥,士俗不可医。
>
> 旁人笑此言,似高还似痴。
>
> 若对此君仍大嚼,世间那有扬州鹤?

肉和竹有什么不可皆得?既然竹子和肉都是我所欲,要是对着竹子吃肉,不是两全其美了吗?这要是平常人也许可以,但你和尚行吗?你可是不能吃肉的哦!对竹嚼肉,就像有人想带十万黄金骑鹤下扬州,去享受那纸醉金迷的生活那般不可能!从诗的内容可见,苏东坡是失望的。这位僧人可不是东坡想寻访的那位。

第二年苏东坡又来於潜,事有凑巧,道潜外出云游去了。苏东坡还是没见到他想见的人。但这次苏东坡写下了著名的《於潜女》:

> 青裙缟袂於潜女,
>
> 两足如霜不穿屦。
>
> 觰沙鬓发丝穿柠,
>
> 蓬沓障前走风雨。

一个肌肤雪白,穿着青色裙子和白衣,绾着长发插着梳子,赤脚漫步在风雨中的年轻女子款款走来!苏东坡这次来於潜,依然是以"视政"的名义。位于於潜镇政府前的"观政桥"和"观政潭",就是为纪念这次视政而命名的。

苏东坡在第三次来於潜时终于见到了比他小六岁的道潜。道潜在於潜镇西十五华里的西菩山西菩提寺(亦称"西菩寺"),热情接待了这位由毛县令和方县尉陪同前来的贵宾。两人相见恨晚、相谈甚欢!

此次苏通判写就了《与毛令方尉游西菩提寺二首》:

(一)

推挤不去已三年,鱼鸟依然笑我顽。

人未放归江北路,天教看尽浙西山。

尚书清节衣冠后,处士风流水石间。

一笑相逢那易得,数诗狂语不须删。

(二)

路转山腰足未移,水清石瘦便能奇。

白云自占东西岭,明月谁分上下池。

黑黍黄粱初熟后,朱柑绿橘半甜时。

人生此乐须天付,莫遣儿曹取次知。

一番诗词相对、佛道相论,苏东坡提笔,为出家名"昙潜"的参寥子,改名为"道潜",以称赞参寥子"有道"!从此道潜开始名震诗坛。这一年,苏东坡三十九岁。

道潜是於潜浮溪村(今扶西村)人,俗姓何,生于1043年。自幼不吃荤,聪颖、好学。很小就能诵读《法华经》。稍长便在西菩寺出家为僧。

为了方便交流诗词和学禅心得,道潜接受了苏东坡的建议,移居到杭州里西湖的智果精舍。他与家住凤凰山的苏东坡已达成默契,一有新作即派人坐船送到西湖对岸。有一天苏东坡参禅有悟,以为自己能比佛祖,下午就派童子送诗作到对岸。道潜接过一看,上书:

稽首天中天，毫光照大千。

八风吹不动，端坐紫金莲。

这首诗表面上是顶礼赞颂佛祖，实际上是东坡居士表明自己不为"利、衰、毁、誉、苦、乐、称、讥"八风所动。道潜为了测试一下苏东坡，就在诗尾提笔批注了一个"屁"字送回。第二天一早，道潜就看到苏东坡行色匆匆乘船过来讨理！是啊，你太不够朋友，居然如此侮辱当代名士！只见道潜不慌不忙，在精舍大门上挂了"一屁过岸来"几个字。苏东坡见字后顿觉惭愧，于是一脚踹开大门。院子里二人相拥大笑！后来文人们为了写东坡与佛印的故事，就把主人公道潜换成了佛印。这就是"八风吹不动，一屁过岸来"的典故。

当然，苏东坡也不忘时不时"报复"一下道潜。苏东坡任徐州太守时，道潜去看他。在酒席上，苏东坡特意安排一个妓女去向道潜讨诗，让妓女向和尚讨诗，是想看和尚的好戏。结果道潜略一沉思，口占一诗："寄语东山窈窕娘，好将幽梦恼襄王。禅心已作沾泥絮，不逐春风上下狂。"

　　窈窕美女,在佛家眼中只不过是一张臭皮囊包裹着的一堆烂肉而已。参禅之人禅定的心,就像柳絮飘落在泥土里,春风已奈何不了他。这让苏东坡敬佩不已:"我尝见柳絮落泥中,私谓可以入诗,偶未曾收拾,遂为此人所先,可惜也。"可见,英雄所见略同。

　　由于乌台诗案,苏轼蹲了一百多天大牢,几经生死考验。出狱后,被贬为黄州团练副使。道潜作为朋友,义薄云天,云游千里,赴黄州看望老朋友。看到文弱书生苏东坡衣食艰难,贫病交加,道潜就决定住下来开地种菜,与苏东坡同苦难、共担当,照顾苏东坡的饮食起居。居住了一年多后,道潜返回杭州。苏东坡记云:"黄州定惠院东小山上,有海棠一株,特繁茂。每岁盛开,必携客置酒,已五醉其下矣。今年复与参寥禅师及二三子访焉。"

　　苏轼从黄州迁汝州团练副使,道潜临别依依:"策杖南来寄雪堂,眼看花絮老风光。主人今是天涯客,明日孤帆下渺茫。"

　　离开黄州,在苏东坡的挽留下,道潜又陪同他游庐山。他们从山南正面比较幽僻的路上山,远望庐山,深为大自然的神奇所慑服,觉得庐山不是用人类的语言文字所能描摹的。苏东坡对道潜说:"此行绝不作诗。"然而,在好友的陪伴下,面对大美景色,心情奇好。苏东坡在一干僧众的劝说下,不知不觉破了自己的戒,在庐山留下了许多佳作。如《初入庐山三首》:

　　　　青山若无素,偃蹇不相亲。
　　　　要识庐山面,他年是故人。
　　　　自昔怀清赏,神游杳蔼间。
　　　　如今不是梦,真个在庐山。
　　　　芒鞋青竹杖,自挂百钱游。
　　　　可怪深山里,人人识故侯。

　　又写景物诗《庐山二胜》两篇。在北香炉峰的东林寺夜宿虎溪,作《东林总长老》,赠道行高洁的常总长老:

　　溪声便是广长舌,山色岂非清净身。

　　夜来八万四千偈,他日如何举似人。

　　他觉得庐山这片山色,岂不就是《法华经》上说的世尊所示的清净法身,庄严妙相? 溪水声不就是日夜不停念着佛偈的广长舌吗? 在西林寺,苏东坡得到了解悟,在西林寺壁上题道:

　　横看成岭侧成峰,远近高低各不同。

　　不识庐山真面目,只缘身在此山中。

　　他选择了与这个世界和解! 得到了精神生活与大自然圆融一致的享受。

　　元祐四年(1089),苏东坡以两浙西路兵马钤辖龙图阁学士身份至杭州。对杭州人民来说,这是苏东坡荣归故里了! 这次回杭任知府,他重修了钱塘六井,为杭州人民解决了饮用水问题,并且疏浚了西湖,筑起了被后人称为"苏堤"的南北相通的长堤。同时,他更有时间与道潜一起吟诗作词了。

　　道潜长住杭州,常会思念家乡。苏东坡就作诗调侃他:

　　涨水返旧壑,飞云思故岑。

　　念君忘家客,亦有怀归心。

　　过了两年不到,苏东坡马上要离杭了。寒食节次日,东坡与客从孤山来,到道潜所居智果精舍告别。道潜从新开凿的石泉中汲泉,然后钻火,烹黄蘗茶。东坡忽然愣住了,想起在黄州时,曾做一梦,梦见道潜赋诗云:"寒食清明都过了,石泉槐火一时新。"当时曾质疑火有新的,泉哪有新的? 眼前场景正是梦中景! 于是东坡命此泉为"参寥泉",铭之曰:

　　在天雨露,在地江湖。

　　皆我四大,滋相所濡。

　　伟哉参寥,弹指八极。

退守斯泉,一谦四益。

予晚闻道,梦幻是身。

真即是梦,梦即是真。

石泉槐火,九年而信。

夫求何信,实弊汝神。

苏轼由杭州太守召为翰林学士承旨,行前作《八声甘州·寄参寥子》词赠道潜,词中充满依依惜别之情:

> 有情风,万里卷潮来,无情送潮归。问钱塘江上,西兴浦口,几度斜晖。不用思量今古,俯仰昔人非。谁似东坡老,白首忘机。
>
> 记取西湖西畔,正暮山好处,空翠烟霏。算诗人相得,如我与君稀。约他年,东还海道,愿谢公雅志莫相违。西州路,不应回首,为我沾衣。

苏轼在他年将六十岁之际又被贬谪惠州,收到道潜来信后,"数日慰喜忘味"。他回信说,流放无非像灵隐寺的方丈退院,住小村子,吃糙米饭而已。瘴气不可怕,无医无药不要紧,"京师国医手里,死汉尤多。参寥闻此一笑,当不复忧我也"。

三年后,苏东坡又被贬到当时的荒蛮之地海南儋州。道潜于是决定渡海赴儋州。这次苏东坡急了,连连劝阻:"转海相访,一段奇事。但闻海舶遇风,如在高山上坠深谷中。非愚无知与至人,皆不可处。胥靡遗生,恐吾辈不可学。若是至人无一事,冒此险做甚么?千万勿萌此意。"并保证自己会好好活下去,日后定能相见。于是道潜没有成行。

屡次受排挤打击、远在天涯海角的苏东坡,在苦闷压抑中感觉到时日不多了,特别思念家乡、思念朋友,写下了《澄迈驿通潮阁(二首)》:

其二

余生欲老海南村,帝遣巫阳招我魂。

　　杳杳天低鹘没处，青山一发是中原。

　　面对如此黑暗的世道，道潜除了潸然泪下，还有什么话可说呢？道潜只能拿起自己的笔，借物抒情，写下了《绝句》：

　　高岩有鸟不知名，款语春风入户庭。
　　百舌黄鹂方用事，汝音虽好复谁听？

　　那些不知名的鸟，虽然叫着乱七八糟的声音，却如春风得意、得以穿堂入室。而真正的歌唱家黄鹂鸟，才一展歌喉，就没机会唱下去了。你的歌声那么好听，但又有几个人听你的呢？

　　因处处维护苏东坡而被牵连的道潜，受到了剥夺僧籍的处罚。这位生长在江南鱼米之乡的人，被发配到北方沂蒙山区去体验生活了！

　　当然人间总有公道在，历史总有昭雪之日。几年后，道潜在友人的奔走下，恢复了僧籍，并被皇帝赐予"妙总大师"法号。苏轼在从海南被赦北归途中，从朋友钱济明来信中得知道潜重新恢复了僧籍的消息，为之庆幸。

　　道潜在得知苏轼北归已过岭北时十分兴奋，写诗《次韵东坡居士过岭》，中有"造物定知还岭北，暮年宁许丧天南""他日相逢长夜语，残灯飞烬落毵毵"之句。

　　苏轼回来后在重病中也不忘给道潜写信。

　　道潜是苏轼一生中交往最多最密的方外人士。苏轼与道潜交往前后将近三十年，对他十分了解。他曾写《参寥子赞》，对道潜作了相当全面的评价："维参寥子，身寒而道富。辩于文而讷于口。外柔而中健武。与人无竞，而好刺讥朋友之过。枯形灰心，而喜为感时玩物不能忘情之语。此余所谓参寥子有不可晓者五也。"描述的是一个有长处、有短处，富有感情的活生生的诗僧形象。

　　苏轼去世后，道潜写了感情悲切而深沉的《东坡先生挽词》，由诗十四首组成。其中的"经纶等伊吕，辞学过班杨""博学无前古，雄文冠两京。笔头千字落，词力九河倾"，写苏轼的旷世之才；"初复中原日，人争拜马蹄。梅花辞庾岭，甘溜酌曹溪"，写苏轼被赦北归受到世人欢迎和参访南华寺的情景；"当年吴会友名缁（大觉海、月辩才），尽是人天大导师。拔俗高标元自悟，妙明真觉本何疑。篮舆行处依然在，莲社风流固已衰。他日西湖吊陈迹，断桥堤柳不胜悲"，写苏轼当年在杭州佛教界结交的尽是高僧大德，他自己本具超凡的悟性，而现在人去物在，必将使后人睹景伤情。

再次落发，参透世间无常的道潜也背起行囊，回到了久违的老家西菩山西菩寺，编写了他的诗集《参寥子集》十二卷。就在苏公过世五年后，道潜也追随他去了另一个世界。

（写于 2013 年 4 月）

皖南墨客郭松喜

自号皖南墨客的画家郭松喜,给我打来电话,说他在安徽宁国的画室将在 5 月 18 日开业,希望我去捧个场。作为朋友,我当然很乐意。然而因为有公事在身,再加上本人又不喜欢凑热闹,于是决定开业后的次日约几位书画爱好者同去祝贺一下。

与画家皖南墨客相识是三年前的事了。有一次,我到本市的一个景区游览时,发现有人在写生,就凑上去瞧瞧。此人留着艺术家们常有的长发,在脑后扎成一把辫子。皮肤黝黑,看年纪约五十岁。说是写生,但不用画板,而是趴在自己的一辆普桑车引擎盖上作画。画中梵刹、瀑布、大树、峻崖、远山一应俱全,景物有静有动。画面仅有黑白二色,但经过浓淡深浅用墨,立体感极强。于是我们就聊了起来。画家叫郭松喜,安徽旌德人,自小喜欢画画,早年打过工、经过商,还办过厂,但最后还是选择画画、卖画。一个人背着画夹跑遍安徽周边地区,最远至四川。潦倒时身无分文。但通过坚持不懈的努力,终于画出了一定的名气。在旌德当地和南京都办了画室,画画、卖画、教学生,事业终于有了起色。此次相识后,老郭在逢年过节便经常发来短信问候。

去宁国的道路，由于施工建设，本来只要两个小时的车程，却用了三个半小时。车到宁国市区，老郭早已在画室门口等着我们。画室租在宁国市的一条文化街上，临街的墙面上垂下了不少祝贺条幅。老郭向我们介绍了昨天开张时的盛况，当地领导也非常重视，纷纷前来祝贺，并把他的画室开业作为宁国市文化产业的一个亮点。我们希望他的画室越办越好，能成为宁国的一道亮丽风景。

宁国属于安徽宣城地区，历史上也有过一些名人，如南宋时的国师、杭州径山寺的大慧宗杲，就是宁国人。在经过元军攻南宋、太平天国起义两次兵乱，以及瘟疫后，宁国本地人几乎灭绝。现在的宁国人，大部分来自湖北，与当年湖广填四川一样。因此，宁国的开放性和包容性也较好，县域经济总量在皖南地区首屈一指。

画室的布置，显出了老郭的用心。一楼有茶室，装饰有奇石、根雕，二楼是老郭的个人画展、学生画室，旁边一间是装裱室。老郭展出的画以山水画为主，也有少量花鸟画和书法作品。老郭是草根画家，其画作大体可分两部分：一部分是适应当地居民需要的装饰用的商品画，有工艺美术性质，题材如"一帆风顺"等；另一部分是老郭的力作，画的是黄山松、皖南家乡山水，既是现实主义的，有似曾相识的感觉，又有朦胧的浪漫主义色彩，山岫中云卷云舒，让人超然于世。画法上没有学院派的中规中矩，少了束缚，多了大胆、泼辣，尤其是山岩突兀、奇峰林立，高傲飘逸。他的作品颇具有"新安画派"的遗风。

说起"新安画派"，那是赫赫有名的。它起源于明末清初，由一批徽州地区画家和徽州籍画家，用自己的画笔描绘以黄山等为题材的家乡山水，借景寄情，表达自己心灵的逸气。画论上提倡画家的人品和气节因素，绘画风格趋于枯淡幽冷，具有鲜明的士人逸品格调，在十七世纪的中国画坛独放异彩。因为这群画家的地缘处在新安江上游，人生信念与画风都具有同一性质，所以时人称"新安画派"。当代名家黄宾虹就属"新安画派"。

谈话中，老郭透出了对目前生活和事业的满意、自信。他扎根于民间，皖南的山水大地，是养育自己的乳汁和营养，是取之不尽的创作源泉。面对日趋产业化的字画炒作，他坚守自己的底线，不跟风，也决不去制假售假。我想，一个人如果拘泥于画法、技巧，没有创新意识，只能成为画匠，而不可能是画家；一个人如果整天追逐铜臭，没有高尚的精神境界，他眼中的世界也不可能是美好、善良的，在绘画上也不可能有多大建树。

　　"不义而富且贵，于我如浮云。"孔夫子的话，不也是对皖南墨客心境的写照吗？

（写于 2013 年 5 月）

说说临安与杭州

"你来自哪里？"

"临安！"

"临安我知道，历史上临安做过国都！"

这是临安人经常遇到的一个场景。

确实，历史上，南宋皇城叫"临安"，但此临安非彼临安。历史上的南宋皇城临安即今天的杭州城。

近日，与一长者聊起宋朝历史，感到历史是如此的相似。

公元959年，周世宗柴荣驾崩，八岁的周恭帝柴宗训即位。殿前都点检、归德军节度使赵匡胤，与禁军高级将领石守信、王审琦等结义兄弟掌握了军权。

次年正月初一，传闻契丹兵将南下攻周，宰相范质等未辨真伪，急遣赵匡胤统率诸军北上御敌。周军行至陈桥驿，赵匡义和赵普等密谋策划，发动兵变，众将以黄袍加在赵匡胤身上，拥立他为皇帝。随后，赵匡胤率军回师开封，京城守将石守信、王审琦开城迎接赵匡胤入城，胁迫周恭帝禅位。赵匡胤从周家孤儿寡母手中夺得政权,改国号为"宋"。整个宋朝存续三百余年。

但随着1276年南宋都城临安被元军攻占,宋室南迁;1279年,崖山海战爆发,宋末帝赵昺被大臣陆秀夫背着跳海而死,南宋灭亡。宋政权还是从孤儿寡母手上失去了。

宋太宗赵光义以弟弟的身份继承兄长的帝位,但187年后还是传位到了赵匡胤一支。

据说赵匡胤的母亲杜太后临终时,曾对赵匡胤说:"如果后周是一个年长的皇帝继位,你怎么可能有今天呢?你和光义都是我儿子,你将来把帝位传与他,国有长君,才是社稷之纲啊!"赵匡胤表示同意,于是叫宰相赵普当面写成誓词,封存于金匮里,这就是所谓的"金匮之盟"。

187年后,宋高宗赵构没有儿子,谁来继承皇位呢?大臣们议论纷纷。有一种呼声较高的意见是:赵匡胤是开国之君,应该在他的后代中选择接班人。于是赵构终于找到了赵匡胤的七世孙赵昚,并且把皇位传给了他。

南宋定都杭州也有因果。

杭州能成为南宋的都城,一是地理上的优势,即所谓的"重江之险",万一金人再次渡江,易于浮海远遁;二是经济上的优势,杭州物资供应要比绍兴丰富和方便,之前绍兴作为临时都城,漕运不便,物资供应匮乏,财政上出现了严重危机,移都杭州可以打出抗金恢复故土的旗帜以收揽人心;三是城市优势,自唐、五代以来,杭州几经开发,已经一跃而成为经济富庶、文化繁荣、交通发达、风景秀丽的"东南第一州"。绍兴八年(1138),宋高宗正式定都杭州。然而,要不是钱弘俶秉承钱武肃王遗训,纳土归宋,和平统一,杭州早已成为废墟。当然宋主也厚待钱氏一族,无意中为后代留下了一块建皇都的地方!

史有记载:高宗幸杭,有日者姓杨,忘其名,召问之。杨奏曰:"自今可贺矣。杭字于文离合之,有兀术字。且杭者,降也,兀术其降乎?"

这段话的大意是高宗到了杭州,有一个姓杨的算卦拆字,叫来一问,杨说可喜可贺,定都于杭州。"杭"字,兀术分离也。

金兀术,也就是完颜宗弼(?—1148年11月19日),本名"斡啜",又作

"兀术""斡出""晃斡出",女真族,太祖完颜阿骨打第四子,金朝名将、开国功臣。就是他带兵灭了北宋,俘虏了宋朝徽、钦二帝,追得宋高宗满地跑。当时南宋朝野上下,提到金兀术大名,就为之发抖。再有,杭字让人想到逃跑时坐的方舟。定都杭州,意味着金兀术身首分离,金国要投降啊。高宗闻之大喜,遂定临安为行在,不去南京定都了。

行在所,也称"行在",宋高宗赵构建炎元年(1127)在"南京"(应天府,今河南商丘南)即位后,为避金兵进攻,以巡幸为名,先后流亡至扬州、平江府(今苏州)、杭州、建康府(今南京)、绍兴府等地,均以"行在"名之。其间建炎三年二月驻跸杭州时,诏以为行宫。七月,升杭州为临安府。绍兴八年(1138),正式以临安府为都城,仍称为行在(开封才是首都)。

至于为什么南宋皇帝要改杭州府为临安府?大致有以下原因:

一是杭州这一名称不适合。封建帝王大都认为自己居中而坐,在五行中属土,土为黄色。所以我们以中国、中土、中原自居。皇帝的专用色为黄色。但五行生克关系中,土被木所克,而杭州的杭字恰是木字旁。南宋皇帝显然是忌讳的。查历史上的国都名字,确也没一个是木字旁的。

二是杭州府下的临安县,名称寓意很好。临安,君临天下,江山安安稳稳!天赐也!尽管此时,临安县已存在858年。不过,临安县还叫临安县!一千年后绍兴市下属还有绍兴县,无妨。

三是临安有临时安顿之意,作为临时首都,我们还是要杀回开封去的。也是对外宣传需要。这不,岳元帅在前线尽忠报国呢!那些文人墨客写诗:"山外青山楼外楼,西湖歌舞几时休?暖风熏得游人醉,直把杭州作汴州。"骨子里是认同这个说法的。

至于改名的效果也是经得起时间检验的。南宋政权存续了152年!

(写于2013年9月)

让蔡元培赞叹的隐士

  翻开《蔡元培文集》,第二篇的题目是《赠许香九文》。这是蔡元培先生在 1901 年农历二月廿四游浙江临安、寻访隐士后所写的一篇散文。拜访隐士、与隐士的一席畅谈,对蔡元培先生投身教育事业及教育思想的形成不无影响。文章亦表达了作者以教育救国济民的志向。

  这位隐士名许香九,现临安市高虹镇人,住高乐村许家自然村,是许家的先人。蔡元培说,他来到临安,观察了居住在这里的不少人:城里的居民处事活络,但不够诚恳;乡下的农民诚实可靠,但不解时事;至于那些小官小吏也不必数说,不见得有可以促膝长谈的人。有位姓童的朋友到他暂住的小庙来看他,向他提起北乡的高陆村,那里住着一位叫许香九的人,一边耕种,一边教授子弟们儒家经史,怡然自得。他隐迹乡下,足迹不入城市。

  在一位同龄举人的陪伴下,蔡元培他们到了许家,映入眼帘的是一幢刚造好的新屋,所处环境十分优美:"占溪山之胜,荷塘柳坞,点缀其间。"但见到的那位许香九,是一位看上去样子懒散、表情淡漠不热情且不拘世俗礼数的人,完全就是一位隐士! 由于时值用餐时间,蔡、许二人一番寒暄后便举杯畅谈。蔡先生挑起话题,议论着临安场面上的一些人物,许先生虽然嘴上没说什么,但对这些人物他心里却很有数。论及时势,看到日下的世风,他则愤然感叹。许先生吐槽着事关民生的粮食漕运一事,官吏为收取一些折扣谋私利,竟阻挠民间集资修建粮仓。使他忧心的还有事关振兴民风教化的江人会馆重建问题。江人会馆是许家祖先们来临安后建造的一所会馆,内里供奉着明朝王阳明先生的塑像,供后人瞻仰凭吊,后毁于兵燹。许家先人虽经努力重建,以便重置王阳明先生像于其内,但也未果。他发誓要下决心了却先人遗愿!许先生又介绍说,他家新建造的房屋是学堂,将招乡人子弟来读书,开设讲堂,每月初一、十五讲圣人的教诲和训示,还要在每个十天里的逢三、逢八讲经讲史,阐明大义。乡里无论老弱还是健壮之人,都可以围坐一起听课,以便有益于风俗教化。

文中蔡先生愤懑地指出:近几十年来,官僚士大夫们只为了自身的私利俸禄,不知礼义廉耻,更把国家的声誉和百姓利益,抛之天外,事不关己!于是乎,校门之外无伦理,生意人之外,不知有书写计算。做长辈的不知教化,儿童不知要读书,聋子、瞎子成群,只要有吃喝有利益可图,人们就趋之若鹜。"苟自便矣,同类之中,相诳惑,相劫侮,相蚕噬,无所恤。一旦有外侮,挤之则如抟沙,驱之则如扬尘。"这就是我们的现状以及国民劣根性!作者大声疾呼:救国救民,改变社会风气,要"循之有序,导之有术"。

作者发出感叹,由于自己长久的孤愤,往往失之切急,但往往是欲速则不达。由此更加赞叹许先生的那种从容不迫。许先生是隐士,但不是与世隔绝的"畸隐人",而是一位不达目的不罢休、处浊世而救世风的侠隐!正因为如此,作者写出此文,以赠书信给许香九先生。

对于一代政治家、教育家和革命先驱者蔡元培先生而言,许香九的"侠隐"情节,对他以后"思想自由、兼容并包"的办学思想和"教授治校"制度的形成,具有重要作用。而许先生对时弊的针砭,对国民教育的先见,不无现实意义。蔡元培先生笔下的许先生,也让高虹人,乃至临安人对自己这块土地上孕育的文化有了更多认识和自豪感!

(写于 2014 年 3 月)

高虹钱王大庙的前世今生

　　高虹镇原名"高陆镇"，自东汉末年起至南宋末年一千余年为古临水县、临安县（吴越国时为安国县）的县治所在地，高虹镇上原有钱王大庙（奉先寺），背靠一座形如弥陀佛的大山，左右大山围绕，前临猷溪水，是一处风水宝地。大庙几经摧毁和重建，一直到二十世纪五十年代后期，钱王大庙被改造成了临安电子设备厂，九十年代末企业改制给了当地一家木粉厂。经走访调研，我对大庙历史进行了研究。

　　东汉建安十六年（211）设立临水县。唐末时，钱镠平叛有功，昭宗授金书铁券，赐建功臣塔、造生祠，将钱镠家乡临安县改名为"安国县"。五代时，钱镠建吴越国，治理十四州，兴修水利、保境安民，造福一方。

　　"一代枭雄铸吴越，千秋鼎铭事中国。"为了表彰和感恩钱镠的丰功伟绩，钱王的后世子孙及吴越国百姓在各地建起了许多纪念性建筑。由于吴越国王笃信佛教，信佛顺天，各地将造庙建寺与祭祀祖先紧密结合，成为一大特色。尤其是钱镠孙忠懿王钱弘俶建寺颇多，史载其"崇信释氏，前后造寺无算"。家乡也不例外，他在当时临安县城（今高虹镇）造了奉先寺，在西墅街造了海会寺。奉先寺建于 968 年,"建奉先寺于城西,荐文考也"(《吴越备史卷四》),当地百姓称之为"钱王大庙"。这实际上是钱弘俶造的家庙,寺内设专殿供奉钱武肃王及子孙。钱弘俶还于次年在奉先寺立了两座石经幢,在建幢愿文后署有"天下大元帅吴越国王建,时大宋开宝二年己巳岁闰五月日"。

但目前这两座石经幢却耸立在杭州灵隐寺的天王殿前。这里面还有个故事。

由于奉先寺是个家庙,吴越国王极为重视,但在吴越国纳土归宋后,由于举家北迁,奉先寺香火逐渐冷落。一日,灵隐寺住持延珊游径山寺后,到了隔壁一箭之遥的奉先寺。此时的奉先寺因无皇家供奉,早已荒芜,门前杂草丛生。但两座石经幢仍高高耸立,保存完好。延珊法师遂于北宋景祐二年(1035,距建造时刚好 66 年),迁两座石经幢至灵隐寺天王殿东西两侧,并在幢身刻"灵隐寺住持传法慧明禅师延珊于景祐二年十一月,内移奉先废寺基上石幢东西两所,归寺前添换重建"的迁幢题记。两座石经幢,均为八面形多层石幢,下部以须弥座为基础,左幢刻《大佛顶陀罗尼经》,右幢刻《大随求即得大自在陀罗尼经》。其中左幢在搬运中损坏一截,余 8 米;右幢完好,有 12 米高。

据说钱镠曾孙钱弘俶第五子钱惟潜,字怀柔,晚年返临安隐居故里,曾倾力修复破败不堪的奉先寺祖庙。现高虹镇水涛庄村、拜节村、横畈立塔村的三支钱氏后裔均为钱惟潜后裔。钱惟潜逝世后,其后人在其定居地造钱怀柔王庙(在横畈庙下村),与高虹的钱王大庙(奉先寺)隔山相对,使之与钱坞垅(钱武肃王出生地)在南北向一条中轴线上。

《临安县志》记载,当地百姓有举办重阳庙会的习俗,每年重阳节,要在钱王大庙请班子演戏三天,结束后,庙内供奉着的钱王像,要用八人大轿相抬,开锣喝道,径直往锦城。沿途百姓持香火跪拜,祈求钱王消除天灾,保佑平安。县太爷要出衙恭迎。

明朝曾有人云:"吴越之民,追思钱氏,百年如新。"钱王丰功伟绩,泽被后世千年,吾辈吴越后人自当追思。杭州西子湖畔有钱王祠,锦城太庙山麓有钱王陵,高虹千年古城,是钱氏祖庙的所在地。是否应当重建钱王祖庙奉

先寺,或许要摆上议事日程。这需要钱氏子孙与社会各界的共同努力。为此,我有感如下:

寺有奉先钟绝声,大王山下庙存名。

从军立国戎装业,保境安民归梦情。

和富百年三代帝,纵横两浙八都兵。

昌明盛世再劢力,吴越天堂幸福城。

(写于 2014 年 11 月)

外伍村的越剧

　　尺调弦下哀婉情，起调拖腔意无穷。江南灵秀出莺唱，啼笑喜怒成隽永。

　　越剧，作为中国非物质文化遗产，其歌词与唱腔，无论是浅吟低唱，还是高亢激越，都给人灵动之美。如此清丽隽美的剧种与山清水秀的临安还有着千丝万缕的关系：清末，走村串户的越剧说唱就在今天的杭州市临安区潜川镇外伍村首次登上用稻桶搭建的舞台。

　　沿历史长河而上，清光绪三十二年农历三月初三（1906 年 3 月 27 日），这一天似乎并没有什么特别，而对于越剧发展来说，却具有里程碑式的意义。当天嵊县六位南派唱书艺人钱景松、李世泉、高炳火、袁福生、李茂正、金世根等在於潜县乐平乡（今属临安区潜川镇）外伍村"沿门唱书"，村民们看了他们的表演后很是喜欢。这时，村中一位戏迷"奇思妙想"，建议让这些艺人将平常的说唱搬上舞台。其他村民也说，你们又会做身段，又会分五色嗓音，可以上台表演。因为既无行头，又无伴奏，艺人感到非常为难。但村民们发挥聪明才智,七拼八凑,借来竹布衫裙、长衫马褂,送上化妆的鹅蛋粉,让艺人们"清水打扮"起来,还抬来了八只稻桶,搁上门板,在程家祠堂前厅搭起了一个小草台。在村民们的盛情邀请之下,钱景松、李世泉两位艺人只好登上草台进行表演。首日演出的《十件头》和《倪凤扇茶》两出折子戏,受到了村民们的热烈欢迎,村民们都觉得唱书精彩。第二日,高炳火、袁福生、李茂正、金世根也加入进来,演了大戏《赖婚记》。第三日又演了《卖青炭》《绣荷包》《七美图》等折子戏,引来周边几个村的轰动,反响很热烈。这次的登台表演,标志着曲艺类落地说唱的"的笃板"从"落地唱书"完成了"走台书"的转变,化茧成蝶,蜕变成首次登台演出的一种戏曲——越剧。

在外伍村燃起的星星之火,随着六位艺人,到达了嵊县。临安外伍村的登台表演让艺人们兴奋不已。为了再现外伍村的表演盛况,清明节当天,嵊县甘霖乡东王村(今嵊州市甘霖镇东王村)的年轻人搬来了稻桶,用门板搭建了简易的草台,钱景松、李世泉、高炳火、袁福生、李茂正、倪生标、何有兴等人演出了《十件头》《双金花》等剧目,不出所料,表演再次引起轰动。嵊县"小歌班",在山歌小调的基础上吸收余姚滩簧、绍剧等剧种、剧目、曲调,第二年进入县城,向周边县发展。清宣统二年(1910),钱景松、俞柏松的戏班首次进入杭州,在拱墅荣华戏院演出。1917年,他们进入上海演出,时称"绍兴文戏",受上海话剧、昆剧影响,兼容昆剧武打动作,约从1925年始称"越剧"。经过二十年的发展,曲调逐渐完善,主要有四工调、弦下调等。

至今,越剧走过了一百多年的历程。百年沉浮中,越剧几经兴衰,但始终散发着其独特的魅力。在历代越剧表演家、戏迷的努力下,越剧影响遍布五湖四海,它也成了我国第二大剧种。

在2000年前后,为纪念越剧百年华诞,越剧研究专家对越剧诞生地进行考察,认定外伍村程家厅堂是越剧的首次试演地。2001年4月28日下午,在外伍村程家祠堂旧址,迎来了越剧大家范瑞娟、傅全香,以及原浙江省文化厅厅长钱法成、时任临安市市委书记张建华、北京越剧艺术研究会顾问丁一等专家和领导。钱法成、张建华为"越剧首次试演地"纪念碑揭碑。范瑞娟、傅全香则向全场百姓深深地鞠了一躬,深情地说:"今天,见到这样热烈的场面,真切感受到这里的政府和百姓对越剧的重视和热爱,我们太高兴了，衷心地感谢你们。"

越剧，起源于嵊州，首演于临安，流传于浙江，扬名于上海，光大于五洲，成为各国人民喜爱的表演形式，这与它独特的魅力息息相关。而越剧的首演地在临安，也与临安的天时地利人和有莫大关联。

临安是五代十国时期吴越国王钱镠的故里，这里文化底蕴深厚，源远流长，拥有多种民间艺术形式，传统戏剧资源丰富。钱景松是钱王后裔，传承了钱王崇文尚艺、敢于创新的精神，随"落地唱书"在临安等地游演多年，对该曲艺艺术形式驾轻就熟，领悟深刻。不仅如此，而且临安百姓热情包容，充满活力，喜爱"落地唱书"这一民间艺术，甚至痴迷。这些均促成了越剧的首次登台演出，使曲艺真正演变成"剧"，在越剧发展历史上写下了浓墨重彩的一笔。值得一提的是，外伍村是春秋时吴国大夫伍子胥后裔聚居地，南宋时从湖北迁入，至今外伍村村民还讲着湖北话。他们秉承忠义、勇敢的血脉，敢说敢做。嵊县的"落地唱书"南派传人钱景松、高炳火等在临安南的乐平外伍村，破天荒地演出一场什么准备都没有的即兴表演，促成了越剧的诞生，这看似偶然巧合，其实是历史必然，这与临安地区深厚的文化有着内在关联。

就如原浙江省文化厅厅长钱法成在 2001 年 4 月 28 日的揭碑仪式上写下的诗句那样，临安与越剧的故事，历经百年，越显香醇：

> 光绪年间外伍村，稻桶门板做戏文。
> 剡县艺人临安唱，灿烂明珠从此升。
> 越剧原为泥里长，出水芙蓉分外香。
> 如今誉满全世界，不忘首演乐平乡。
> 百年喜庆前人绘，红绸飘落显巨碑。
> 程家厅堂余音在，发轫之功永崔嵬。

（写于 2016 年 4 月）

从作家廉声的小说到吴人的采桑歌

　　临安第七次文代会，特别邀请了一批省市文化名人与会。其中有杭州市作协副主席、临安籍著名作家廉声先生。"廉声"是作家王连生的笔名。廉声为国家一级作家，著作颇丰，他以《月色狰狞》《妩媚归途》等多部"新历史小说"闻名于文坛，创作了《大宋提刑官》《大明按察使》等影视作品。寒暄中，我们聊起了他的新作《沃血家园》，那是本被称为"南方《白鹿原》"的长篇小说。

　　廉声的这部小说以家乡於潜镇为背景，描写抗战时期在江南小镇潜城开茧行的罗家三兄弟——罗安文、罗安国、罗安本在撤往浙西后与日军展开抗争的经历，再现了那个战事频仍国难空前的年代的血雨腥风。小说以相近的人物原型与真实的历史记录为依托，反映了浙西人民的抗日历史。火烧蚕种事件、抗战初期拆毁杭徽公路、1937 年天目山狙击日军之役等史实，在小说中都有所体现。

　　除了小说跌宕起伏的情节外，让我印象深刻的是《沃血家园》中对采桑叶这一劳动场景的细腻描写。小说主人公罗安本来到赵庄桑园，听到桑林中的男女一边采桑叶，一边唱山歌——

男声：

"村外桑树八尺高，爬上丫杈采嫩梢。蚕宝宝喜欢吃新叶，光棍佬爱看姑娘笑。"

女对唱：

"十八岁姑娘守蚕房，乌黑的头发弯弯眉。面孔两朵桃花开，身上皮肉俏又白。"

男接唱：

"劝你阿姐歇一歇，日夜喂蚕多辛劳。同到桑园嬉一回，摘把桑果尝味道。"

女接唱：

"多谢阿哥邀同道，桑果好吃路难找。爷娘要骂人要怪，还怕肚里留宝宝。"

在田间地头劳作过的人，特别是参加过集体生产的人，会感到山歌是那样的耳熟。虽然歌词比较粗鄙，但反映了真实的劳动场景和吴越人率直的性格。其实，历史上以采桑为题材的诗词是不少的，而大都又与爱情有关。如《诗经·桑中》《陌上桑》《采桑诗》等。

小说之所以以蚕桑为主线，是因为江浙地区为丝绸之府，杭嘉湖地区的农民向来以蚕桑为主业，延续千年，传至境外，形成著名的丝绸贸易。日本人在丝绸贸易中也获得了巨额利益。不想那东洋岛国却凭借蚕丝之利壮大国势后，行不端之举，穷兵黩武，侵占我大好河山；残害我国蚕农，毁我家园。作者希望读者毋忘历史、居安思危，大力发展实业，增强国力，实现富国强民的中国梦。

廉声说,小说之所以以於潜作为背景,是因为於潜《耕织图》这一深厚的历史文化积淀。

《耕织图》是 800 多年前南宋於潜县令楼璹绘制的配以诗文的耕织劳动连环画。它记录了於潜地区农田耕种和蚕桑养殖织衣的过程,系统而又具体地描绘了农耕和蚕织生产的各个环节。《耕织图》反映了当时世界上最先进的农业生产技术的发展状况,所以被誉为"中国最早完整地记录男耕女织的画卷"。在其问世以后的近千年里,曾四次被画家临摹,其中清康熙年间的宫廷画师焦秉贞奉旨临摹的耕织二图,以《御制耕织图》为名印行成书,颁行天下,流传民间,产生了广泛的社会影响。因而《耕织图》也可称为中国历史上流传最广的科普作品,它与王应麟所编著的《三字经》并称为中国历史上人文教育启蒙和农耕技术普及读物的"蒙学双璧"。

在《耕织图·采桑》中,楼璹是这样描述采桑的:

> 吴儿歌采桑,桑下青春深。
> 邻里讲欢好,逊畔无欺侵。
> 筠篮各自携,筠梯高倍寻。
> 黄鹂饱紫椹,哑咤鸣绿阴。

这是一首情景交融的佳作。养蚕需要桑叶,而采桑则充满了乡村独有的欢乐。在男女有别的宋代,采桑时节是男女相会的良辰。陌上桑间向来是男女相亲、两情相悦之处。时值春意正浓、春情荡漾之时,在民风淳朴、民歌婉约的三吴之地别有一番风情。於潜地处三吴中的西吴,婉约的民歌与优美的黄鹂声相呼应,发紫的桑葚映照在翠绿的桑叶中,采桑的姑娘聆听着三吴之地男儿的歌声,一曲未了芳心已动!诗词也表达了邻里友好、和睦共处的景象,"邻里讲欢好,逊畔无欺侵"。蚕农在各自的区域内采摘,约定俗成,相互没有欺强凌弱、你偷我抢的不轨行为。而深深的竹篮、高高的梯子则是他们为采摘桑叶而特制的工具。

采桑养蚕固然是生存的需要,但劳动既充满创造性,也充满快乐。采桑诗画体现了吴越人民乐观向上的精神和淳朴的民风。劳动最光荣！所以康熙皇帝也为此歌颂，在《耕织图》采桑篇中，这位高高在上的皇帝凭他的想象题写道："桑田雨足叶蕃滋，恰是春蚕大起时。负笘携筐纷笑语，戴鵀飞上最高枝。"戴鵀是一种有鸡冠一样的漂亮的飞鸟。采桑是要爬树的，蚕农高高地爬在树枝上，不就是像鸟在高枝上唱歌一样吗？

　　桑叶采了，戴鵀飞了，但戴鵀还在这片蓝天飞翔。它在歌唱，它在为吴人后代正在建设的"三美临安"而歌唱！

（写于 2016 年 7 月）

昌化有座白牛桥

前几天,我随杭州市政府领导到昌化镇白牛村调研电商小镇、访问困难群众,踏上了白牛古桥。

历史上,白牛村是杭徽古道上的必经之路,是杭州水道到昌化可达的最后一个水陆码头。河岸上有两个大的盐仓,山货和食盐都在这里交易。山里的山货在这里运出,作为生活必需品的食盐在这里由商人肩挑手提进入百姓家,货运远的要到古徽州、江西。为方便交通,在昌化溪(历史上又称"晚溪")和其支流沥溪的交汇处建了一座石拱桥。

康熙二十年(1681),《昌化县志》记载:"白牛桥,许玫、何珍贵率众建,御史杨誉记石。"雍正七年(1729)圮,里人重建,又圮;光绪三年(1877)再建,复损;1917年,柴育才等重修,何崇楷记石。该桥于2003年列入县级文保单位。据测量,桥长19.9米,桥面宽5.4米,净跨13.2米,拱矢高6.7米。两头设有石阶,置抱鼓的一级台阶特别宽,以下有3级,以上有8级,共12级,阶石已磨得发亮。桥拱券用框式纵联砌置法砌成,材料为青石。桥上中间两栏板外侧均刻有"白牛桥"三字桥额。桥顶有望柱四根,望柱柱身雕刻八仙人物故事,柱头为狮子,西北一对为雄狮戏球,其中右边一尊雄狮爪下有一串方孔圆钱,钱币上刻有"民国五年"字样。东南面为两尊母狮,腹下有小狮。雄狮身材雄壮威武,额部阴刻"王"字,母狮体形略小。桥两侧另有望柱四根,望柱柱身雕刻花卉、鹿等图案,柱头为束莲。桥面用青石板铺筑,有栏板六块、抱鼓石两对。桥面千斤石上原雕刻有一白牛,现已磨损,无法分辨。桥下无龙门石。桥头竖三通石碑,东南面为一通《千秋纪念·重修白牛桥碑》。

说起白牛桥的来历,还真大有来头!

根据民间传说,上古时代的尧帝,听说许由是一个道德高尚且很有节操的人,便想把帝位禅让给许由。但许由是个不问政治且"清高"的人,几次拒绝了尧帝的请求。为避免尧的打扰,许由就往南方跑,跑到了昌化的山里隐居。尧以为许由谦虚,更加敬重,便又派人到昌化去请他,说:"如果坚决不接受帝位,则希望您能出来当个九州长。"不料许由听了这个消息,更加厌恶,立刻跑到山下的晚溪边去,掬水洗耳。

许由有个朋友巢父也隐居在这里,他养了头白牛,虽用于耕田种地,但非常珍惜它。他将地上的草棚作牛棚,自己则在大树上筑了一个巢,用于晚上睡觉。因此,当地百姓就叫他"巢父"。许由洗耳的时候,巢父正巧牵着这头白牛来给它饮水。巢父看到许由在溪中的怪模怪样,便问许由在干什么。许由就把事情告诉他,并且说:"我听了这样不干净的话,怎能不赶快洗洗我清白的耳朵呢?"巢父听了,冷笑一声说道:"哼,谁叫你在外面招摇,造成影响,现在惹出麻烦来了,完全是你自讨的,还洗什么耳朵!算了吧,别弄脏这晚溪,玷污了我白牛的嘴!"说着,牵起白牛,径自走向边上的沥溪让白牛饮水去了。

许由洗耳的地方现在叫"洗耳滩",白牛饮水的地方则架起了白牛桥。

据说,许由的后人就聚集在离这儿不远的许家村。巢父的后人更多,只要到每年白露时节山核桃开杆时,抬头往山核桃树上看看,那些在树上攀爬腾挪自如的高手,不都是巢父的子孙吗?

(写于 2017 年 12 月)

苏东坡和他的红颜知己

日啖荔枝三百颗，不辞长作岭南人。

苏东坡贬谪惠州时作的这两句诗，成了我春节期间携家人去广东惠州的理由。

苏东坡本想，自己已被贬到了这蛮荒之地，不如携一家老小在此终老，于是申请把长子、兄弟都调到附近州县。生活安定下来后就写了上述诗句。想不到的是，他的政敌看到这样的诗句就不高兴了，再次告状，皇帝将苏东坡贬到了人烟稀少的海南儋州。苏东坡只得将病逝在惠州的爱妾朝云的尸骨留在了惠州西湖的孤山上。

是的，惠州有个西湖。

"天下西湖三十六，唯惠州足并杭州。"

这是古人对惠州西湖的评价。如此有名的西湖，从杭州来的人肯定要去一探究竟的。

果然，惠州西湖是杭州西湖的翻版，有九曲桥、孤山等景区。以至于我在微信朋友圈发图片时，被误会是"忽悠"！清代惠州知府吴骞作了《惠阳纪胜》诗，将杭州西湖与惠州西湖作了一次对比："杭之佳以玲珑而惠则旷邈；杭之佳以韶丽而惠则幽森；杭之佳以人事点缀，如华饰靓妆，而惠则天然风韵，如蛾眉淡扫。"把惠州西湖比作未入吴宫前在苎萝村浣纱的西施，道出了惠州西湖的特色：天然美。

惠州西湖原来并不叫西湖，而是苏东坡将此湖命名为"西湖"的。苏东坡之所以如此命名，是为了一个人——王朝云！

他把她比作西子

话从苏东坡第一次到杭州任职时说起。

一日，苏东坡与几位文友同游西湖，宴饮时招来歌舞班助兴，悠扬的丝竹声中，数名舞女浓妆艳抹，长袖徐舒，轻盈曼舞，而舞在中央的一位舞女以其艳丽的姿色和高超的舞技，特别引人注目。她叫"王朝云"。舞罢，众舞女入座侍酒，王朝云恰转到苏东坡身边，这时的王朝云已换了一种装束：洗净浓妆,黛眉轻扫,朱唇微点,一身素净衣裙,清丽淡雅,楚楚可人,别有一番韵致。仿佛一股空谷幽兰的清香,沁入苏东坡因世事变迁而黯淡的心。此时,本是艳阳普照、波光潋滟的西湖,由于天气突变,阴云蔽日,山水迷蒙,成了另一种景色。湖山佳人,相映成趣,苏东坡灵感顿至,挥毫写下了传颂千古的描写西湖的佳句:

> 水光潋滟晴方好,山色空蒙雨亦奇。
> 欲把西湖比西子,淡妆浓抹总相宜。

此诗表面上写西湖的旖旎风光,而实际上还寄寓了苏东坡初遇王朝云时为之心动的感受。

朝云时年十二岁,她十分庆幸苏东坡能喜欢自己,决定追随东坡先生终身。

红颜知己王朝云

王朝云与苏轼共同生活了二十多年,特别是陪伴苏轼度过了贬谪黄州和惠州两段艰难岁月,历经苦难,两人相知甚深。朝云对艺术生活有着不一般的理解与体验,对细腻感情的把玩与品味,与富有浪漫气质的苏轼是投缘的。他们之间可谓一举手、一投足,都可知道对方的用意,东坡所写的诗词,哪怕是轻描淡写地涉及往事,也会引起朝云的感伤。最典型的莫过于东坡所写的《蝶恋花》:

> 花褪残红青杏小。燕子飞时,绿水人家绕。枝上柳绵吹又少,
> 天涯何处无芳草。
> 墙里秋千墙外道。墙外行人,墙里佳人笑。笑渐不闻声渐悄,
> 多情却被无情恼。

苏东坡被贬惠州时,王朝云常常唱这首《蝶恋花》,为苏轼聊解愁闷。每当朝云唱到"枝上柳绵吹又少"时,她就难掩惆怅,不胜伤悲,哭而止声。东

坡问何因，朝云答："妾所不能竟（唱完）者，'天涯何处无芳草'句也。"

东坡大笑："我正悲秋，而你又开始伤春了！"

朝云去世后，苏轼"终生不复听此词"。

古人认为，芳草为柳绵所化，所以枝上柳绵吹遍天涯，芳草也就随风而生。这首词也暗喻了苏轼"身行万里半天下，僧卧一庵初白头"的命运。在政敌的迫害下，他如草随风漂泊，一次比一次被贬的远，一次比一次遭受的打击大。朝云唱到那两句时，想起苏轼宦海的浮沉、命运的无奈，对苏东坡忠而被贬、沦落天涯的境遇是同感在心，于是泪如雨下，不能自已。而东坡亦是知她的这份知心，才故意笑着劝慰，两人之知心，可见一斑。

东坡一日退朝，食罢，扪腹徐行，顾谓侍儿曰："汝辈且道是中何物？"一婢遽曰："都是文章。"东坡不以为然。又一人曰："满腹都是识见。"坡亦未以为当。至朝云乃曰："学士一肚皮不入时宜。"坡捧腹大笑。

说苏轼满腹文章，或满腹聪明才智，当然也对，但苏轼之为苏轼，其在新旧两党当权时都受打击，确实因为他一肚皮都是些不合时宜的思想。难怪苏轼捧腹大笑，把朝云引为知己。朝云深知，经历生死磨难的人生变故之后，苏轼对高官荣宠已视之淡然。在苏轼仕途春风得意的背后，隐藏着他对人生祸福相倚的忧惧、对物质富有的厌弃和精神生活之空虚的种种感触。朝云能透视苏轼的内心世界，足见是苏轼的红颜知己了。

她为他创制了"东坡肉"

苏东坡在杭州任通判三年，之后又官迁密州、徐州、湖州，颠沛不已，"乌台诗案"后被贬为黄州副使。这期间，王朝云始终紧紧相随，无怨无悔。在黄州时，他们的生活十分清苦。

苏东坡诗中记述："今年刈草盖雪堂，日炙风吹面如墨。"王朝云甘愿与苏东坡共度患难，布衣荆钗，悉心照顾苏东坡的生活起居，她用黄州廉价的肥猪肉，微火慢炖，烘出香糯滑软、肥而不腻的肉块，作为苏东坡常食的佐餐妙品，这就是后来闻名遐迩的"东坡肉"。

她为他生下了"心头肉"

元丰六年(1083)九月二十七日,二十二岁的朝云为苏轼生下一个儿子。苏轼为他取名"遁"。"遁"取自《易经》中的第三十七卦"遁",是远离政治旋涡、消遁、归隐的意思,这一卦的爻辞中说:"嘉遁,贞吉""好遁,君子吉",可见这个名字,既寓有自己远遁世外之义,又包含对儿子的诸多美好祝愿。我发现苏东坡为儿子取的名字偏旁都是"辶",也反映了他动荡、奔波的生活状态。遁儿满月之时,苏东坡想起昔日的名噪京华,而今却"自喜渐不为人识",都是因为聪明反被聪明误,因而感慨系之,写下自嘲诗:

> 人皆养子望聪明,我被聪明误一生。
> 惟愿孩儿愚且鲁,无灾无难到公卿。

他把西湖送给了她

1089 年,苏轼再次被贬到杭州,任杭州知府。他组织疏浚西湖,修筑"苏堤"。这不但便利了交通,美化了湖景,更重要的是可以防止湖水的淤塞,保护杭州城不受江潮的肆虐,为杭州人民做了一件大好事。这也是苏东坡最值得称道的政绩之一。此后十年之中,苏东坡又先后出任颍州和扬州知府。时宋哲宗亲政,用章惇为宰相,又有一批不同政见的大臣遭贬,苏东坡也在其中。因苏轼是皇帝的老师,章惇怕皇帝起反悔之心,就打破贬不过岭南的惯例,让皇帝将年近花甲的苏轼,贬往了南蛮之地的惠州。

眼看运势急转而下,难再有起复之望,身边众多的侍儿姬妾都陆续散去,只有王朝云始终如一,追随苏东坡长途跋涉,翻山越岭到了惠州。对此,东坡深有感叹,曾作一首《朝云诗》:

> 不似杨枝别乐天,恰如通德伴伶玄。

阿奴络秀不同老,天女维摩总解禅。

经卷药炉新活计,舞衫歌扇旧因缘。

丹成逐我三山去,不作巫阳云雨仙。

此诗有序云:"予家有数妾,四五年间相继辞去,独朝云随予南迁,因读乐天诗,戏作此赠之。"当初白居易年老体衰时,深受其宠的美妾樊素便溜走了,白居易因而有诗句"春随樊子一时归"。王朝云与樊素同为舞姬出身,然而性情迥然相异,朝云的坚贞相随、患难与共,怎能不令垂暮之年的苏东坡感激涕零呢!

王朝云在惠州时遇瘟疫,身体十分虚弱,终日与药为伍,总难恢复,苏东坡为之拜佛念经,寻医煎药,乞求她康复。但从小生长在山水胜地杭州的朝云为花肌雪肠之人,最终耐不住岭南闷热恶劣的气候,不久便带着不舍与无奈溘然长逝,年仅三十四岁。朝云一生向佛,颇有悟性和灵性,她能和苏东坡心心相印。早在苏东坡为徐州太守时,朝云曾跟着泗上比丘尼义冲学《金刚经》,后来在惠州又拜当地名僧为俗家弟子。临终时她执着东坡的手诵《金刚经》四偈:"一切有为法,如梦幻泡影,如露亦如电,应作如是观。"她告知东坡,生命无常,不必太在意。这番话既是她皈依佛门后悟出的禅道,亦蕴藏着她对苏东坡无尽的关切和牵挂。

苏东坡尊重朝云的遗愿,于绍圣三年八月三日,将她葬在惠州西湖南畔栖禅寺的松林里,亲笔为她写下《墓志铭》,铭文也像四句禅偈:"浮屠是瞻,伽蓝是依。如汝宿心,惟佛是归。"

朝云的死也带着些神秘色彩。朝云葬后第三天,惠州突起暴风骤雨。次日早晨,东坡带着小儿子苏过,前来探墓,发现墓的东南侧有五个巨人脚印,于是再设道场,为之祭奠,并因此写下《惠州荐朝云疏》:

轼以罪责,迁于炎荒。有侍妾朝云,一生辛勤,万里随从。遭时之疫,遘病而亡。念其忍死之言,欲托栖禅之下。故营幽室,以掩微躯。方负浣渎精蓝之愆,又虞惊触神祇之罪。而既葬三日,风雨之余,灵迹五显,道路皆见。是知佛慈之广大,不择众生之细微。

敢荐丹诚,躬修法会。伏愿山中一草一木,皆被佛光;今夜少香少花,遍周法界。湖山安吉,坟墓永坚……

在朝云逝去的日子里,苏轼不胜哀伤,除写下《朝云墓志铭》《惠州荐朝云疏》,还写下《西江月·梅花》《雨中花慢》和《题栖禅院》等许多诗、词、文章来悼念这位红颜知已。其中,著名的《西江月》一词,更是着力写了朝云的精神风貌和高尚情操:

玉骨那愁瘴雾,冰姿自有仙风。海仙时遣探芳丛,倒挂绿毛幺凤。
素面翻嫌粉涴,洗妆不褪唇红。高情已逐晓云空,不与梨花同梦。

苏东坡还在墓上筑六如亭以纪念她,并亲手写下楹联:

不合时宜,惟有朝云能识我;
独弹古调,每逢暮雨倍思卿。

楹联不仅透射出苏东坡对一生坎坷际遇的感叹,更饱含着他对这位红颜知已的无限深情。

据说,惠州的西湖本名"丰湖",山青水绿,烟波岚影,酷似杭州西湖。自苏东坡来后,他常与王朝云漫步湖堤、泛舟波上,一同回忆在杭州时的美好时光,因此也就用杭州西湖的各处风景地名为这里的山水取名,这本是两人的得意之作,不料他乡的孤山竟然成了王朝云孤寂长眠的地方。

为了怀念王朝云,苏东坡在惠州西湖上刻意经营,建塔、筑堤、植梅,试图用这些熟悉的景物唤回那已远逝的时日。

西湖在,朝云在!

(写于2019年3月)

西菩寺边话辩才

因工作的关系,我多次来到於潜西菩寺调研考察。每当来到这里,我都会情不自禁地想起从西菩寺诞生的北宋高僧——辩才大师,他是佛教天台宗历史上举足轻重的人物之一。

西菩寺亦称"明智寺",始建于唐天祐(904—907)中,《咸淳临安志》等相关史籍记载:明智寺在县西十八里波亭乡(今於潜镇更楼村徐家仙人山麓)。初,山之西有光亘天,现菩萨像,僧道志立茅庐其下。后建佛殿,名"西菩寺"。治平二年(1065),改今额。熙宁七年(1074)八月,苏文忠公同毛君宝、方君武访参寥子、辩才,遂留西菩山留题。建炎间(1127—1130)重修,秦少游之子湛为记。有清凉池、明月池、双峰堂、涤轩、贤秀轩、西资阁、见山亭。峰峦如屏,山涧流水淙淙,山坡桃李成林,风景清幽,秦湛誉之为"居者忘出,游者忘归"的风景名胜之地。

北宋奇人出於潜

辩才大师(1011—1091),俗姓徐,名无象,法名元净,於潜县(今临安於潜镇)人,为北宋著名高僧。其乐善好施,助人为乐。相传,他出生时,有位外乡客路过,指着他家房子说:这里有佳气郁郁上腾,当生奇男子。刚生下来时,他的左肩上有肉隆起,状若袈裟绦,八十一天后才消失。他的伯祖父认为这是大德妙相,说:"此乃宿世沙门,慎勿夺其所愿,让他终生事佛吧,八十一大概是他的命数啊!"果然如他所言,后来辩才享年正好是八十一岁。十岁时,父母亲就把他送到西菩山明智寺出家为僧,师从同县僧人法雨禅师。徐无象天资聪颖,好学精进,博学强记,见识日进。每次见到讲堂,他就说:"我愿登堂说法度人。"十六岁时落发,受具足戒。十八岁那年,他决心游方问法,就离开西菩寺,来到杭州上天竺寺,师从慈云法师,学习天台教义。他日夜勤勉,数年下来,深得慈云真传,学行并进,在慈云门下脱颖而出,成为高足。慈云圆寂后,他又师从明智韶师,学《摩诃止观》(天台宗典籍),感悟道:我终于知道,色声香味都具有第一义谛。说完,涕泪如雨。从此以后,凡遇物、人、事,都能圆融无碍。

在名师指点下,无象造诣日精,名震吴越。二十五岁时,宋神宗闻其德行,特恩赐紫衣袈裟,并赐法号"辩才"。此后,他代韶师讲法长达十五年之久。据说为了让游魂野鬼也能来听法,他常在夜晚开设讲习,说法度之。他说:"鬼神没有威德,大多怕人,如白天说法,就不能来,如在夜深人静,或许能听。"后来上天竺寺因此建有"夜讲坛"。

嘉祐八年(1063),杭州知州沈遘因上天竺寺住持智月法师之邀,聘请辩才入山住持,并上请朝廷,以教易禅,朝廷恩准,赐改寺名为"灵感观音院"。当时在朝廷为相的文学家曾公亮,特意出钱十万,请正好来杭州任知州的书法家蔡襄题字,制作了金字巨匾送到寺里。曾公亮为什么重金赠匾?原来其中还有一段故事:相传庆历年间(1041—1048)曾公亮途经杭州,寺僧元达上人陪同游览上天竺。行路间,忽有素衣妇人对元达上人说:"上座同曾舍人来耶?舍人五十七入中书。"话音刚落,妇人就不见了。后来回京,果然应验,曾公亮五十七岁时入中书为参知政事,当了宰相。曾公亮感念此事灵异,发愿以匾相报,还赠送5230卷佛经给寺里供奉。辩才就建造藏经阁以收藏,并建"肃仪亭"以示对曾公护法的感谢。

辩才道行高深,名闻东南,吴越人争先恐后皈依,辩才"开山辟地二十五寻""增广殿宇""几至万础",且"殿皆重檐""重楼杰观,冠于浙西",前来求学僧众数倍于前,上天竺因而成为杭州大丛林。辩才作为第三代祖师,在上天竺住持法席长达十七年之久。这期间,名流雅士纷纷慕名前来。

辩才还精通医学,常为人诊治疑难杂症。秀州嘉兴县令陶录的儿子得了魅疾,四处求医,都不能治,辩才大师为之颂咒,很快就痊愈了。越州(绍兴)诸暨陈氏女子"得心疾,漫不知人",父母带她来见辩才师,"警以微言,醒然而悟"。苏东坡次子苏迨,出生后就体弱多病(一说脑积水),四岁还不能走路,多方求医未曾见效。辩才法师知道后,让苏迨"于观音前剃落,权寄缁褐",亲为摩顶治病,结果立竿见影,苏迨行走如奔鹿,一时传为美谈。为此,苏东坡作诗称谢,有"我有长头儿,角颊峙犀玉。四岁不知行,抱负烦背腹。师来为摩顶,起走趁奔鹿"之句。苏迨日后被朝廷授予承务郎官位。

再回故乡西菩寺

辩才从於潜西菩寺到杭州,在上天竺时,正值北宋朝廷党争激烈,因与苏东坡交往,在苏东坡的政敌吕惠卿当政时遭到杭州僧人文捷的排挤,一度被迫离开上天竺,回於潜老家西菩寺去暂住了一段时间。

熙宁七年(1074)八月廿七,苏东坡与毛君宝、方君武一起,从杭州策马西行,来西菩寺拜访辩才大师,题写了寺额,并留有《与毛令方尉游西菩提寺二首》。

当地人还流传着苏东坡与方君武沿途以地名对对联的趣话。苏东坡巧用於潜西行沿途经过的方圆、更楼、太阳三个村镇名,说:"方圆鼓,敲上更楼,太阳升也。"方君武灵机一动,也妙用於潜东行沿途的藻溪、横塘、化龙三个村镇地名,脱口应道:"藻溪鱼,跳过横塘,化龙去矣。"如此妙对佳联,堪称诗文佳话,难怪当地妇孺皆知,至今口颂相传。不久文捷事败,辩才又在僧俗士人的迎请之下，回到上天竺寺，重新担任住持。

苏东坡为此欢欣鼓舞，作《闻辩才法师复归上天竺以诗戏问》诗相贺。

退居龙井煮茶论道

元丰二年（1079），年届古稀的辩才大师因为不堪承受繁忙事务，决意从上天竺退居，于是在西湖南山龙井找到寿圣院。当时由于年久失修，寿圣院已经破败不堪，仅存"蔽屋数楹"而已。辩才入山之初，条件十分艰苦，策杖独往，"以茅竹自覆"。

寿圣院乃吴越国钱弘俶乾祐二年（949），由居民凌霄募缘建造，称"报国看经院"，地址在钱塘县（今杭州）履泰乡（今龙井）晖落坞。北宋熙宁（1068—1077）初，报国看经院改名为"寿圣院"，苏东坡题写寺额。辩才法师退居寿圣院时，徒弟怀益前来主奉香火，众居士合力出资出力，"庐具像设，甓瓦金碧，咄嗟而就。""鼎新栋宇，不日而成。中建尊殿，严圣像也。前有三门，示三解脱也。钟鼓有阁，警晦明也。堂曰潮音，信群听也。斋曰讷，欲无言也。室曰寂，寂而常照也。阁曰照，照而寂也。泉曰冲，用不穷也。又堂曰闲，赵公致政访师退居，二闲人也。庵曰方圆，不执一也。桥曰归隐，退以乐也。沼曰涤心，渊清澈也。群居有寮，安其徒也。众山环绕，景象会合，断崖泓澄，神物攸宅，龙井岩也。势将奋迅，百兽窜慑，狮子峰也。昔人饲虎，以度有情，萨埵石也。修竹森然，苍翠夹道，风篁岭也。"除了佛宇大殿外，建有寂室、照阁、讷斋、潮音堂、方圆庵、归隐桥、龙井亭等著名建筑。

辩才大师在这里煮茶论道，吟诗作赋，交游名流，过着风雅、娴静、充满诗意的晚年隐居生活，度过了他人生的最后十年。他写的《龙井十题》，即《狮子峰》《风篁岭》《归隐桥》《寂室》《照阁》《讷斋》《潮音堂》《萨埵石》《冲泉》《龙井亭》等十首诗，就是对这些建筑和景观的最早题咏。而苏东坡、秦观（少游）、杨杰（无为）、赵抃（清献）、释参寥等名公大德的过往交游，诗歌唱和，更使得这里从默默无闻的荒山僻岭，成为名闻杭州、流芳千古的名胜佳处。寺僧在旁边的狮峰山麓开山种茶，因而这里被后人看作绿茶极品西湖龙井的发祥地。

元祐六年(1091)秋天,辩才自知即将化去,就入室晏坐,谢却宾客,不再言语、饮食。他召来同乡好友参寥子说:"我已西方业成,如果这样连续七日没有外魔横冲,右胁吉祥而逝,那我的心愿就满足了。"到第七天,他奄然圆寂,这天正是九月三十日。辩才去世后的次年五月,其徒惟楚携带一轴当年苏东坡题与辩才的书函,来到时在扬州任知州的苏轼衙舍,请求题跋。苏东坡见物思人,感慨万千,并作偈祭奠。十月庚午,辩才骨塔落成,苏东坡又让弟弟苏子由撰写辩才大师的塔碑铭文。

与苏东坡结下深厚友谊

相传苏东坡在任杭州通判时初次去上天竺谒见辩才,正是一个寒冷欲雪的冬天。当时辩才正好外出讲学,苏东坡在白云堂前雪地里空等。眼看天色将暗,苏东坡只好怏怏而归。临走时,他挥笔在堂壁上写下七绝一首:"不辞清晓叩松扉,却值支公久不归。山鸟不鸣天欲雪,卷帘惟见白云飞。"后人为了纪念这段佳话,在苏东坡当时立雪处建造了一座"雪坡亭"。后来,两人过往甚密,成为知交。在狮子峰与上天竺之间有一条岭,原名"梯子岭",因苏东坡与辩才交游而改名为"苏子岭"。辩才退居龙井寿圣院不复出入后,苏东坡出知杭州,两度来杭,公务余暇,也常去院中参拜,高僧名流,煮茗论道。相传,一日辩才与苏东坡茶饭后闲坐窗前,突然一场疾风暴雨,雷电交加,窗前二松被折,辩才大师触景生情,脱口吟出一联云:"龙枝已逐风雷变,减却虚窗半日凉。"苏东坡闻罢,应声和道:"天爱禅心圆且洁,故添明月伴清光。"他们从不同角度诠释自己的看法。苏东坡对辩才的诗文造诣十分称赏。他说,辩才虽然"平生不学作诗",但其诗"如风吹水,自成文理",并自谦地说自己与参寥子的诗,"如巧人织绣耳"。苏东坡离开杭州,到了别处,对辩才仍然挂念不已,常写信问候。在一封信的开头,苏东坡说:"别来思仰日深,比日道体何如?"信后又嘱咐"惟千万保爱"。足见两人情缘之深,非同一般。

辩才道行高深,长年持斋律行,养就了一副仙风道骨。他身材颀长,外表清瘦,白眉碧眼,气色如丹,颇有鹳鹄之姿。苏东坡诗中有"中有老法师,瘦长如鸑鹜。不知修何行,碧眼照山谷。见之自清凉,洗尽烦恼毒"之句。元祐五年(1090)初,辩才大师八十大寿,"道俗相庆,施千袈裟,饭千僧,七日而罢"。苏东坡等都前去祝寿。

　　盛名天下的辩才,虽然退居龙井,但仍然吸引着社会名仕纷至沓来。

秦观星夜访辩才

　　辩才退居龙井当年,元丰进士、词人秦观(少游)即在一个月夜前去寿圣院拜访辩才,事后写了《游龙井记》一文。根据此文记载,元丰二年(1079)秋后一日,秦观自吴兴途经杭州,东还会稽(绍兴)时,辩才法师驰书邀秦观入山相见。那天秦观刚出城门,太阳已经下山,乘船经西湖到南屏普宁寺,遇到道人参寥子(道潜,也是西菩寺出家人),问他龙井是否有可供遣使的竹轿,参寥子说:"你来的不是时候,竹轿已经离开了。"这天晚上,天气晴朗,树林间月光明亮,可数毛发。于是他放弃舟,跟随参寥子策杖沿湖而行,出雷峰塔,度南屏寺,濯足于惠因涧,入灵石坞,再从一条支径,上风篁岭,憩于龙井亭,酌泉据石而饮。从普宁开始,一路凡经佛寺十五座,都幽寂荒僻,不闻人声,道旁庐舍,或灯火隐显,草木深郁,流水激激悲鸣,简直不是人间之境。行到二鼓,才到达寿圣院,拜谒辩才大师于潮音堂。第二天,秦观告别而回。为此,秦观又作《龙井题名记》以记胜事。

　　秦观此文经大书法家米芾书碑刻石,成为寺里一宝,也是龙井得以显扬的名篇力作之一。

与赵抃在龙井品茶和诗

　　赵抃(1008—1084),字阅道,宋衢州西安(今浙江衢州)人。景祐元年(1034)进士,任殿中侍御史,弹劾不避权势,时称"铁面御史"。平时以一琴一鹤自随,为政简易,长厚清修,夜必衣冠露香以告于天。

　　元丰七年(1084)的一天,曾任杭州知州的赵抃,再次去龙井寿圣院拜访辩才。相传赵抃晚年退养杭州后,其子岘获皇帝恩宠,提举两浙常平,以便安养老父。赵岘陪同其父遍游名山,赵抃曾到寿圣院拜访辩才,一见如故。这次再游,老友重逢,格外高兴,辩才陪他在龙泓亭品茶。赵抃感慨万千,欣然命笔,作诗曰:"湖山深处梵王家,半纪重来两鬓华。珍重老师迎厚意,龙泓亭上点龙茶。"辩才也和诗云:"南极星临释子家,杳然十里祝青华。公年自尔增仙籍,几度龙泓诗贡茶。"从而留下了名僧与清官的一段千古佳话。而"龙泓亭上点龙茶""几度龙泓诗贡茶"的诗句,更留给后人一个千古之谜:这里的"龙茶"是否是"龙井茶"?

寺僧在寿圣院方圆庵东侧建闲堂,寓意二闲人。赵抃去世后,苏轼写了《神道碑》《清献集》。

与守一法师在龙井讲经说法

元丰六年(1083)四月九日,杭州南山僧官守一法师到龙井寿圣院辩才住所方圆庵拜会辩才,二人讲经说法,谈古论今,十分投机。为此,守一写了《龙井山方圆庵记》一文,以示纪念。此文也经米芾书碑刻石,并书跋,米芾此碑书法与文"并称奇绝"。

从临安於潜西菩寺走出的辩才大师,一生精勤修行,兼通禅教律,"以佛法化人心,具定慧学",其道德品行垂为师表,他与苏东坡等名流的交往佳话,成为临安宝贵的历史文化财富。

(写于 2019 年 5 月)

秋登於潜岞崿山

今年 10 月 27 日,正是金秋时节,天目溪两岸一望无际田畈里,满眼金黄稻浪。我与夫人应邀参加在於潜中学举行的奥星电子公司第七届职工运动会(我戏称之为"奥运会"),来到了於潜镇。观看了运动会开幕式精彩表演后,与妻子商量,决定去爬於潜著名的岞崿山。于是,在心旷神怡、天高气爽的秋季,我与夫人登上了天目溪畔的岞崿山。

岞崿山,在清康熙年间就被称於潜八景之一。岞崿一词形容山之高峻的样子。岞崿山在天目溪(古称锦江)边,从江边往上看,是悬崖峭壁,岩壁下是个深潭。古人称"其山峭耸清绝,下浸碧溪,旁通翠岫,遥望天目,为醒心豁目杰特之观"。说起来也惭愧,在临安生活了四十年,还是第一次游览岞崿山公园。公园小巧玲珑,临溪而建,清静干净。园外新建了免费停车场,二个门楼,第一个石牌坊是由已故浙江省书协主席郭仲选题写的"潜阳坊",里面的墙门上是已故原著名书法家沙孟海先生题写的"岞崿山公园",园内於潜镇政府修建了"耕织图博物馆"。由于这二天下了雨,溪水上涨,溪边有不少人在悠闲垂钓。上山的路很陡峭,沿着石壁修建了长长的登山古道。千百年来，石道被游人磨得很光溜了，很有历史感。古人有诗文："峭壁千寻古，危桥一径通。骚人吟咏处，对景思无穷。"

如果岝崿山原名"支硎山"属实的话，那此山就是魏晋名流支道林年轻时修道的地方。因为支道林原名支硎，他出入儒、道、佛三家。他养马为的是欣赏马的神俊，别人送他两只白鹤他到山顶放飞，说是为了让鹤回归自然。他注解庄子逍遥游，让王羲之敬佩不已！支道林作为魏晋风度的代表人物，与谢安交往匪浅。

《晋书·谢安传》中记载："尝往临安山中，坐石室，临浚谷，悠然叹曰：此去伯夷何远！"《太平寰宇记》中记载："谢安尝登之，箕踞垂足，曰'伯昏瞀人何以过是！'"那位"东山再起"指挥淝水之战的谢太傅谢安，登上岝崿山，在这座"东临县之西溪，有绝壁高四十丈许"的岝崿山上与支道林促膝长谈，赞叹伯昏瞀人的智慧（有关伯昏瞀人事迹见《庄子·列御寇》）。

后人在山南建造了一座怀谢亭，以示敬慕，纪念谢安之行。清代诗人郑伯勋写了一首五言律诗《岝崿行吟》。尾联为："旷怀谢太傅，苔锁石床空。"感叹之情，溢于言表。

登岝崿山的历代名人中，也少不了大文豪苏东坡，后人为纪念他游览岝崿山，把山脚的深潭命名为"观政潭"，把跨溪的木桥称为"观政桥"。据说山上原建有三个塔，清康熙时尚存二塔，现在都已无存了。二十世纪九十年代，当地政府建了三个亭子，一个叫清白泉亭，一个小飞来亭，一个叫大观亭，由当地名家题字和题写楹联。小飞来亭边有一口很深的古井，山上原先有寺庙，这一点，从宋人的诗句中可以看出。南宋江湖布衣诗人高翥就写有《岁除登岝崿山精舍》："萧寺经行无尽情，倚阑长是眼增明。溪因宿雨十分急，山为凝寒一味清。竹外飞花随晚吹，树头幽鸟试春声。重来又是明年事，临出门犹款款行。诗人在大年三十还到山上的佛教精舍访友做客。估计佛寺精舍就在现在小飞来亭边的平地上。"

南宋时的大学士、刑部尚书，於潜人洪咨夔也多次登临岝崿山，他还陪朋友游岝崿山，并留有《送程宗武游岝崿》诗句："骤暖揠芳意，薄游烘软尘。乱山云气晓，啼鸟杏花春。人物少催老，物华陈换新。一声铿尔瑟，沂水绿鳞鳞。"诗人感叹世事人物的推陈出新、生生不息。诗中最后一句表达了诗人对美好生活的向往。这种浪漫的志向与孔子、曾子这些古圣先贤是同样的："莫春者,春服既成,冠者五六人,童子六七人,浴乎沂,风乎舞雩,咏而归。"现代生活节奏这么快,能有古人那份情怀,偷得浮生半日闲,出门寻觅山水,欣赏大自然的风光,是多么美好的事啊!

　　其实人生就是一场运动会,尤其是我们还年轻时,需要不断地往前冲。有主动的、被动的。然而当我们步入中老年,就如在秋高气爽的季节里,我们虽不一定能登泰山而小鲁,壮志凌云,但在岽崿山上"聚千山秀色,西揽群峰东凭古邑"也未尝不是一种幸福!

(写于 2019 年 10 月)

茶出米坞者亦清香

> 临安、於潜二县生天目者,与舒州同。其最佳者,邑中各山皆产,茶出米坞者亦清香。

这是清嘉庆《於潜县志·食货志》引用唐代茶学家陆羽的《茶经》对临安天目山茶叶的一段记载。

既然一代茶圣陆羽(约733—约804,字鸿渐),对临安天目山的茶叶有明确评价,那么陆羽来过临安吗?米坞又在哪里?这一度引起我的好奇心,但由于工作繁忙没有深究下去。

近日下基层调研时,在民间一些藏家处,也见到刻着上述文字的古陶瓷。这不禁再次燃起了我的好奇心:一千多年前为什么就有陆羽的米坞茶一说?陆羽到天目山的采茶点在米坞吗?为什么会来这里?居住和茶叶加工地在哪?

几位同好者决定就此来次穿越,探访陆羽的踪迹。

初到米坞里

搜地图果然找到"米坞里"这一地名,在今天的太阳镇大溪坞和鹤里两个行政村一带。

从锦城镇出发,车行一小时,大溪坞村的项书记已在村委迎候我们了。

为什么叫米坞里?面对我们的问题,村民们说自古就是这样叫的,不知道是什么来历。

"此地产米?"

"这里是山谷,缺米。"

有同行者,指着地形图说:"这里的山坞,沟壑纵横,像个米字。"大家认为有道理。这里的地名有米坞口、米坞里、米坞庵等。

米坞庵不小

米坞庵原是个尼姑庵,现仅存遗址。有部分民居,是个小自然村。庵址上放养了不少蜂桶,正是割蜂蜜期间。村民正在收割蜂蜜,接受他们的热情邀请,我们品尝了工蜂辛勤采集的新鲜蜜。不少小蜜蜂也嗡嗡作响围着我们,仿佛在向我们诉说着劳动成果的来之不易。

我印象中所谓"庵"的地方,都比较小,但这个遗址却很具规模。村民告诉我,这个庙庵很大,曾经香火很旺。以前庵有三进,"文革"前此庵还有一个身材高大会武功的老和尚,后进了养老院。我们从地上捡了一些瓷片看,大部分是元青花瓷碎片,有少数是宋单色釉瓷片,看来米坞庵的历史不短。

龙头山的茶真好喝

在村文化员小王的带领下,我们到了龙头山下的一户农家。这是一个新宅,房屋还在装修。女主人很好客,拿出今年对面龙头山自采的明前野茶,用屋前山泉水烧开冲泡。同行的人不约而同叫"好喝"。茶的清香、饱满、鲜美尽在口中。

好茶配好水,取自纯自然。茶圣陆羽在《茶经》中对茶叶的生长环境和水都有说法:

> 其地,上者生烂石,中者生栎壤(按栎当从石为砾),下者生黄土。凡艺而不实,植而罕茂。法如种瓜,三岁可采。野者上,园者次;阳崖阴林,紫者上,绿者次;笋者上,芽者次;叶卷上,叶舒次。阴山坡谷者,不堪采掇,性凝滞,结瘕疾。

这里的茶叶至少符合其中的三个要求:一是产于砾土;二是野茶,有的野茶树直径有十几厘米;三是叶卷如枪。

至于水,茶圣说:"其水,用山水上,江水中,井水下。"这里是上品的山泉水。

女主人自述,清明节前,她上山采摘来回走两个多小时,一天只能采制两斤茶。因为山高路陡,我们没有上山。但从挂在女主人家中的野茶园照片来看,山顶上有四十亩左右的平地,上有一片野茶。

我忽然萌生了一种感觉,传说中陆羽在天目山采摘的"龙头十八蓬"茶叶,莫非就是这里?思绪也穿越千年,耳边响起了陆羽好友皇甫曾《送陆鸿渐山人采茶回》的诗句:

> 千峰待逋客,香茗复丛生。
> 采摘知深处,烟霞羡独行。
> 幽期山寺远,野饭石泉清。
> 寂寂燃灯夜,相思一声磬。

诗中的"待",指迎接。"逋客",指避世之人。"茗",即茶。"烟霞",这里指的是山水胜景。"幽期",幽雅的约会。"野饭",即野炊。"磬",古代打击乐器,这里指寺庙僧人敲击的法器。

皇甫曾(生年不详),唐代诗人,字孝常,润州丹阳(今镇江)人,唐玄宗天宝十二年(753)进士,德宗贞元元年(785)卒。因不得志,被贬为舒州司马,移阳翟令,后辞官隐居。《全唐诗》《全唐诗外编》收有他的诗,被列为唐才子,编入《唐才子传》传世。作为陆羽的好友,他隐居后,便到天目山,经常与陆羽交流。

千年之后,我举目抬望龙头山,仿佛看到了陆羽采茶的身影。

> 飒飒东风细雨来,芙蓉塘外有轻雷。
> 金蟾啮锁烧香入,玉虎牵丝汲井回。
> 贾氏窥帘韩掾少,宓妃留枕魏王才。
> 春心莫共花争发,一寸相思一寸灰。

李商隐的春心不再与春花共发,我的心却与陆鸿渐的春茶紧紧地在一起萌发了!

茅翁山的兴教寺

鹤里村村干部小华问我:边上的区文保点茅翁山兴教寺遗址要不要去看一下?

我想陆羽真在这里采茶,还得要给他找个茶叶加工点,而且皇甫曾已明确告知,陆羽住在寺庙里。男女有别,米坞庵就不让他住了。让茶圣住茅翁山或道人坞应该是个不错的选择。

兴教寺遗址的规模与米坞庵差不多,区文旅局列的保护牌标明是"明代、民国"。遗址里古老的银杏树,向我们表明自己的见识,和尚骨塔石刻也模糊地写着自己的身份,地面上一片片明宣德年间的霁蓝瓷片更像是在诉说自己的故事。看来文物牌所列年代没错。但我想,如果仔细寻找,可能会找到唐代人的遗迹。

众多的关隘

这里是浙皖二省的交界处,也是历史上吴越国与吴国(南唐)的边境。千秋关上有过多少次厮杀?有过多少次战火纷飞?本来千秋关一夫当关,万夫莫开。但让人惊讶的是除了千秋关外,附近还有豪千关、桐岭关、白沙关等众多关隘。其中白沙关就在米坞口外,是通衢大道、边境集市,至今还有造纸厂遗迹。

陆羽当年住在湖州,这里不就是去天目山的必经之路吗?

至少,茶圣陆羽来过米坞。

(写于 2022 年 5 月)

钱穆父与苏轼的友谊

钱勰（1034—1097），字穆父，临安人。吴越国武肃王六世孙（镠—元瓘—弘佐—易—彦远—勰）。兄弟七人，排行老四，又叫钱四。他五岁就能日诵千言。官至朝议大夫，熏上柱国，爵会稽郡开国侯。卒时六十四岁。钱勰是个文人，书法造诣很高，楷书师从欧阳询，草书则达到王献之的境界。《书史会要·梁溪集》评价他文章雄深雅健，作诗清新遒丽。

钱穆父为人耿直幽默。元丰末，章惇（字子厚）为门下侍郎，以本官知汝州。时钱穆父为中书舍人，行告词云："鞅鞅非少主之臣，悻悻无大臣之操。"这让章惇很不爽。元祐年间，穆父在翰苑，诏书内有"不容群枉，规欲动摇"之语，让章惇尤为咬牙切齿。到绍圣初，章惇担任宰相，穆父毫无疑问受到打击报复，被赶出京师。好友蔡元度为他饯别，就重提前面的话语，说："公知子厚不可撩拨，何故诋之如是？"意思是，你明明知道章惇这人得罪不起，为何还说他的不是呢？穆父愀然曰："鬼劈口矣。"意思是"我是随口乱说的"。元度曰："后来代言之际，何故又及之？"也就是问钱穆父，后来你再代皇帝起草诏书时，怎么还是这个态度。穆父笑着说："那鬼又来劈了去。"在遭受危难之际,穆父态度洒脱,一笑了之,若了然无事。

钱穆父任如皋县(今江苏如皋)县令时,正值蝗灾暴发。而隔壁的泰兴县令则向作为上级的郡将报告:"县界无蝗。"但没多久,蝗灾大起,郡将责问他。泰兴县令理屈词穷,就狡辩道:我县本无蝗虫,都是自如皋飞来的。于是写了一份公文到如皋,要求如皋县从严捕蝗,不让蝗虫侵犯邻境。穆父收到此公文后,就在公文纸末写道:"蝗虫本是天灾,即非县令不才。既自敝邑飞去,却请贵县押来。"意思是,既然蝗虫是我们县的,那就烦请你把它们押送到我们这儿来吧!一番妙怼让对方无言以对。

钱穆父担任首都开封府尹时,办案办事效率很高,让人感觉轻松自如,完全没有太守坐堂板着脸公事公办的样子,办案过程中还不时地说些笑话。而每一次询问,会问得手下的胥吏腿脚打战不能对答。一天之内会判决一大摞滞留狱案,里里外外都对他赞不绝口。一日上朝时,苏东坡与他碰在一起,便称赞他说:"所谓霹雳手也。"钱穆父马上接口:"安能霹雳手,仅免葫芦蹄也。""葫"音"鹘",一语双关。

钱穆父的一生与苏东坡友谊深厚。他们同朝为官,有多次交集,交往甚密,二人诗词书信往来超过常人。查阅《苏东坡全集》,不完全统计,苏东坡写给钱穆父的诗有二十六首、词二首、尺牍二十九首。二人年龄相仿(钱比苏大三岁),同朝为官,政治上基本是同进同退。如东坡诗《次韵钱穆父会饮》所述:

> 弹冠恨不早,挂冠常苦迟。
>
> 盛服每假寐,角巾时伏思。
>
> 东门未祖道,西山空拄颐。
>
> 逝将江海去,安此麋鹿姿。
>
> 要当谋三径,何暇择一枝。
>
> 与君几合散,得酒忘淳漓。
>
> 君谈似落屑,我饮如弈棋。
>
> 居官不任事,造物真见私。
>
> 主人独贤劳,金穀方流驰。

行人亦结束，杖杜乃归期。

公卿虽少安，河流正东酾。

我得会稽去，方回良不痴。

元祐初，钱穆父与苏东坡同在西掖（中书省别称，负责代皇帝起草诏令），又同去守杭、越，至写此诗时又同来，故云"与君几合散"。苏东坡在兵部为闲曹，穆父所在户部则事务较多，所以诗中写道："居官不任事，造物真见私。主人独贤劳，金穀方流驰。"苏东坡守杭时，钱穆父守越，钱穆父派九个儿子中的老二蒙仲拜苏东坡为师。苏东坡的小儿子苏过也由钱穆父推荐为官。苏东坡四子，钱穆父九子，苏戏称钱为"九子母丈夫"。两位好友之间也经常恶搞，给厌烦了的官场增添了谈资。曾慥《高斋漫录》记载了两人关于"饭局"的故事：

东坡曾经对钱穆父说："寻常往来，心知称家有无。草草相聚，不必过为具。"嘴上这么说，估计也就是客套话而已。但钱穆父则是个实诚人。一日，穆父写了个请柬邀东坡来家吃皛（xiǎo）饭。苏东坡高兴地应约前往。到了一看，才知道备了饭一盂、萝卜一碟、白汤一盏而已，三白加在一起读皛。吃皛饭应该没毛病。但作为食客的苏东坡叫苦不迭，他在黄州"既与纯臣饮，无以侑酒，西邻耕牛适病足，乃以为肉"，这是苏轼自己写下的，不是别人编排的。没有下酒肉，把邻居家的耕牛都给宰了，借口是正好耕牛的脚坏了，不能再耕田，干脆吃了！但这次他已有话在先了，不能怪人家。

过了几天，东坡回请穆父，请柬写的是吃毳（cuì）饭。穆父心想东坡必有带毛的菜肴相报。去了以后，二人只喝茶水，并没有宴席上来。穆父饿得前胸贴后背。这时东坡开口了："萝卜汤饭俱毛也。"意思是"萝卜、汤、饭都是个毛啊！"钱穆父这才回过神来，原来苏东坡是请他吃个"毛"！"毛"谐音"冇"，没有的意思。用现在的话来说，就是请你吃个"毛线"，吃个"屁"，吃个"空气"！

钱穆父到最后，只能老老实实地认栽："子瞻啊，你真会开兄弟玩笑啦！"

玩笑归玩笑，其实他们平时礼尚往来还是比较多的。这在苏东坡给穆父的书信中不难发现踪迹。如东坡的信中这样写道："川公服一段，茶两团，酒二壶,蜀纸三百幅,聊相区区,恕其浼渎。"(最后两句大意为:赖以表达对您的爱慕,请宽恕薄礼轻慢之罪。)

他们又相互挂念:奉书不数,然日闻动止,以慰饥渴。比来台候胜常,秋高诸况必佳。太闲逸否?某五鼓辄起,平明亦无事,粗得永日啸咏之乐。今日重九,一樽远相属而已。新诗必多,幸寄示。乍冷。千万为国自重,不宣。

此文大意:给您去信不多,但每天都打听您的情况,来安慰如饥似渴的思念。近来贵体好于往常,秋高气爽的季节一切都好。是不是太闲逸了?我五更就起床,白天也无事相扰,略得整天吟咏的快乐。今天九月九日,只能举起酒杯远远地致意罢了。您的新诗肯定很多,希望寄给我看。天气突然变冷。千万为国保重身体。不一一细说。

还有一封信:漕任虽非众望,然有一事有望于公。浙西流殍之忧,来年秋熟乃免。日月尚远,恐来年春夏间可忧,赈之则无还,贷之则难索,皆官力所不逮,惟多擘画,使数郡粜场不绝,则公私皆蒙利。事甚易知,但才不迨,且无是心,敢以累公,况粉榆所在,当留念也。

这封信的意思是:管理水道运粮虽然不合大家意愿,但有一件事有求于您。浙西百姓逃灾流浪的忧患,到明年秋作物成熟才能消除。时间还很长,明年春夏之交令人忧虑,救济他们则财物有去无还,借债给他们则很难要回来,都是官方力量达不到的,只有请您多加运筹,使受灾州郡出卖谷物的场所粮源不绝,则官方和百姓都得利。此事很容易想到,只是才干达不到,而且也没有雄心,斗胆拿这件事拖累您,何况故乡所在,当多加留意。

苏东坡还留下了词二首,不仅脍炙人口,而且充满人生哲理,寄托真诚友谊。

西江月·送钱待制

莫叹平原落落,且应去鲁迟迟。与君各记少年时。须信人生如寄。

白发千茎相送,深杯百罚休辞。拍浮何用酒为池。我已为君德醉。

临江仙·送钱穆父

一别都门三改火,天涯踏尽红尘。依然一笑作春温。无波真古井,有节是秋筠。

惆怅孤帆连夜发,送行淡月微云。尊前不用翠眉颦。人生如逆旅,我亦是行人。

（写于 2022 年 11 月）

第二编 经史札记

司马光带来的启示

近期,我听了清华大学人文学院教授张国刚博士的《资治通鉴》系列课程,获益匪浅,感悟颇多。

一、关于《资治通鉴》

《资治通鉴》是一部编年体史书,由北宋政治家司马光主编。全书共二百九十四卷,通贯古今,上起战国初期韩、赵、魏三家分晋(前403),下迄五代(后梁、后唐、后晋、后汉、后周)末年赵匡胤(宋太祖)灭后周以前(959),凡一千三百六十二年。作者把这一千三百六十二年的历史,依时代先后,以年月为经,以史实为纬,按顺序记写;对重大历史事件的前因后果与各方关联交代得清清楚楚,使读者对史实的发展能够一目了然。

历代名人雅士对《资治通鉴》的评价很高。宋元之际史学家、文天祥同科进士胡三省说:"为人君而不知《通鉴》,则欲治而不知自治之源,恶乱而不知防乱之术。为人臣而不知《通鉴》,则上无以事君,下无以治民。……乃如用兵行师，创法立制，而不知迹古人之所以得，鉴古人之所以失，则求胜而败，图利而害，此必然者也。"(《新注资治通鉴序》)王应麟说："自有书契以来，未有如《通鉴》者。"清代大史学家王鸣盛说："此天地间必不可无之书，亦学者必不可不读之书。"(《十七史商榷》卷一)近代著名学者梁启超评价《通鉴》时说："司马温公《通鉴》，亦天地一大文也。其结构之宏伟，其取材之丰赡，使后世有欲著通史者，势不能不据以为蓝本，而至今卒未有能愈之者焉。温公亦伟人哉！"曾国藩对《资治通鉴》的评价是："窃以为先哲经世之书，莫善于司马温公《资治通鉴》，其论古皆折中至当，开拓心胸……又好叙兵事所以得失之由，脉络分明；又好详名公巨卿所以兴家败家之故，使士大夫怵然知戒，实六经以外不刊之典也。阁下若能熟读此书，而参稽三通、两衍义诸书，将来出而任事，自有所持循而不致失坠。"毛泽东十七次批注过《资治通鉴》："一十七遍。每读一遍都获益匪浅。一部难得的好书噢。恐怕现在是最后一遍了，不是不想读，而是没那个时间啰……《通鉴》里写战争，真是写得神采飞扬，传神得很，充满了辩证法。"

司马光著述颇多。除了《资治通鉴》，还有《举要历》八十卷、《稽古录》二十卷、《本朝百官公卿表》六卷。此外，他在文学、经学、哲学乃至医学方面都进行过钻研和著述。

二、为什么要读史

读史使人明智。《资治通鉴》作为中国古代史学名著，记载了古代王朝的兴衰，读此书可以获得治国与做人的智慧。毛泽东在与吴晗谈话时说："《资治通鉴》这部书写得好。叙事有章法，历代兴衰治乱，本末毕具，读这部书，我们可以熟悉历史事件，从中吸取经验教训。"王夫之《读通鉴论》说："虽扼穷独处，而可以自淑，可以诲人，可以知道而乐。"自淑，是可以提升自己的意思；诲人，是可以与人分享；知道，是明了做人做事的道理和规律。学习《资治通鉴》，可以体悟领导之方、管理之道、驭人之术，从中发掘现代领导与管理智慧。

下面以读《贞观政要》为例，讨论唐太宗治理国家对现代管理者的启示。

在为君之道上，唐太宗能够做到敬天保民，实行仁政，藏富于民。他在国家目标的制定上能够高瞻远瞩,意识到民生的重要性。在决策上,能够做到克己纳谏,集思广益,通过"兼听则明"和"克己"做出正确决策。在领导艺术上,他有所为有所不为,"明职审贤,择材分禄",真正做到了"劳于求贤,逸于治事"。

这些做法对现代管理的启发是:成就别人就是成就自己。

在人才战略上,唐太宗以知人善任、"使人如器"为最大特点。也就是不比自己做事的本事,而比让下属做好事的本事。他熟悉并了解文臣武将的长处和短处。在驾驭群臣方面,他坚持赏罚分明,恩威并用,善于笼络人心,激励人才。同时,在培养和选择接班人方面,唐太宗的得失也值得借鉴。

这些对现代管理的启发是:人才是管理工作的核心,团队建设应当各取所长。

在治国方略上,唐太宗一方面注重制度建设,一方面做到了"中庸之道"。制度方面,通过精兵简政提高政府运作效率,权力制衡维护政府运作秩序,完善法制约束官员权力滥用。在权变上,他注重过犹不及的"度",通权达变的"权"和刚柔相济的"和",真正将领导行为变成一种艺术。同时,唐太宗的"居安思危"观念和以前朝为鉴的观念值得管理者思考和学习。

这些对现代管理的启发是:领导在选择了正确的发展战略后,还要注意工作方法,保持团队的平稳高效运作。

三、领导者的"六事"

司马光上疏宋神宗指出,修心之要三,曰仁,曰明,曰武,治国之要亦有三,曰官人,曰信赏,曰必罚。并说:"臣尝以此六事献仁宗,其后以献英宗,今又以献陛下。平生所学,至精至要者在是。"可见,司马光非常看重领导者(君主)修心治国这"六事"。

(一)修心之道

黄以周在《续资治通鉴长编拾补》卷一中指出,修心之道的仁、明、武,"三者兼备,则国治强,阙一焉则衰,阙二焉则危,三者无一焉则亡",说明三者缺一不可。

一是"仁"。仁是领导者的内在品质。司马光认为"仁者非妪煦姑息之谓也。兴教化,修政治,养百姓,利万物,此人君之仁也"。

仁的核心是政治影响力,也即把握方向、争取民心的能力。韩信分析了项羽失去民心的三个原因:其一是匹夫之勇,妇人之仁,导致部下离心。其二是放逐义帝,在道义上失分。任人唯亲,不能团结诸侯。其三是残暴不仁,不能获得民心。而刘邦则相反,颇能获得民心。韩信分析道:"大王之入武关,秋毫无害,除秦苛法,与秦民约法三章耳。秦民无不欲得大王王秦者。于诸侯之约,大王当王关中,关中民咸知之;大王失职入汉中,秦民无不恨者。今大王举而东,三秦可传檄而定也。"领导者的仁,是发自内心去爱民众、得民心。

二是"明"。"明者,非烦苛伺察之谓也。知道义,识安危,别贤愚,辨是非,此人君之明也。"修心之三要,重在明,所谓明君之明,主要是一种判断力,一种辨别正义与邪恶的能力,一种觉察危险的能力,一种识别人才贤愚忠奸的能力,一种判断是非对错的能力,而不纠缠于细枝末节。有此判断力,才能保障正确的方向。历史案例中,如昭帝刘弗陵与霍光。十四岁的汉昭帝接到上官桀等人诬告辅命大臣霍光图谋不轨时,进行分析,作出了正确的判断,粉碎了政变图谋。而战国时期赵秦之间的长平之战,因廉颇与赵括屡次犯下决策错误,导致赵国惨败。

三是"武"。"武者,非强亢暴戾之谓也。惟道所在,断之不疑,奸不能惑,佞不能移,此人君之武也。"主要是决策能力和付诸实践的能力。是非忠奸判断清楚后,要不受外在的影响,作出正确的决策,有果断实施的能力。曹操对袁绍、曹爽面对司马懿、李世民虎牢关阻击窦建德等都是很好的案例。

(二)治国之道

司马光说治国之要亦有三,曰官人,曰信赏,曰必罚。官人就是指干部的任用,赏罚就是激励机制。如果说仁、明、武是领导人的内在本质,那么,官人、信赏、必罚则是外在的治理手段。这些治理手段的一个共同点就是

"用人"。用人为什么重要？司马光说："昔周得微子而革商命，秦得由余而霸西戎，吴得伍员而克强楚，汉得陈平而诛项籍，魏得许攸而破袁绍。彼敌国之材臣，来为己用，进取之良资也。"

领导者任用干部，就像巧匠使用木材一样，取其所长，弃其所短。有一次子思与卫侯讨论一位叫苟变的人。子思认为苟变能指挥一支五百乘战车的部队。卫侯公说："我也知道他是个将才，但我发现他在地方当官吏时，向百姓征税过程中吃人家的两个鸡蛋，所以不用他。"对此，子思说了下面一段话："圣人任用干部，就像工匠使用木材一样，取其所长，弃其所短。所以杞梓树虽然大而空心，但好的工匠也不会轻易抛弃它。现在我们处于战国之世，需要选拔爪牙锋利、能征善战的人士，你因为两个鸡蛋的问题而放弃这样的干将，这不让邻国笑话我们啊！"卫侯公听后称深受教育。

唐太宗曾令封德彝推荐人才，但很久他也没有将贤人推出来。太宗就追问这件事。封德彝回答说："不是我不尽心，而是现在没有奇才罢了。"太宗听后很不高兴："君子用人如用工具，各种工具都有自己的用处。古代能够把国家治理好的君主，难道是向另外的朝代借用了人才吗？这恐怕是自己不能发现，怎么可以信口污蔑一世的人啊！"

唐太宗的话是很有道理的。后人说："骏马能历险，犁田不如牛；坚车能载重，渡河不如舟；舍长以就短，智者难为谋；生才贵适用，慎勿多苛求。"

人君圣明才懂得用人，人君有明才识得人才，知晓哪样的人才该怎么用。刘邦的成功正在于此。对"吾所以有天下者何？项氏之所以失天下者何"的问题，刘邦说："夫运筹帷幄之中，决胜千里之外，吾不如子房；镇国家，抚百姓，给馈饷，不绝粮道，吾不如萧何；连百万之众，战必胜，攻必取，吾不如韩信。三者皆人杰，吾能用之，此吾所以取天下者也。项羽有一范增而不能用，此所以为我擒也。"刘邦有如此见地，不失为一代枭雄。明辨忠奸，知晓贤愚，即使是敌国之材臣，也可引来为己所用，这就是周武王、秦穆公、夫差、刘邦、曹操之英明所在，也是他们能够成功的基础。

韩非说："作为一个英明的君主，之所以能够领导下属的，无非是两样东西，一是刑，二是德。什么是刑？什么是德？答案是杀戮称为刑，庆功奖赏称为德。做人臣子的惧怕杀罚，希望获得奖赏。所以，君主自如地使用刑和德,那么臣子们就会因为害怕你的威严而去做有利于国家的事了。"赏罚不能滥用,他又说:"夫赏无功则民偷幸而望于上,不诛过则民不惩而易为非。"

司马光在评论前秦苻坚时说:"夫有功不赏,有罪不诛,虽尧舜不能为治,况他人乎!"

唐太宗也说:"国家大事,惟赏与罚。赏当其劳,无功者自退;罚当其罪,为恶者戒惧。"要求赏罚得当。

在现代管理中,领导者亦无非是把奖惩用好,一是做到刚柔兼施,亦刚亦柔;二是刚柔得当,当赏则赏、当罚则罚;三是刚柔有度,都要充分到位,做到赏时不心痛、罚时不手软!

（写于 2013 年 8 月）

径山寺禅者的境界

张九成是南宋时期的理学家,提出心性与事功相结合,"道即日用"和道器不离的哲学思想,在永嘉学派的形成过程中起到了承上启下的作用。同时他还喜欢佛学,读了不少禅书佛典,也参拜过许多禅师,但仍是"久之无省",始终不能开悟。

有一天,他去径山寺拜访大慧宗杲禅师。宗杲禅师问他:"你来干什么?"张九成说:"打死心头火,特来参喜禅。"

大慧宗杲禅师的法号叫"妙喜",故张九成说"特来参喜禅"。宗杲禅师见张九成急急忙忙地一大早就跑来,刚一见面就口称要"参喜禅",即知来者根基不深,机缘未至。于是便用一句戏言,同他开了个小小的玩笑:"你为什么起得这么早啊!难道不怕家里的妻子同别人睡觉吗?"

张九成听了,顿时火冒三丈,气咻咻地说:"你这个愚昧无知的人,怎么敢说出这种话来?亏你还是一个出家人,竟然……"

宗杲禅师忙用手势止住他说:我轻轻这么一扇,你就大为光火。像这样的话,怎么能参禅呢?经禅师这么一说,张九成满脸惭愧。

接着，宗杲禅师说："大海常被人唾骂、秋月常被人轻视、明镜常被人挫伤。你见它们发过火、生过气吗？没有。它们处之泰然，安然不动，闻而未闻，听时不惑，事过不留。"

为什么？因为它们的本体之心，一片明净，一片空灵，既深又广，既刚又柔，能容纳一切，又超越一切。故能见人之所未见，忍人之所不忍，岂是区区一句笑话、一点点不顺心的事能动其心的？

宗杲禅师又道："禅者之所以为禅者，应在于他心如大海那样的深邃宽广，似秋月那样的皎洁柔情，像明镜那样的明亮清纯。所以禅者方能两袖一甩，一路清风；布履一双，踏破山河；仰天一笑，快慰平生；张口即佛，人人都是菩萨；与人为善，天天都是好日子。这样，他怎么能被外缘所牵动呢？"

听到这里，张九成羞愧难当，连连叩拜："谢大师指点，谢大师指点！"

在接下去的交谈中，张九成提出了一个疑惑："大师，您的禅法讲究直指人心，那是不是意味着，只要参悟了心性，就能成为佛呢？"

宗杲禅师微笑着回答："张先生，禅宗的确强调直指人心，见性成佛。但这并不意味着，只需理解心性，就能立刻成为佛。成为佛，需要一个过程，这个过程，就是不断修行，不断觉悟的过程。"

张九成又问："那么，大师，禅者的境界，到底是如何的呢？"宗杲禅师沉思片刻，说道："禅者的境界，我可以用四个字来概括——空、无、静、定。空，是指心中无我、无执，空明如镜，能照见万物本质。无，是指超越一切对立，无分别心，无烦恼心。静，是指内心平和，不为外物所动，保持一种内在的宁静。定，是指心不散乱，集中精神，达到一种高度的自觉和自主。"

听完大慧宗杲的讲解，张九成感慨万分："原来，禅者的境界，是这样的一种境界，无我、无执、无分别，内心平和，心不散乱。这真是令人向往的境界啊。"

宗杲禅师看着张九成，微笑着说："张先生，禅宗与理学并无冲突，而是相辅相成的。禅宗讲究直指人心，理学讲究知行合一，最终的目标，都是引导人们走向一条光明的道路。"

（写于 2014 年 7 月）

两朝名家写经换茶为天目

　　美国克利夫兰博物馆有一幅我们的国宝:明朝画家仇英与"四大才子"之一的文徵明合璧完成的画卷《写经换茶图卷》。这幅画卷所描述的内容,就是元代书画大家赵孟頫与天目中峰明本禅师的交往趣事。这幅传世名画,讲述了元代与明代两朝书画名家,虽然相距两百多年,但对天目山却拥有一份同样的深厚情缘。

　　故事要回溯到七百多年前的元代。那时,佛教从唐宋以来的兴盛开始走向衰落。但在天目山这座佛教名山上,却迎来了佛教禅宗的一次中兴,其代表人物是高峰原妙和他的两位弟子——断崖了义和中峰明本禅师,尤其是中峰明本(1263—1323)被元朝皇帝奉为国师,享誉海内外。中峰明本禅师被元仁宗赐号为"佛慈圆照广慧禅师",并赐予金襕袈裟。元英宗在位时,为奖掖禅师弘法业绩,又赐金襕僧伽梨;禅师圆寂后,元文宗又追谥他为"智觉禅师",塔号"法云";到了元顺帝在位时,更册封禅师为"普应国师",并敕令将其三十卷《天目中峰和尚广录》收入《大藏经》。当时的王公望族、文人墨客、日韩求学僧、普通信众,不论贫富贵贱都拜投禅师门下,以见上高峰、中峰一面为荣。"不到天目见二峰,枉然这世学禅宗",一时门风大盛。中峰明本被尊为"江南古佛"。

年长中峰明本九岁的赵孟頫和他的妻子管道昇也投在中峰明本门下,为中峰明本皈依弟子。赵孟頫(1254—1322),字子昂,号松雪道人,吴兴(浙江湖州)人。赵孟頫以精妙绝伦的书画赢得元世祖恩宠和朝野好评,加上他的为官艺术和政绩,荣际五朝,官居一品。但他是宋朝宗室出身,是赵匡胤的十一世孙。元灭宋,赵孟頫却在元朝为官,既受到同僚猜疑和排挤,又因为在为外族政权服务,被民间非议,不受理解,甚至其亲侄子也不让他进屋。赵孟頫本人感情细腻,因此精神生活十分痛苦。他不得不将才华投入艺术创作中,并且保持了对佛教的虔诚信仰,希望从佛道中找到精神寄托。中峰明本是当代第一高僧,两人因有共同爱好和相仿的学养遂成知交。

他们经常相互探讨禅理,研读佛经,虽然身处两地,一在湖州任职,一在天目山驻锡,但还是常有信札往来和礼品互赠。赵孟頫送"人参、五味、麻果、药品"等礼物,中峰明本回赠"茶叶、中药、沉香、灵砂"。每当面对生老病死的大事时,如小女夭亡、夫人病逝,赵孟頫都要写信给中峰明本,阐述自己真实的内心想法,中峰明本则用佛法予以"训诲",师生情谊深厚、精神相通,彼此之间有着密切的联系。

赵孟頫有一年春天喝了中峰明本赠送的茶叶,感到其味纯真、清香扑鼻、蕴含禅味,胜过湖州顾渚紫笋。但因自喝与待客,到七月初,中峰明本给的两包茶叶就喝光了。赵孟頫为了请益佛法,并得到中峰明本的禅茶,于仲秋时节再登天目山。在这大树华盖秀绝天下仙境般的天目山上,在大师居住的"幻住庵"边,一株大银杏树下,一块六尺见方的大而平整的石头上,赵孟頫摊开大张宣纸,静心屏气,虔诚运笔,书写了《般若波罗蜜多心经》。

赵孟頫在天目秋色之中的石桌上一笔一画认真挥毫,专心致志,心无旁骛,将他平时对佛法的理解融入笔墨之中。师徒相对而坐,期待着奇迹发生。说来也奇怪,一只梅花鹿口含灵芝欣然跑到树旁,忽闪着美丽的双眼观望着,又有一只松鼠双爪捧着板栗来到距赵孟頫写字不远的小溪石上蹲坐着,还有两只花尾巴山喜鹊在满是金黄叶片的银杏树上"喳喳"叫了好一阵。这些天目山中的小精灵好似都不约而同地祝愿赵孟頫写好这篇文字。据说现存世的赵孟頫《般若波罗蜜多心经》就是在天目山写的这幅。

拿起赵孟頫这幅《般若波罗蜜多心经》，中峰明本欣喜不已，因为从赵孟頫的一笔一画中，看到了他对佛法的体悟，看到了他对世事无常的参透！

该让他"吃茶去"了！中峰明本忙叫小沙弥从石灰缸中拿出珍藏的三包上等天目云雾茶，亲手交给了赵孟頫。赵孟頫望着师父慈悲的眼神，默默地收下了！积聚多年的情谊就像划过漫漫长夜的电石火花！也许这就是所谓的"禅茶一味"吧？看着赵孟頫眼神里流出的那份深情，中峰明本不愧是第一禅者，只见他洒脱地说了一声："让你的般若换我的茶吧，我们各不相欠！"

好一个写经换茶！

到了明嘉靖年间（1522—1566），当朝赫赫有名的才子文徵明和第一画师仇英、收藏家周于舜一起吃饭聊天，说到了天目山上中峰明本与赵孟頫的这件公案。周于舜说，我到处收集，可惜就是找不到赵孟頫所写的那幅《般若波罗蜜多心经》了！今天两位大师都在，择日不如撞日，可否圆我这个梦啊？于是在周于舜的提议下，他们决定重新呈现当时的那个情景。仇英画了写经换茶图、文徵明按赵孟頫的笔风写了《般若波罗蜜多心经》，双璧合一，两位顶级大师，合作完成了一件惊世的艺术瑰宝！

一件传世国宝就这样诞生了。在这件传世国宝的背后，与天目山还有着千丝万缕的联系呢。

（写于 2018 年 9 月）

喝贪泉水却无比廉洁的人

　　吴隐之是东晋后期著名的廉吏。在社会推崇奢华、官员普遍贪污的魏晋时代，吴隐之是一个异类。

　　吴隐之是濮阳郡鄄城人（今山东菏泽鄄城），《晋书》在他的本传一开始就书其青少年时代的与众不同：生活俭朴、崇尚廉洁，个人品德高尚。吴隐之每天进餐仅食豆羹，决不享用非分之粮，也不谋求来历不明的财物。十多岁时，吴隐之的父亲死了，他和哥哥吴坦之悲痛之余，对母亲极为孝顺。

　　吴家和韩康伯为邻，韩康伯的母亲常常告诫韩康伯："你日后如果要选拔官吏，应该举荐像吴隐之这样的人。"

　　后来，韩康伯做了吏部尚书，主管官员选拔，举荐吴隐之出任辅国将军功曹，后转任征虏将军参军。大将袁真叛变时，吴隐之的哥哥吴坦之是袁真的功曹，按律要受牵连。吴隐之拜见大司马桓温，请求代兄领罪，桓温很感动，最终放过了吴坦之。吴隐之因此得到桓温的赏识，担任了尚书郎。

　　随着地位的上升，吴隐之依然保持了廉洁的品性。他的上级谢石（淝水之战中大败前秦的那位），听说吴隐之的女儿出嫁，派人前来吴家帮忙。来人到了吴家,看不到这里有一点儿喜庆的样子,看不到一个来宾,也看不到一件嫁妆。只看到吴家的丫鬟牵着狗到大街去卖。原来吴隐之打算用卖狗的钱来置办女儿的嫁妆。

后来吴隐之升任晋陵太守。别人把做地方官当作捞钱自肥的机会,吴隐之却甘于贫困。在任期间,他的妻子自担柴草。冬日里,吴隐之没有换洗的衣服,脱下衣服清洗时,只得披着棉絮。

吴隐之在隆安年间(397—401)被朝廷提为龙骧将军、广州刺史,领平越中郎将,出镇南粤,成为封疆大吏。

广州环山绕海,出产珍品异物,比如象牙、珍珠和名贵药材。那里天高皇帝远,地方官贪腐很容易。只要从广州带走一箱宝物就足够几代人享用。

距离广州首府番禺十里地的石门有一汪泉水,叫贪泉。传说谁喝了贪泉的水,就会变得贪得无厌。吴隐之来到这里,却要喝贪泉的水。家人和随从们拼命阻拦:“朝廷正对刺史大人寄予厚望呢,你可不能变得贪婪啊!”吴隐之却自信地说:“人心中如果没有贪欲,就不会有可贪的东西。人们往往在越过南岭就失去了廉洁的心,我知道原因了。”言下之意是贪污的本质在于贪欲,没有贪欲就没有贪污。

他舀来贪泉水喝了下去,还赋诗一首:“古人云此水,一歃怀千金。试使夷齐饮,终当不易心。”伯夷、叔齐二人是商朝末期人,周朝建立后不食周黍而死,被古人视为抱节守志的楷模。如果人人都有伯夷、叔齐那般意志,哪里还有贪腐现象呢?吴隐之不仅饮贪泉之水,还盛了几坛泉水带着上任。一路上,家人和随从叫苦不迭。广州百姓看到穿着朴素的吴隐之一行,又看那一坛坛贪泉之水,也叫苦不迭。

上任后,吴隐之廉洁奉公,依然过着以稻米、蔬菜和鱼干为食,以粗布衣衫为衣的俭朴日子。他把刺史官署备的帷帐、器皿都交给府库,有人说他做作、沽名钓誉。吴隐之一笑了之,始终保持公私分明、不贪不沾的生活。有下属给他送鱼,事先剔除鱼骨留下肉,吴隐之明白了他们的用意,竟将下属除名。在他的整个任期中,吴隐之喝着贪泉的水,坚守着廉洁的操守。

吴隐之最后遇到了卢循起义军的进攻。卢循起义军在江浙遭遇重挫后,侵入岭南,吴隐之督率将士坚守城池达百余天。最后,长子吴旷之战死,起义军攻入番禺城内,放火焚烧了民居。吴隐之携带家小逃出,打算撤回建康,结果被卢循俘虏。刘裕专门给卢循去信,索要吴隐之。吴隐之被卢循放回。归途中,吴隐之一家人除了上任时携带的物件外,只多了妻子买的一斤沉香,此外没有任何资产。吴隐之认为沉香来路不明,妻子解释说是在市面上购买的,打算拿到北方变卖赚取差价,吴隐之夺过沉香就扔到水里。吴隐之在岭南富庶之地主政多年,没有谋得任何私利。

回到朝廷后,吴隐之担任了中领军,掌握中央军队实权,日子过得却更加清贫了。京官不像地方官有专门的府邸,吴隐之的家仅数亩小宅地,篱笆墙垣倾斜败坏,围着六间茅屋,连妻子、儿女都容纳不下,更不用说仆人了。

刘裕赠给他牛马金钱,又给他建造府邸,吴隐之都坚辞不受。他的生活来源就是每月的俸禄。每月初领到俸禄,除了留部分用作全家人必要的吃穿用度外,吴隐之把其余的都分散救济亲族。有时吴家窘迫到极点,一天的饭全家人要分成两天吃。吴隐之穿着常年不变的布衣,冬天的时候要披棉被御寒。义熙八年(412),吴隐之上书退休,第二年去世。

吴隐之没有留下太多可歌颂的政绩,政治能力也有欠缺的地方,但他身处贪腐奢侈的社会中能够终身洁身自好、廉洁奉公,这本身就是莫大的荣耀。

(写于 2020 年 11 月)

朱光潜的"美是一生的修行"

读当代美学大师朱光潜的著作,感悟最深的是先生主张的:美是一生的修行。的确,我们的一生就是不断追寻美的过程,就是不断发现美的过程,就是不断创造美的过程。美,需要我们一生的修行才能拥有。

关于美的修行,朱光潜先生又是怎么说的呢? 先生在他的著作中向我们娓娓道来:

关于"无言之美"。这个世界之所以美满,就在于有缺陷,就在于有希望的机会,有想象的田地。换句话说,世界有缺陷,可能性才大。这种可能而未能的状况就是无言之美。

关于"人生与我"。从草木虫鱼的生活中,我学得一个经验:不在生活以外别求生活方法,不在生活以外别求生活目的。

关于"万物皆自得"。宇宙间许多至理妙谛,寄寓于平常细微的事物中,冷静的人才能静观,才能发现"万物皆自得"。

关于"宁静以致远"。人须有生趣才能有生机。生趣是在生活中领略的快乐,生机是生活发扬所需要的力量。所谓宁静以致远就包含生趣和生机两个要素在内,这样宁静才能有丰富的生趣和生机。

关于"慢慢走,欣赏啊"。人生本来就是一种较广义的艺术,每个人的生命史就是他自己的作品,知道生活的人就是艺术家,他的生活就是艺术作品。真善美,三种价值即说明了我们可以进一步谈人生理想。每个人都不免有一个理想,或为温饱,或为名位,或为学问,或为德行,或为事功,或为醇酒妇人,或为斗鸡走狗,所谓从其大体者为大人,成其小体者为小人。

这种分别究竟以什么为标准呢?

朱光潜先生的论述引发我们的思考——哲学家们都承认"人生最高的目的是幸福"。什么才是真正的幸福? 对于这个问题,也各有各的见解。学修德可被看成幸福,饱食暖衣可被看成幸福。究竟谁是谁非呢? 很显然,在肉体方面,人比不上许多动物,人之高于禽兽者,在他的心灵。人如果要充分地表现他的人性,就必须充实他的心灵生活。

幸福是一种享受,享受者或为肉体,或为心灵。人既有肉体,即不能没有肉体的享受。我们不必持禁欲主义的清教徒之不近人情,也别把肉体的享受当成人类最上等的享受。人类最上等的享受是心灵的享受。

哪些才是心灵的享受呢? 就是上文所述的真善美三种价值。学问、艺术、道德几乎无一不是心灵的活动。人如果在这三方面达到最高的境界,同时也就达到最幸福的境界。一个人的生活是否丰富、有无价值,就看他对心灵和精神生活的努力以及成就的大小,如果只顾衣食饱暖,对于真善美不感兴趣,他就成为行尸走肉了。

说到底,还是朱光潜先生那句话:美是一生的修行。

让我们用一生的精力来追寻美吧。

(写于 2021 年 1 月)

范仲淹的理政智慧

近读宋代科学家沈括的著作《梦溪笔谈》之《范文正荒政》篇，深深佩服范仲淹的理政智慧。故事梗概如下：

皇祐二年，吴中发生大饥荒，饿死者的尸体遍布于道路。这时范仲淹主管浙西，调发国家仓库粮食，募集民间所存的钱物来赈济灾民，救荒之术很是完备。

吴中百姓喜欢比赛舟船，爱做佛事，范仲淹就鼓励民间多举办赛事，太守每日出游宴饮于西湖上。自春天到夏天，城中居民大规模出游，尽情玩赏。又召集各寺院住持，告谕他们说："灾荒年间民工工价最低廉，可以趁此时机大力兴建土木工程。"于是各个寺院的修建工程都非常兴盛。官府也翻修仓库和官吏住舍，每天雇役一千多人。

看到这个情况，监察机关却不买账，他们弹劾杭州长官不体恤百姓而荒政，嬉戏游乐而无节制，以及官府、私家修建房舍，伤耗民间财力。

范仲淹于是自己草拟奏章，申述饮宴和建造房舍的缘由，是要调发有余的钱财来救济贫民。那些从事贸易、饮食行业的人，工匠、民夫，仰仗官府、私家养活的，每天大概可达几万人。救济灾荒的措施，没有比这一做法更好的了。这一年两浙路灾区唯有杭州平安无事，百姓没有流亡的，这都是范文正公的恩惠。

饥荒年份范仲淹打开司农寺粮仓赈济灾民，募集民间财力为地方兴利，既赈救了饥荒，又趁荒年替民间兴利，这是一举两得的好事。

当时，范仲淹通过举办体育赛事、扩大消费、吸引民间投资、大搞基建等举措，以达到拉动内需、扩大就业、赈灾济民、保障民生的目的。这实为高招，值得今天的从政者学习。

（写于 2021 年 5 月）

西晋土豪斗富丑剧

在西晋时,有两个豪富,世人皆知,分别是石崇和王恺。这两个人的财富可谓旗鼓相当,他们相互较劲,展开了一场激烈的"斗富"比赛。

石崇,字季伦,渤海南皮(今河北南皮东北)人,官至侍中、尚书令,被封为安国侯,是西晋时期著名的豪富和政治人物。他的财富主要来自他的权力和地位,石崇善于理财,他的家族企业涉及房地产、丝绸、瓷器等领域。

而王恺,字君夫,东海郯县(今山东郯城北)人,官至尚书左仆射,是西晋时期的另一位豪富和政治人物。王恺的财富主要来自他的商业头脑,他的家族企业涉足盐铁业、银行业等领域。

石崇和王恺的"斗富"比赛,从他们的生活方式和奢侈程度就可以看出。石崇住的是豪华的别墅,穿的是华丽的衣服,坐的是精美的马车,他的生活奢侈程度令人咋舌。石崇拥有一个名为金谷园的别墅,这座别墅耗资巨大,装修华丽,园中种有各种名贵花木,设有精美的池塘和亭台楼阁,是石崇宴请宾客和展示财富的地方。而王恺也不甘示弱,他的别墅同样豪华,衣服同样华丽,马车同样精美,生活奢侈程度让人惊叹。

　　石崇曾拥有一颗夜明珠，这颗明珠能够在黑暗中发出明亮的光芒，价值和稀有程度在当时无与伦比。石崇家中的衣物多使用丝绸制成，且工艺精美，色彩斑斓。而王恺曾骑着一匹名为马斯的骆驼参加宴会，这匹骆驼被装饰得极为华丽，吸引了众人的目光。王恺的家中有一道用珍珠串成的帘子，帘子晶莹剔透，价值连城。

　　王恺家用糖水洗锅，石崇便用蜡烛当柴烧；王恺做了四十里的紫丝布步障，石崇便做了五十里的锦步障；王恺用赤石脂涂墙壁，石崇便用花椒。晋武帝暗中帮助王恺，赐了他一棵二尺高的珊瑚树，枝条繁茂。王恺把这棵珊瑚树拿来给石崇看，石崇看后，用铁制的如意击打珊瑚树，随手敲下去，珊瑚树立刻碎了。王恺之后感到很惋惜，又认为石崇是嫉妒自己的宝物，便生气地让石崇赔。石崇说："这不值得发怒，我现在就赔给你。"于是命令手下的人把家里的珊瑚树全部拿出来，这些珊瑚树有三四尺高，光耀夺目。王恺看了，露出失意的样子。

　　他们的"斗富"比赛，不仅仅体现在生活方式上，还体现在他们对艺术品的收藏和攫取上。石崇收藏了大量珍贵的艺术品，其中包括名画、名瓷、名玉等。而王恺也不甘落后，他同样收藏了大量珍贵的艺术品。他们的名画包括东晋时期著名画家的作品，这些画作在当时为珍贵之物。两人都收藏了来自各地的名瓷，这些瓷器工艺精湛，色泽光润。石崇和王恺为了显示自己的财富和地位，还常常宴请当时的文人雅士。

　　然而，这种斗富的生活方式最终导致了他们的衰落。石崇在八王之乱中被害，家族财富被掠夺一空；王恺也因政治斗争而失势，家族从此衰落。他们的故事成了后人警示过度追求财富和奢侈生活的反面教材。

（写于 2021 年 11 月）

北魏冯太后改革与社会进步

冯太后出身于北燕王室长乐冯氏一族。北燕灭亡后,没入太武帝拓跋焘掖庭,充为奴婢;正平二年(452),选为文成帝的贵人;太安二年(456),册封皇后;献文帝拓跋弘即位后,尊为皇太后。面对政局动荡,冯太后临朝听政,定策诛杀权臣乙浑,并依据祖制归政于献文帝。献文帝去世后,她拥立孙子拓跋宏即位,成为太皇太后,二度临朝称制。冯太后执掌天下30多年,成为北魏中期全面改革的实际主持者,并对孝文帝改革产生了重要影响。

一、冯太后废帝

天安二年(467),文成帝拓跋濬长子、献文帝拓跋弘,生子拓跋宏,两年后拓跋宏被立为太子。

北魏制度,子被立为太子,生母即赐死。所以,这一年孝文帝生母依旧制被赐死。拓跋宏改由冯太后亲自抚养。这时,她不再临朝称制,而让献文帝拓跋弘当政。

献文帝拓跋弘是一个很能干的人。虽然年轻,但勤于政事,刚毅果断。然而,他与冯太后在权力上是有矛盾的。

献文帝拓跋弘并非冯太后所生,其母是李贵人。他们的矛盾越来越突出。凡冯太后信任的人,他都厌恶疏远。凡冯太后不喜欢的人,他却加以重用。

但是,献文帝毕竟斗不过冯太后,皇兴五年(471),拓跋宏刚满4周岁,在冯太后施压下,献文帝被迫禅位于太子拓跋宏,自己做了太上皇。又5年后,最终被冯太后毒死。

献文帝死后,冯太后重新临朝称制,被尊为太皇太后。这次,她不再还政,直到太和十四年(490)病死,掌权长达20年之久。

冯太后对孝文帝拓跋宏的影响很大。一方面,冯太后的改革为孝文帝拓跋宏亲政后的以汉化为中心的改革打下了基础;另一方面,孝文帝拓跋宏从小就受到了冯太后的汉化教育。

冯太后对孝文帝管教严格,曾作《劝诫歌》300余章、《皇诰》18篇来教育孝文帝,内容都是儒家知书达理的一套。这些汉化教育成为孝文帝后来汉化政策的思想基础。

二、颁行官员俸禄制

由于文化程度低,很长一段时间里,在北魏君臣们的意识里,所谓国家,不过是扩大的部落。所以北魏官员都没有薪俸,完全靠向民众贪污勒索维持生计,而且手段极为凶残。

他们往往是"初来单马执鞭,返去从车百辆"。个别清廉官吏则"妻子衣食不给""使诸子樵采自给"。

因此,北魏前期社会阶级矛盾尖锐。据统计,道武帝在位24年中有起义8次,明元帝15年中有起义14次,太武帝29年中有起义15次,文成帝14年中有起义7次,献文帝6年中有起义5次,孝文帝29年中有起义34次。

这些起义中规模最大的一次,是太平真君六年(445)爆发的关中卢水胡人盖吴起义。参加起义的各族人民达10余万。太武帝御驾亲征,才把这次起义镇压下去。

除了阶级矛盾外,鲜卑贵族内部还有革新派与守旧派的矛盾,民族矛盾,特别是鲜卑族与汉族人民的矛盾很尖锐。为了缓和社会矛盾,巩固北魏统治,冯太后以孝文帝拓跋宏的名义实行了一系列的社会改革。改革主要是颁行俸禄制和实行均田制。

太和八年(484),在冯太后严令下,北魏正式颁行俸禄制度。官吏按季受禄,并规定贪赃绢一匹即处以死刑。这一年,距离北魏开国已99年。

这规定执行得是比较严格的。献文帝的舅舅李洪之,当时任秦益二州刺史,因贪污被送至平城,孝文帝当面斥责后命他在家自尽。

实行均田制后,又规定按官位高低授给俸田,多者15顷,少者6顷,不许买卖,离职时交给下任官吏。

俸禄制的实行,使官场风气有所好转,缓和了社会矛盾,为其他各项改革的推行创造了有利的条件。

除了颁禄以外,冯太后还实行过其他一些改革。如延兴四年(474)下诏"罢门房之诛",即除了谋反、大逆等罪外,只处罚罪犯本人,不连及家族。太和七年(483)下诏"禁止同姓相婚",这是移风易俗、实行汉化的先声。

三、影响深远的均田制

北魏前期,经十六国大乱之后,人口大量减少,出现了一些无主荒地,因而国家有可能实行计口授田。

主客给事中李安世提出建议,他说:"现在虽然井田制难以恢复,但也应该略为平均土地,使劳动力与土地相适应。这样,穷百姓有了谋生之路,豪强大族也不会因土地多而荒废。"这个建议为冯太后所采纳。太和九年(485)下诏实行均田制。

这就是著名的"均田令",其主要内容是:

第一,关于"露田"。露田即无主荒地。丁男15岁以上授予露田40亩,妇女20亩。因为要休耕,露田要加倍或两倍授予,叫"倍田"。露田不准买卖,身死或70岁时就归还政府。

第二，关于桑田、麻田。丁男每人授予桑田 20 亩,规定在 3 年内要种桑树 50 株,枣树 5 株,榆树 3 株。桑田作为世业田,不交还给国家。凡是原来私有土地超过桑田授田数的,不再授予,多余部分也不还给国家;凡不足的,可按制度授足。

桑田可以买卖,但有限制,即超过 20 亩的部分可以出卖,不足 20 亩的可以买进。桑田计算在倍田的数额中,超过倍田的部分,仍为桑田,不能算作露田。不宜种桑的地方,丁男每人授予麻田 10 亩,丁女 5 亩。麻田要交还国家。

第三,关于奴婢、耕牛受田。奴婢受田的办法与普通农民一样,人数不限。耕牛每头受露田 30 亩,限 4 头。

第四,关于宅田。新定居者,每 3 口人给宅田 1 亩。奴婢 5 口人给宅田 1 亩。

第五,关于宽乡、狭乡的授田。土地不足的狭乡允许向土地宽裕的宽乡迁移,但不许借此逃避赋役。宽乡的人不能随便迁移。

第六,关于收回土地。人死绝户或犯罪流徙他处,土地收归国家,重新分配。

第七,关于俸禄田。地方官吏给公田作为俸禄。刺史 15 顷,太守 10 顷,治中、别驾 8 顷,县令、郡丞 6 顷。不准买卖。离任时交给下任官吏。

均田制颁布的次年,即太和十年(486),冯太后和孝文帝接受李冲的建议,推行"三长制"。

在此之前,北魏的地方基层组织是以宗族为单位的宗主督护制。宗主多为大地主,30 家、50 家为一户,被荫附的人虽然没有官役,但"豪强征敛,倍于公赋"。

"三长制"规定 5 家立 1 邻长,5 邻立 1 里长,5 里立 1 党长。这是汉族传统的乡亭闾里组织的重建。三长负责检查户口、推行均田制、催督租赋、征发徭役和兵役。三长制是和均田制相辅而行的。

实行均田制、三长制的同时,北魏改变了过去"九品混通"的赋税办法,实行了新的租调制。旧制定额高,平均每户帛 2 匹、絮 2 斤、丝 1 斤、粟 20 石。新制规定:一夫一妇交帛 1 匹、粟 2 石;年 15 以上未娶妻者 4 人,或奴婢

8口,或牛20头,都交这一份额。所交帛中,10匹中5匹为公调,2匹为调外运输费,3匹为百官俸。

均田制、三长制、新的租调制是互相联系的一个整体。这是冯太后改革的重要内容,有着重大的意义。

首先,它把土地和劳动力结合起来,使土地不致荒废,使流民、依附农有一定土地,处境有所改善,缓和了社会矛盾,稳定了社会秩序。由于劳动者积极性的提高,农业生产和社会经济得到了恢复和发展。

其次,均田制从豪强大族手中夺回了大量劳动人口,这些人口成为国家的编户,从而抑制了豪强大族的势力,增加了国家赋役收入,加强了中央集权。

最后,均田制的推行,使农业生产的比重增加了,鲜卑族人和其他各少数民族人都成为均田户,和汉族人民一起共同进行劳动,增加了互相了解,加速了民族融合。

实行均田制后,北魏社会经济有了明显的发展。由于经济发展,商品交换也日趋活跃。孝文帝以前,货币几乎被废弃,交换都用绢帛。太和十九年(495),孝文帝铸造太和五铢钱。以后的皇帝也多铸钱,由此货币流通起来,使商业有了很大的发展。

中国历史上的均田制,从北魏开始推行,影响深远,不仅北齐、北周、隋、唐都继续实行均田制,而且影响到日本、朝鲜。

从历史的角度来讲,冯太后的改革有效推动了社会生产力的发展。

(写于2022年1月)

北魏“子贵母死”的奇葩制度

母以子贵是人们的普遍认识。但在鲜卑族建立的北魏王朝统治时，却实行的是“子贵母死”的立储制度，又称立子杀母。即皇子一旦被立为储君，其生母必须被赐死，这项残忍的制度对北魏的政治产生了深远的影响。

翻开《魏书·皇后传》，关于“子贵母死”的记载，让人触目惊心：

道武宣穆皇后刘氏……后生太宗……后以旧法薨；

明元密皇后杜氏，……生世祖……泰常五年薨；

太武敬哀皇后贺氏，……生景穆，神麚元年薨；

景穆恭皇后郁久闾氏，……生文成皇帝而薨；

文成元皇后李氏，生献文，……依故事……薨；

献文思皇后李氏，……生孝文帝，皇兴三年薨；

孝文贞皇后林氏，生皇子恂……后依旧制薨；

孝文文昭皇后高氏，后生宣武……暴薨。

鲜卑族建立的北魏王朝很长一段时期实行"子贵母死"制度。

开此先河的是汉武帝。汉武帝杀钩弋夫人,就是因为欲立钩弋之子为太子(即后来的昭帝),理由是子少母壮,"恐女主颛恣乱国家",以吸取吕后干政的教训。汉武帝"立子杀母",在西汉仅此一例,而拓跋氏的"子贵母死",却在北魏沿袭,形成制度。

北魏时期,由君位传承引发的动乱十分频繁,贺兰、独孤、慕容等部落与拓跋部既为联盟,又世代通婚,成为君位传承中举足轻重的力量。当时北魏尚未确立一套父子传承的嫡庶长幼之序,储君的策立和登基往往有赖于母后和母族的强大,可谓"母强子立"。

拓跋君长的妻族或母族也往往通过她们来控制拓跋部内大事,由于北族妇女没有礼教束缚和对其用权的制约,所以她们要直接把握朝政也比较容易。道武帝拓跋珪即位,即赖于母后及舅族的干预和支持,然而,他意识到这一传统已经成为北魏由部落联盟向帝国转型的阻碍。为了改变这种局面,道武帝先用战争手段强制离散母族贺兰部、妻族独孤部、祖母族慕容部等大部落,统一代北,再后来他先后逼死自己的母亲贺兰太后,赐死太子母亲刘皇后。虽然之前亦有神元帝杀窦后的先例,但从道武帝开始,"子贵母死"开始成为北魏易代之际的惯例。

"子贵母死"这一制度的形成有一段曲折的故事。拓跋珪在建国与巩固统治过程中,逐渐感到母亲和妻子背后的势力是对自己权力的最大威胁。虽然他知道如果没有母亲和贺兰家族的支持,他不可能登上君位。但童年时母亲以他的名义缚什翼犍请降的事情仍让他心有余悸,他担心类似的事情还会在自己的子孙身上重演。经过考虑,他决定防患于未然,先杀死长子拓跋嗣的母亲——来自独孤部的刘皇后,以彻底消除母后势力可能带来的影响。但当他向太子解释这件事情时,一向孝顺的拓跋嗣却日夜痛哭不止,不论拓跋珪怎么给他讲大道理都没有用。最后拓跋珪发起怒来,命令拓跋嗣立即进宫。太子身边的人知道拓跋珪的脾气,不知道这一去会遭到怎样的厄运,就劝太子先躲起来,等到皇帝怒气平息的时候再去见他,于是拓跋嗣就依计逃走了。

拓跋嗣失踪,拓跋珪只好考虑另立太子。另一个儿子是清河王拓跋绍,他的母亲也来自贺兰部，是贺氏的妹妹、拓跋珪的亲姨母。拓跋珪年轻的时候在贺兰部落见到她，当时就被她的美丽所吸引。当时鲜卑人在婚姻上没有什么辈分的忌讳，娶自己的姨母也是很正常的事情，贺兰太后觉得自己的妹妹长得过于美丽，而且已经有了丈夫，娶回来恐怕不是个好兆头。但拓跋珪并不在乎这些，他暗地里杀死了姨母的丈夫，把她娶了回来。

拓跋珪一向很宠爱贺夫人，但此时为了立太子又必须把她杀死，他实在有些下不了手，只好先把她关起来，准备给自己一段时间来作决定。

为了建立中原王朝那样父死子继的制度，他已经害死了拓跋觚和拓跋仪两个弟弟；在削弱贺兰和独孤部族势力时，自己的母亲又被逼得忧愤而死；而此时，为了防止未来的继承人受到母后家族势力的干扰，他又不得不杀死两个宠爱的妻子。看着亲人们一个个死去，他觉得自己真的成了孤家寡人。在巨大的精神压力和良心谴责之下，拓跋珪的心理极度扭曲，终于神经错乱了，每天都对着身边的空气喃喃自语，似乎亲人们的冤魂都飘荡在他左右，他必须向他们解释个不停。

被囚禁起来的贺夫人也不甘心坐着等死。情急之下，她托人带信给儿子拓跋绍，让他来救自己。于是十六岁的拓跋绍带着人连夜翻墙进宫，冲进拓跋珪居住的天安殿。拓跋珪从梦中醒来，还没有来得及找到武器，就已经被杀死。这发生在公元409年的十月，拓跋珪只有三十九岁。随后在拓跋珪仅存的同母弟弟拓跋烈帮助下，拓跋嗣登上帝位，赐死了贺氏母子，并追谥拓跋珪为太祖道武皇帝。

（写于2022年1月）

陶渊明与"世外桃源"

东晋义熙十四年(418)的一个清晨,乡间的一位老农叩响了陶渊明家的柴门,他带酒来与陶渊明同饮。透过从房顶和四壁漏处照进来的晨曦,老农看到陶渊明家徒四壁,无以为继,就劝他出仕。矮房破屋、衣衫褴褛,这样的生活不适合你陶渊明。世间之人都浑浑噩噩,你为什么不和他们同流合污呢?

陶渊明回答道:"深感老父言,禀气寡所谐。纡辔诚可学,违己讵非迷?且共欢此饮,吾驾不可回。"他谢绝了老农的劝告。

几年后,刘宋文帝元嘉元年(424),江州刺史檀道济亲自到陶渊明的草舍探访。此时的陶渊明又病又饿,已经卧床不起多日了。檀道济见状劝他:"贤者处世,天下无道则隐,有道则至。今子生文明之世,奈何自苦如此?"

陶渊明说:"潜也何敢望贤,志不及也。"表明自己的志向不在当官。檀道济无奈,送给陶渊明许多粮食和肉,结果被陶渊明"挥而去之"。

在东晋南朝,陶渊明是个孤独寂寞的隐者,不被同时代的人所理解。

魏晋南北朝时期,被树立为主流意识形态的虽然是儒家思想,但掌权者真正奉行的却是法家思想,尤其是在九州动乱、朝廷衰微的背景下,各派人物将现实主义政治发扬光大,于是法家思想派上了用场。比如司马睿送给太子司马绍的图书礼物,不是《诗经》《论语》或者《尚书》,而是《韩非子》。

政治斗争异常残酷。出于对现实政治的反叛,玄学盛行,社会上以清谈为乐。玄学为许多人提供了躲避残酷现实、保持独立人格的可能。而陶渊明抛弃了这一切,不信奉任何思想学派,只奉行简单、平淡、真实的隐居生活。他沉默少言,想说话就说,不想说话就不说;喜欢喝酒,就尽情喝酒;喜欢读书和写作,却不以精通某家学问或者追求什么为目的。

陶渊明在《五柳先生传》中写道:"宅边有五柳树,因以为号焉。闲静少言,不慕荣利。好读书,不求甚解;每有会意,便欣然忘食。性嗜酒,家贫不能常得,亲旧知其如此,或置酒而招之。造饮辄尽,期在必醉。既醉而退,曾不吝情去留。环堵萧然,不蔽风日;短褐穿结,箪瓢屡空,晏如也!常著文章自娱,颇示己志。忘怀得失,以此自终。"

他还写了一篇《桃花源记》,来描绘他理想中那平淡、简单的生活图景:

晋太元中，武陵人捕鱼为业。缘溪行，忘路之远近。忽逢桃花林，夹岸数百步，中无杂树，芳草鲜美，落英缤纷。渔人甚异之。复前行，欲穷其林。

林尽水源，便得一山。山有小口，仿佛若有光。便舍船，从口入。初极狭，才通人。复行数十步，豁然开朗。土地平旷，屋舍俨然，有良田、美池、桑竹之属。阡陌交通，鸡犬相闻。其中往来种作，男女衣着，悉如外人。黄发垂髫，并怡然自乐。

见渔人，乃大惊，问所从来，具答之。便要还家，设酒杀鸡作食。村中闻有此人，咸来问讯。自云先世避秦时乱，率妻子邑人来此绝境，不复出焉，遂与外人间隔。问今是何世，乃不知有汉，无论魏晋。此人一一为具言所闻，皆叹惋。余人各复延至其家，皆出酒食。停数日，辞去。此中人语云："不足为外人道也。"

既出，得其船，便扶向路，处处志之。及郡下，诣太守，说如此。太守即遣人随其往，寻向所志，遂迷，不复得路。

南阳刘子骥，高尚士也，闻之，欣然规往。未果，寻病终。后遂无问津者。

从此，桃花源，这个若有若无的仙境，成了中国文人心目中理想世界的代名词。千百年来，一代代后来者，或苦苦追寻，或刻意营造想象中的"世外桃源"，更有一代代崇拜者，力图证明桃花源是真实存在的，而不是陶渊明的虚构。

陶渊明辞官回到乡里，过起"开荒南野际，守拙归园田"的生活。夫人翟氏安贫乐贱，"夫耕于前，妻锄于后"，共同劳动，维持生计。

归隐之初，陶渊明的生活尚可，有"方宅十余亩，草屋八九间，榆柳荫后檐，桃李罗堂前"。他喜爱菊花，宅边院前遍植菊花；继续嗜酒，朋友来访，无论贵贱，只要家中有酒，必与同饮，饮必醉。他先醉，便对客人说："我醉欲眠，卿自便。"在最初的几年里，陶渊明劳作虽然辛苦，但还能自由地爬山、写诗、喝酒，并洒脱地处理来自官场的打扰。

陶渊明的《饮酒》可以算是他早期归隐生活的一个总结："结庐在人境，

而无车马喧。问君何能尔？心远地自偏。采菊东篱下，悠然见南山。山气日夕佳，飞鸟相与还。此中有真意，欲辨已忘言。"

义熙四年（408）夏天，陶渊明那闪耀着夺目文化光辉的"方宅十余亩，草屋八九间"被一场无情的大火焚毁一空。陶家不得不迁至其他村子重新安家，此后家境每况愈下。为了养家糊口，陶渊明的劳动强度骤然加大。可即便他终年辛劳，生活还是窘迫。如逢收成好，陶家尚可以"欢然酌春酒，摘我园中蔬"，一旦遇上灾年则陷入"夏日长抱饥，寒夜无被眠"的困境。最后，陶渊明可能是把宅地给卖了，全家寄居在船上。现实是如此残酷，世外桃源般的归隐生活即便能够存在一时，也不能存在一世。

到了晚年，陶渊明的生活便难以为继了。他的儿子都是平庸之辈，且智力低下，一家人的生活始终依靠年迈的陶渊明。晚年陶渊明的生活来源主要靠乞讨和借贷。有的朋友会主动周济他，有的就需要陶渊明亲自上门乞借了。政治的打击也接踵而来，420 年，刘裕篡夺了东晋的天下，建立了刘宋王朝。那个陶渊明曾经寄托忠诚和梦想，希望在其中有所作为的王朝不复存在了。永初三年（422），年近花甲的陶渊明在生活上已近绝境，他在《有会而作》一诗中写道："弱年逢家乏，老至更长饥。菽麦实所羡，孰敢慕甘肥！"他长期饿着肚子，求一把菽麦都不可得。

令人吃惊的是，在最困难的时候，陶渊明依然一次又一次地拒绝朝廷的征召，拒绝再次踏入官场，哪怕是领取一份清闲的俸禄来改善自己和家人的生活。他对困窘的生活际遇淡然置之，仍然坚持写诗，继续歌唱自然，品味田园，钟情理想中的桃花源。老朋友颜延之在刘宋景平元年（423）出任始安郡太守，经过浔阳找他喝酒。临别，颜延之留下两万钱接济老友生活，陶渊明却全部送到酒家换取久违的美酒。越是贫病交加，现实的打击越重，陶渊明就越离不开酒。

元嘉四年（427），陶渊明的身体不行了。九月中旬，陶渊明在清醒时给自己写了《挽歌》组诗。在第二首诗中，他自嘲死后可以"鼓腹无所思"，设想了死后"在昔无酒饮，今但湛空觞。春醪生浮蚁，何时更能尝。肴案盈我前，亲旧哭我傍"的情景。在第三首诗中，陶渊明说"死去何所道，托体同山阿"，平淡地迎接死亡的到来。冬天，陶渊明去世，享年六十三岁。

　　陶渊明及其作品在南北朝不为人重视,却在几百年后获得了空前的赞誉和如潮的掌声。他用生命营造出来的"桃花源"意境给人无限美好的想象。于是,不管是入仕还是没有入仕,不管是得意还是失意,士人们纷纷附庸陶渊明,解读他的田园诗。诗仙李白的"安能摧眉折腰事权贵"和陶渊明的"不为五斗米折腰"遥相呼应。苏轼谪贬海南时,以陶渊明为师,写了"和陶诗"一百二十四首。

　　陶渊明成了众多文人的典范,成了中国历史上的特殊符号,世外桃源也成为文人的一种美好想象。

(写于 2022 年 1 月)

一对荒唐的皇帝皇妃

历史上荒唐的皇帝不少，但南齐的萧宝卷将皇帝的荒淫变态推到了一个后人难以企及的高度。

萧宝卷即东昏侯，是南北朝时期南朝齐第六任皇帝，齐明帝萧鸾的次子。萧宝卷的生活之荒唐，令人瞠目结舌，只有你不敢想的，没有他不敢做的。

萧宝卷从小就喜欢做一些稀奇古怪的事情，他喜欢捉老鼠，觉得这很好玩。萧宝卷继位后还保持这个习惯，带着太监宫女们整夜整夜地捉老鼠。抓老鼠抓到清晨才就寝，午后三点起床。可皇帝是要上朝处理政务的，萧宝卷可不管这些。

他还有一个爱好就是喜欢出宫游玩。但出去又不愿意被人看见，看到谁就上去杀人灭口。朝中人想出了一个办法，每当萧宝卷要出门的时候，就有人在他要去的方向击鼓警告人们："皇帝要来了，大家快跑啊！"人们听到鼓声就顾不上手里的东西，死命往家里跑。而萧宝卷出宫的时间不定，游踪不明。百姓就遭殃了，最后冻死和饿死在外面的大有人在。

有一次，一位妇女临产无法行动，萧宝卷很好奇腹中胎儿的性别。等不及孕妇生产，就命人剖腹查看是男胎还是女胎。

他喜欢杂耍，尤其是用牙齿担东西，就算牙齿掉了也不在乎。在萧宝卷纳潘玉儿为妃后，所做之事更是荒唐之极。

潘玉儿是潘妃的侄女，萧宝卷因生母早逝，由潘妃一手抚养长大。潘玉儿原本姓俞，后萧宝卷命其改姓潘。她不仅长相动人，歌舞之技更是擅长，因此萧宝卷在得到潘玉儿后对她十分宠爱，整天和她黏在一起，到哪都带着潘玉儿，愿意为她做任何事情。

萧宝卷在潘玉儿身上的花费是奢侈之极，潘玉儿所有的衣服首饰都是最珍贵的，而且基本上只用一次。萧宝卷为潘玉儿一人就建了三座辉煌之极的宫殿，分别是神仙殿、永寿殿、玉寿殿，不惜把国库挥霍得一干二净。宫殿建成之后，萧宝卷又命人在地面贴上纯金制作的莲花花瓣，萧宝卷看着美艳动人的潘玉儿走在上面，赞叹"此步步生莲花也"。而"步步生莲"这个成语也正是由此而来。

潘玉儿虽然已享尽荣华富贵，但她出身市井，因此时常怀念外面市集的生活。于是萧宝卷就命人在宫里修建了一条街道，这条街道与外面市集一般无二，有商铺酒肆，萧宝卷命令宫女太监扮成商贩市民在街道两边叫卖，来回走动。他还让潘玉儿当市集管理员，自己充当副手，如有买卖者产生纠纷，就带到潘玉儿面前让潘玉儿处理。萧宝卷这一举动让潘玉儿非常开心。

潘玉儿还有个特权，如果萧宝卷让潘玉儿不开心了，潘玉儿就有权利杖责萧宝卷，而萧宝卷却乐在其中。实在吃不消受打了，萧宝卷就让手下换一根小的圆的棍子。萧宝卷还修建了一个酒坊，自己在里面做店主，亲自切肉卖肉，而潘玉儿却在里面做老板娘端茶卖酒，二人玩得不亦乐乎。还有一次，萧宝卷来到阅武堂，他觉得阅武堂这个名字不好，而且环境太过寒酸，于是就把阅武堂改名为芳乐苑，并叫人重新装修，还叫人到处挖杨柳树移植到苑内。因此，民间便有了一首民谣——"阅武堂，种杨柳。至尊屠肉，潘妃沽酒"。

萧宝卷虽然对潘玉儿宠爱得不得了，但是对朝中大臣却是稍有不满就立即处死，而且杀害了不少忠臣良将。萧宝卷的种种行为终于导致雍州刺史萧衍起兵，最后萧宝卷在逃离皇宫之时被宦官张齐砍下头颅，时年 19 岁。潘玉儿则被萧衍赐给部将田安。然潘玉儿一心要为萧宝卷守节，不肯"下匹非类"，自缢而亡。萧宝卷如此昏庸死不足惜，但潘玉儿宁死不从的节操也让人佩服，后来的苏东坡就曾感叹道"玉奴终不负东昏"。

（写于 2022 年 2 月）

浮山堰的得与失

浮山堰是南北朝时期在淮河上修建的拦河大坝。它位于安徽省五河、嘉山及江苏省泗洪三县交界处的淮河浮山峡内。梁天监十三年(514)，梁武帝萧衍为与北魏争夺寿阳(今安徽寿县)，派康绚在浮山主持筑坝壅水以倒灌寿阳城逼魏军撤退。这是梁武帝北伐计划的一部分。

史书记载，这次工程动用了军民20万人施工。南起浮山北抵巉石(今潼河山)，从两端开始填筑土方，准备在中间合龙。但由于种种波折，浮山堰历时两年才最终建成。浮山堰筑成后淮河被切断，上游几百里内一片汪洋，蓄水不久，寿阳城即被水围困，魏军被迫弃城上八公山躲避。

由于浮山堰腰斩了奔流的淮河，上游一片汪洋，人工湖的面积不断扩大，水位不断上涨，也给南朝带来了问题，即造坝时没想到要泄洪。现在水位几乎与堰顶相平，于是开始威胁下游地区。这时梁军想到一招，他们利用魏军怕被淹的心理，四处散布说："梁军不怕打仗，就怕有人把水泄掉。"魏军一听，果然开始凿山泄水，于是浮山堰水库就有了两条溢洪道。然而泄水终没有来水快，最终造成了巨大的灾害。

4个月以后,公元516年的秋天,人工湖洪水泛滥,浮山堰轰然坍塌。堰垮之时声响如雷,300里内都可以听到。寿阳被洪水淹没,此段淮河及其下游的城镇、村落,几乎无一幸免,全部没入水底,100亿立方米的淮河水一泻千里,如狂暴的野马席卷下游平原地区,"其声如雷,闻三百里,缘淮城戍村落十余万口皆漂入海"。萧梁国力遭受巨大损耗。浮山堰工程以一幕人间悲剧收场。

洪水退后,在八公山上躲避的魏军,不慌不忙地回到寿阳城。对他们而言只是出城避4个月的水灾而已。

为了筑浮山堰,梁朝付出了重大代价。他们从徐、扬二州征发民夫,每4户出一人;浪费铁器几千万斤;伐树做木笼;施工中死人无数。萧衍为北伐征发的将士、军需全部付诸洪水,顷刻间输得一塌糊涂。从此,他再也不轻言北伐,也北伐不起了。

浮山堰工程以今天的视角看,是中国水利工程史上的一个壮举。它的规模在当时是举世无双的,据估算,其主坝高30—40米(一说48米),是世界第一高坝。总长约4500米,形成的水域面积估计有6700多平方公里,总蓄水量在100亿立方米以上。大坝抬高了上游水位,形成了一个方圆几百里的人工湖,相当壮观。浮山堰主副坝填方达200多万立方米。这几项指标在当时都是世界领先的。坝高往往是水利工程技术水平最直接的表现。国外的土石坝至12世纪才突破30米的高度,比浮山堰晚了600多年。

（写于2022年3月）

揭开"萧娘"的历史面纱

对于"萧娘"这个词,喜欢唐诗宋词的朋友不会陌生。

元稹的"揄扬陶令缘求酒,结托萧娘只在诗",白居易的"风朝舞飞燕,雨夜泣萧娘",徐凝的"萧娘脸薄难胜泪,桃叶眉尖易觉愁。天下三分明月夜,二分无赖是扬州",宋朝周邦彦的"有谁知,为萧娘,书一纸",以及现代作家郁达夫《盐原日记诗抄》之八中的"离人又动飘零感,泣下萧娘一曲歌",等等。

萧娘之名让人浮想联翩:到底是一个多美的女子呢?

然而当揭开"萧娘"的历史面纱,让人大跌眼镜的是,"萧娘"开始并非指女子,而是指男的。

《南史·梁临川靖惠王宏传》中有这样的记载:"宏受诏侵魏,军次洛口,前军克梁城。宏闻魏援近,畏懦不敢进。魏人知其不武,遗以巾帼。北军歌曰:'不畏萧娘与吕姥,但畏合肥有韦武。'"

南北朝的时候,梁朝北伐与北魏作战,梁武帝萧衍让他的六弟临川郡王萧宏奉命带兵出征。萧宏"长八尺,美须眉,容止可观",是个不可多得的美男子。但他行军打仗不行，是个绣花枕头。

当萧宏率领几十万大军浩浩荡荡北进，听说对手是魏军中身经百战、取得义阳大捷的元英时，吓得寝食难安，毫无获胜的信心。他召开军事会议打算撤军回朝。结果遭到将领们的极力反对，会议不欢而散。萧宏的部下中只有吕僧珍附和道："能知难而退，难道不是好事吗？"剩下的将领大多不愿意跟随萧宏离去，说道："殿下您要走自己走，我们要留下与魏军决一死战。"

萧宏见到此情此景，既不敢进，又不敢退，只有选择按兵不动。北魏大军看到萧宏的行为之后，心中有些许的鄙夷，使用激将法，派人给萧宏送去了女子的头巾，还编了一首歌谣嘲笑他和吕僧珍："不畏萧娘与吕姥，但畏合肥有韦武。"

激将法无效。萧宏并没有因此而愤怒，而是继续他的龟缩战略。半个月后，九月底的一个夜晚，洛口地区突降暴雨，水位暴涨，洪水漫进了梁军的部分营房，驻扎的梁军骚动起来。本就畏敌如虎、整天胆战心惊的萧宏，以为魏军趁着夜幕和洪水突袭进来了，吓得魂飞魄散，只带了几个贴身侍从，跳上马就向南弃军而逃。魏军获知后大喜过望，趁势进攻。梁军也因此而溃败，几十万人丢盔弃甲，互相踩踏，使得梁朝军事实力大减。正是因为这个故事，萧宏被人称为"萧娘"。

不过，随着时间的流逝，"萧娘"的称呼也逐渐失去了它的本义，转而被人们用来形容为男子所恋的女子，与女子所恋的男子"萧郎"相呼应。

当我们阅读历史文献时，不能为表面字眼所误导，想当然地从字面上去理解内容、想象内容，而应该考察字词背后的事件本源，这样得出的结果是大不一样的。在我们的现实生活与工作中，不也同样时常有类似"萧娘"的思维吗？

（写于 2022 年 3 月）

第三编

山水禅心

探访临安山

史志记载,临安是因临安山而得名。然而临安山在哪?史志只记载了大体方位,而无确切位置。临安是山区,崇山峻岭。哪座山是临安山,这是一个1700年的谜团。今年,市地名办的专家几经考证,确定了临安山的位置,终于给了临安人一个明白的说法:临安山位于玲珑街道的高山村。临安山究竟是一座怎样的山?我的探访欲被好奇心唤起。

星期六的早晨起床后,看连日阴雨的天气放晴,我便一时兴起,相约几位好友,直奔玲珑街道而去。记得26年前我在当时的玲珑镇工作时,几乎跑遍了全镇所有的行政村。但唯一没有去过的便是高山村!

高山村现经行政村撤并后并入高源村。车到夏禹桥,过钟家头、唐家头、滕家头等自然村后,便进入盘山公路。山路崎岖,曲折蜿蜒。几经拐弯上行,迎面一座看上去成梯形的山,我想这就是久闻大名的方山吧。停车询问一位正在给香榧树治虫的农民,果然没错。方山的山顶很平整,没有通常尖尖的山峰,远远望去山顶像一条直线。这样形状的山比较奇特,据说上面可停直升机。方山会不会就是临安山?正考虑是否登此山之际,遇一村干部,说方山不是临安山,前面的双峰尖才是专家认定的临安山。在这位老兄的指引下,我们又在悬崖峭壁的盘山公路上前行,与一辆迎面过来的满载毛竹的拖拉机艰难交会后,到了瓦窑坪自然村。瓦窑坪地名,是因为原先有个瓦窑厂,现已废弃。这里住有大概二十几户人家。不过,不少年轻人已搬到城镇去了,只有一些老人在此坚守。双峰尖就在瓦窑坪村,但登山的路已荒芜。双峰尖由两个尖尖的山峰组成,其中一峰已在富阳境内了。考虑到登山有难度,我们决定到双峰尖对面的钟家山自然村去作个远观。去钟家山的路实际上是只能过一辆车的林道。幸好我们借用了一辆吉普车,底盘才不至于被凹凸不平的路面泥石卡住。

钟家山是个古村落,村里的一丛有几百年树龄的枫树群,向人们展示着这个村的古老历史。在村口,我们碰到了几位杭州驴友,他们去年曾在枫叶红的时候来过这里,被这里的美景所感染。他们今天是几个朋友相约举家来此登山、采风。

村里几位端着茶杯在树下聊天的老人,看到有外人来村里,显得很热情。老人告诉我们,钟家山村有千年以上的历史,村庄后面的白石山是郭山,东北面高高的山峰就是双峰尖。

专家们考证认定双峰尖是临安山,我想肯定是科学、严谨、可信的。但临安山又依何命名?为什么叫"临安山"?专家们没有给出答案。

稍事休息后,我们在一位王姓老伯的带领下爬上了村后的白石山。山上是竹林和茶园。站在山顶瞭望,居高临下,一览众山小,有豪情万丈、君临天下之感。白石山因产白晶石而闻名,我随便在泥土里一找就看到不少小块的白色重晶石,这些石块与普通石头的确不同,密度高,掂在手上特别沉。二十世纪六七十年代这里曾大量开采冶炼白晶石。村民们肩挑手推,将白晶石开采运出山外。看来白石山因产白晶石而得名,当无疑问。至于白石山称"郭山",则因晋代郭文道士在此修仙炼丹而得名。郭文为什么会在白石山修炼?除了环境幽静外,可能还与取白晶石炼丹有关。郭文真人的宅基和墓地也在山上。我想,临安山之所以称"临安山",是与古人对卦象风水研究有关的。特别是这里还有道士这一专业群体所在!《易经》六十四卦中有一卦为临卦,上卦地下卦泽,上为平地,下为沼泽,称地泽临。站在白石山上,脚下是平地,山下是一片农田,据说,这片农田以前为水塘。这不就符合临卦的取象吗?至于临安的安字,也应与风水有关。在风水模型中有个安位,就是三面环山、一面开口的位子。双峰尖两边群山怀抱,独向方山方向开口,不正符合风水学上的安位特征吗?照这样推理,临安山之谓"临安山"也就顺理成章了。

经过探访,大概可以得出结论:临安山是以郭山为主体,以双峰尖为标志,以方山为前照的一片山岭的总称。

路边一畦畦金黄的油菜花,在阳光映照下格外艳丽。陌上花开,一丛丛夹竹桃开着红花争奇斗艳。返回的路上,原先不在意的乡村美景,正如诗如画般映入眼帘。我不由自主地放慢了行车速度……

附:

市地名办确认双峰尖是临安山,主要是从北宋《太平寰宇记》、南宋《咸淳临安志》、乾隆《临安县志》等历史书籍出发进行考证。理由有八点。一是从坐落方位考,临安山在县西南十八里,与郭文宅基并列,找到郭文宅基所在的郭山,也即找到临安山。二是从距离考,乾隆志、宣统志载庆仙乡图"治南约二十里"范围中包括了双峰尖所在的高山村。三是从海拔高度考,双峰尖海拔 678 米,郭山海拔 410 米,二者相差 268 米。与记载的两山差八十丈相吻合。四是从范围考,"临安山周二十三里",与今地图上双峰尖一周基本吻合。五是从水系考,乾隆志载锦溪水发源于甘岭,"兼受五星山、临安山之水,东北流至永安桥"。证明临安山西流之水与五星山水汇合后注入锦溪,成为锦溪源。六是从临安山有关的山名考,临安山一名"安乐山"。临安山东界姚家村西一片山岭仍称"安乐山"。安乐山附近有安乐庙、安乐阁。七从"临安山图"考,图中间偏西为郭文庐墓,图下为"潺濑潺湲",图上有双峰耸立,当为双峰尖。八从与郭文有关遗迹考,东晋郭文真人在临安山一带采药炼丹,在白石山建有宅子,死后葬于此。

不过,有关"临安山"的确切位置,目前仍有争论。

(写于 2013 年 3 月)

九仙山上觅仙踪

说起九仙山，总有点忌讳。因为那是临安最大的公墓所在地。

人们不愿提九仙山，就怕心中隐隐的伤痛会被九仙山勾起。其实，九仙山的成名要先于与之相连的玲珑山。山上胜迹比比皆是，景色幽静、引人入胜，而关于九仙山的传说则更为神奇。遗憾的是近在咫尺而我从未攀登过。

引起我上九仙山觅古迹兴趣的，是读到了苏东坡的《宿九仙山诗》："风流王谢古仙真，一去空山五百春。玉室金堂余汉士，桃花流水失秦人。困眠一榻香凝帐，梦绕千岩冷逼身。夜半老僧呼客起，云峰缺处涌冰轮。"（注：诗中"王谢"指王谷神、谢傅等九位隐士）

苏公当年在杭州时曾多次上玲珑山，主要是看望被他点化上山皈依佛门的杭州才女——名伎琴操。当然作为杭州太守的苏东坡也只能"假公济私"，以视察调研政务为名，"顺道一下"。所以玲珑山上还留有"平政桥"的遗址。有一次苏东坡下山时还醉卧石门边的"醉眠石"上，酒醒后晚上住宿在九仙山的九仙寺（一说"无量寺"），留下了上述的《宿九仙山诗》。

昨晚一夜春雨，早晨也特别好睡。做了回"回龙教主"后，我懒懒地起床。吃完早餐后,给一位熟悉九仙山的朋友拨通了电话,请他做向导。

今天的高坎水库水面清澈,柳树清楚地倒映在水中,水天一色。往前走,几只鸭子浮游在水库边,似乎并不关心 H7N9 什么的。水库尾巴上的一片水杉林挺拔有姿,惹我注目,接受着鄙人的"检阅"!

水泥路的尽头,是岔开的两条小路,我们顺着九仙溪而上,登上树叶覆盖下的石径。小路旁是大片的杂木树,全是阔叶树林。新叶经雨水冲刷,郁郁葱葱,清新的空气中散发着草木的芳香,不知名的花朵经一夜雨中狂欢随意躺在道上,弄得我不知双脚该下何处。野生的茶枝不断从柴草丛中冒出来,向上竖起的嫩嫩的茶叶不断地挑逗着我的眼睛。

"今天谷雨,采几片吃吃吧!"看着朋友津津有味地嚼着生茶叶,我也采了几片往嘴里送。青草味加苦味,使我不敢将它往肚里咽。

经过半小时的攀爬,我们来到了龙潭。三十多米高的悬崖上,一道瀑布凌空而下。但由于昨晚雨下得不够大,水流没激起轰鸣。在宽大的悬崖上,"飞泉"二字的石刻清晰可见。经朋友指点,摩崖石刻上九位仙人的形象依稀可见。

按民间说法,九仙山有个美丽的神话。古时九仙山下的庆仙村有个叫唐义的人,上山打柴,来到棋盘石,见二人对弈,边上有六人围观,其中还有一位女子,大家全神贯注。唐义是个棋迷,看见有人下棋,就挤进去看棋。下棋的人中一位拿起棋盘石边的一个桃子正往嘴边送,忽然想到一妙招,就把桃子往旁边一送,唐义接在手上。过了一会儿感到肚子有点饿,唐义就把桃子吃了。等到一局棋下完,太阳也下了山,这时,唐义想起自己上山砍柴的事,就找搁在旁边的冲杠和柴刀,发现冲杠没了,柴刀也早已锈成一块泥,大叫奇怪!被惊动的人问他怎么回事,他一五一十地描述了一遍。大家笑笑,告诉他,天上一天,人间千年,你回不去了。他不信。仙人就随手折了三根芦秆一吹,变出了一匹马。让他骑马回去看看,嘱咐他要是没人认识了就回来,不要下马。唐义骑马来到庆仙村,发现没一个人是自己认识的。他来到自己屋前,一切早就面目全非了。只见自己用过的缺角的石臼还在,就下马去看。转身过后,马不见了,变回了三根芦秆。唐义回不去了,就成了当地的半仙。八仙加半仙就成了九仙。九仙山也由此得名。

其实，史料记载，汉晋时期，相继有九位隐士在山上隐居或修炼，包括梅福、王谷神、皮元曜、左慈、葛洪、郭文、许迈、谢傅等。其中，还有位名裴氏姥的女道人，余杭人，会采花酿酒，在九仙山下卖酒，后被仙人带走成仙。我们在上山的路边发现了王安石为此事作诗的石刻。"绿净堂前湖水绿，归来正复有荷花。花前若见馀杭姥，为道仙人忆酒家。"

从瀑布折回，就到了梅福桥。梅福桥是一石拱小桥，当年梅福避王莽之乱来此修道而造。令人称奇的是，山上洪水不时冲击，但小桥经两千年无损。经梅福桥向西上攀，到了棋盘石，大石凌空突出，上面平坦，可容数人。看到棋盘石边沿留下的石孔，似曾搭过茅棚。站在棋盘石上可看到远处的高坎村。

过棋盘石上行一段陡坡小径，就到了一处别有洞天的山谷，谷口有几株香樟古树，林后有一半月池，池后有几块梯田，山谷的深处为九仙寺的旧址。旧址残垣断壁、石条石块随处洒落，墙基可辨。另外，还有一条喂马料的石槽。几株古桂见证着九仙寺的历史。

幽幽的山谷，早已不见了当年的仙人。千辛万苦炼成的仙丹，也终究改变不了人们的命运。然而，古人遁入深山，不恋繁华，多少让人羡慕敬仰。

（写于 2013 年 4 月）

从康定到木格措

　　汽车到达康定已是傍晚，天下着细雨。康定是甘孜州的首府，中华人民共和国成立前，曾是西康省的省府所在地。大部分人知道康定是由于那首闻名遐迩的《康定情歌》。果不其然，《康定情歌》成了康定的品牌。大街上情歌氛围很浓，彩球装饰着情歌擂台。跑马溜溜的跑马山就在城边，夏日的晚上，人们围着篝火边唱边跳。走在街头，穿着藏袍的康巴女人显得亭亭玉立、楚楚动人。晚饭时我们找了一家精致的藏餐馆就餐，点了地道的藏餐。当然酥油茶、血肠、酸奶渣这些基本上就是我的专供了。同行之人没这个口福。

　　夜晚，我们入住车站边的拉姆则林卡酒店。本来对边城的住宿不抱奢望，但入住后发现设施一应齐全，便有一种喜出望外的感觉。原来要求低一点，幸福感就会多一点！

　　正想着，房间过道里传来一阵嘈杂声，又一批游客入住。突然，一阵乡音传了过来。一打听，是桐庐某银行的行企联谊团队。他们刚从木格措下山，山上下着雪，一片朦胧，什么也没看到。不过他们心态很好，说出门来大家一起开心就好!

第二天早晨,我们驾车往山上走。康定海拔约 2500 米,而木格措海拔约有 3700 米。38 公里路,落差有 1200 米!盘山上去,雨渐止了,路边厚厚的积雪给了我们久违的感觉。草地里成群的牦牛踏着雪,艰难地寻觅着食物。也许,一步一景有点夸张,但不同的雪景,随着汽车拐弯,给了我们这些发烧友不断的惊喜!难怪同行中有人发出惊叹:旅游不一定是去目的地,沿途的风景也很美!是啊,人生又何尝不是一次旅行!记得有人曾说过,人生是一次单程旅行,在乎的是沿途的风景和夹岸的桃花。

到景区门口,要换乘大巴上山。雪地里窄窄的道路,也着实让我们领略了大巴司机的车技。道路两边的冷杉挂满了冰冻的雪,巨大的岩石在白雪掩盖下,挂满了冰凌。成片的原始森林似乎在向我们宣示,这块地方不属于人类。

到了!一片湛蓝的湖水呈现在眼前。木格措是藏语,意思是野人海,传说中是野人出没的海子,是中国第二高山湖泊。湖泊是长条形的,左边是成片的山林,长着成片的杜鹃,可惜我们去早了几天,花还没开放。可以想象,成片的杜鹃在湖边盛开是何等美丽啊!湖的右边山上没什么林木,但围着一大圈五色的经幡。据导游说,经幡中间是用大理石贴出的彩色的释迦牟尼佛像,有 50 多米高。游湖的快艇停泊在码头,因积着厚厚的雪而不能营运。快艇静静地停泊在湖面上,似乎像个穿戴蓑笠的老人,在"独钓寒江雪"。湖的那头朦胧到什么也看不清,给人一种一望无际的感觉。我们拿着相机贪婪地摄取这雪域风光。比起昨天的游人,我们够幸运了!

"我们运气不好!"其中一位兄弟发出感慨。

"要是有太阳多好!"

我看了他一眼说:"只要心诚,会有的!"

"要是能出太阳,我请大餐!"

"等着吧!大餐请定了!"尽管厚厚的云层不见一丝要出太阳的意思,但我还是有把握地说。

十分钟后,太阳光晃了一下。又过了三分钟,太阳露了下脸,又迅速钻入云层。

我心中不断地祈祷着。足足过了五分钟，我睁开眼睛。奇迹出现了！太阳射出金光！刚才湖那端朦胧的浓雾散开了，那座我不知名的圣山在阳光下金光闪闪地露出冰山顶部。天仙摘去了她神秘的面纱，仿佛在向我们频频招手。那种洁白，夹在蔚蓝的天空下和湖面的雾气上，像来自灵魂深处，给我们以美丽、善良和真实，给我们以强烈的震撼！美丽的圣山让我在此生中能如此亲近她！我的双腿不由自主地跪下，厚厚的雪就是洁白的羽绒垫子！大地，我怎能不吻你！血液似已不再流淌，热泪已替代了你！人群雀跃的呼声已不在耳边回荡，湖水已没有了波澜和皱纹，两边的山体都已倒映在湖中，天上的云块在湖中自由浮游，那是一种洒脱和自在！

木格措，你是我心中的圣地，是上苍赐给人类的一块宁静之地！

太阳又躲入云层。我们怀着依依不舍的心情离开木格措湖，到了下一站温泉景区。这儿有天然的健胃温泉，这温泉煮的鸡蛋很特别，蛋黄凝固，但不管煮多长时间，蛋白总是散的。吃的时候要敲一小洞，先把蛋白吃了。可能正因为如此，温泉才被称为"健胃温泉"了！

不过我更看重温泉对面的转经长廊。一百只经筒，装了百部佛经。设计更是奇巧：经廊连着一片小湖，挖了一条沟渠，河水穿过经筒长流。经筒的底部是涡轮设计，只要轻轻转一下，经筒就会顺水转起来。

此刻，我耳边想起了仓央嘉措的诗句：

　　那一月，我摇动了所有的经筒，不为超度，只为触摸你的指尖；
　　那一世，我转山转水转佛塔，不为修来世，只为途中与你相见……

（写于 2013 年 4 月）

114

钱王与吴越文化之根

假日不远游。我一头扎进了钱王陵园，关心起身边的人文趣事。

钱王陵园，是江南难得保存完好的王陵，至今未被开挖过。近年对外免费开放，成为外地游客了解临安乃至吴越文化的一个窗口。

唐末黄巢起义后，李唐王朝摇摇欲坠。公元907年朱温灭唐，中国历史进入一个混乱时期。中原地区历经后梁、后唐、后晋、后汉、后周五个王朝更迭，而中原以外则存有十个小国政权。其中的江南吴越国则由临安人钱镠创立，传三代五王、存七十二年（907—978）。

钱镠，字具美，小名婆留，八十一岁寿终后谥武肃王。当初钱王"满堂花醉三千客，一剑霜寒十四州"，他以杭州为都城，统治着北至苏州、南至福州的区域。他保境安民、善事中国（中原政权）、兴修水利，修筑了人间天堂形象的杭州城、苏州城，使本来远离中原的夷蛮之地变成了鱼米之乡、富甲天下的人间天堂。以至于千年后今天的长三角地区人们还受其福佑，坐拥繁华。钱王可谓功德无量、庇荫天下！以至于宋人排《百家姓》赵钱孙李时，将皇姓赵排第一，而钱排第二！

吴越国虽存续不足百年,第三代吴越王奉祖训举家北迁纳土归宋,和平回归中华大家庭。但吴越文化影响了一代又一代人,流传至今。吴越遗存丰硕,尤其是钱氏一族秉持钱王家训,子孙其昌、人才辈出。这使我们不得不思考一个问题:吴越文化何其独特,它的根是什么?

吴越文化扎根于中华大地。传统的中华文化无疑是它的肥沃土壤。但吴越王治国带有独特风格,以此为基础的吴越文化又有其独特性。

自汉代开始,大多帝王治国有个公开的秘密,就是"外示儒术,内用黄老"。而吴越国则除了重视儒家、道家文化外,还突出了佛教文化,以佛治国。

这段因缘要从钱镠小时候的一次经历说起。

钱镠十二岁时随父亲上径山拜佛。径山寺方丈洪湮禅师见钱镠异于常人,便拉过他到菩萨像背后,对他说:"你要好好自爱,日后一定是个极贵之人,但你要重视佛法,才能有好的结果。"并为他取名钱镠。钱镠心领神会。

钱镠按禅师的嘱咐做了。佛教认为,万法皆因缘、有因必有果。学佛之人要上报四重恩、下济三途苦。报四重恩,即报父母恩、报众生恩、报国土恩、报三宝恩。

第一是报父母恩。现存临安的三件国宝级文物青釉褐彩炉、盖罂、油灯就是钱王送给母亲六十岁的寿礼,其中熏炉是用来驱赶蚊虫的。他对母亲的孝心可见一斑。钱镠当上节度使后经常在卫兵簇拥下车马回乡。其父钱宽总是对他避而不见。为此,钱镠特地单身步行回乡,找到父亲问明原因。父亲说:"我家是世代打鱼种田的人,没出过有财有势的人。如今你成了一方之主,却三面受敌,还要去与别人争城夺地。我怕你会连累全家,所以不愿见你。"钱镠听后大为震动,哭着表示一定要记住父亲的教训。

第二是报众生恩。钱王保境安民、善事中原,坚持称臣不称帝、兴修水利、变水患之地为鱼米之乡、修筑海塘等均是利民之举,叮嘱子孙事奉中原王朝。第三代钱王纳土归宋,维护了国家和民族统一,使百姓免遭生灵涂炭。修筑杭州城时,有术士献计填平西湖可使王朝传千年,否则只有百年基业。他回答说:"百姓靠西湖水为生,无水即无民,无民哪有我王,有百年足了。"而且专设"撩湖兵"疏浚西湖。

　　第三是报国土恩。一是报乡恩，钱镠有深厚的乡土观念，他认为："富贵之后不回乡，如人锦衣夜行"，于是衣锦还乡，大宴乡亲。至今临安还留有衣锦街、保锦山、望锦亭等名胜。二是善事中国，每年向中原朝廷足额奉贡，而且当陆路受阻时就开拓海运（客观上也发展了当时的国际贸易），最后纳土归宋，保证了中华民族的统一。

　　第四是报三宝恩。三宝指佛、法、僧三宝。吴越国在苏杭就建了200多座寺院，包括杭州昭庆寺、净寺、开化寺、灵隐寺、六通寺、云栖寺等，苏州云岩寺、开元寺、北寺等；改建了下天竺的五百罗汉堂，新建飞来峰青林洞摩崖佛像和烟霞洞、玉皇山等地石像、石龛，同时，建六和塔、雷峰塔、功臣塔、虎丘塔等100多座佛塔，并且大量刻印佛经——不仅起到了教化作用，还促进了印刷业的发达。对洪湮禅师更是礼遇有加，每次见洪湮禅师必行跪拜、执弟子礼，奏请昭宗皇帝赐洪湮禅师"法济大师"尊号。

　　钱武肃王的功绩、人品，历代文人雅士都给予了较高的评价。如宋代范仲淹评价："保国惟贞，勤王惟诚。传日畏天，继缉休明。东南重望，吴越福星。"司马光有诗："破景迎周，以国入觐。富甲东南，臣事惟勤。三世五王，公守其诚。西湖水浒，至今至名。"

　　钱王是世王，是一代枭雄，自有功过是非。譬如，繁重的苛捐杂税为人诟病。但犹如当年古印度的阿育王，"放下屠刀，立地成佛"！可矣！

　　吴越文化浸润着江浙一带人，或多或少在我们的血液中流淌。寻找吴越文化的源头，何尝不是在检视自己的内心呢？

（写于2013年5月）

於潜美女出甘溪

青裙缟袂於潜女，
两足如霜不穿屦。
觰沙鬓发丝穿柠，
蓬沓障前走风雨。

这是苏东坡在杭州任通判时，到富阳、新登一带观政时路过於潜，所写下的《於潜女》（部分）：穿着青色裙子和白色衣服的於潜女孩，光着雪白的双脚，走起路来像一阵风，衣袂飘飘。头上扎着两个朝天辫，横插着一把大银枇，就像黑丝横在织机上一样。诗中一个肤白貌美、活力四射、青春动感的於潜女孩呼之欲出。

"於潜有美女，美女出千洪。"临安流传着的这个说法，总能引起人们的无限遐思。

周日，包括我在内的一群有爱美之心的人，既为山水，也为美女，驾车前往千洪，以满足好奇之心。道路不宽，是二十世纪六七十年代的路基，但路面是平滑的柏油路,阳光透过两旁高大的水杉树洒落路面。不时的弯道和沿路的村庄,只能让人以悠闲的心情控制着油门和刹车。美丽的风景,倒让我的思绪加足了马力。路过原千洪乡乡政府办公地时,我想起了一个冷笑话。据说以前一位新来的县领导到千洪乡(现已并入於潜镇)调研工作,问乡长,千洪乡的地名是怎么来的?乡长被问住了,支吾了半天,只好说这里是山区,洪水比较多。领导莞尔一笑,那千洪一年里头不是要一天发三次洪水了?乡长尴尬地僵住了。其实,原千洪乡下属有千茂、杨洪等村,千洪不过是各抽取一字的简单组合而已。由此想到,知之为知之,不知为不知,做人还是实在一点为好!

杨洪村是边境,过去就是安徽宁国。车到杨洪村,迎面看到的是一座古色古香的石牌坊,尽管这是近年新建,但挺有气势。在临安,建有石牌坊的村似乎也不多,这让我们对杨洪村顿生好感。车行五分钟便到了村委所在地的村民"众乐"广场。广场也是篮球场,用塑胶铺设地面。紧邻的公园绿化很好,生机勃勃,特别是几株红枫点缀其中,与楼台亭阁相映成趣,层次感特强。戏台用木料架顶,黛墨色的土瓦显得古色古香。中间墙面是整幅山水画,左边是市场沽酒的人物画,右边是山农剥笋制笋干的场景。两幅画是对市场经济兴旺的新农村的诠释。匾额上书"众脉协和"四字,苍劲有力。

杨洪村连接宁国云梯乡的毛坦村,历史上以一壕沟为界,称"豪堑关",是古吴越国的边关,由千秋关管辖。与其他地方不同,两地划界不以山冈分水岭为界,似乎浙江这边吃亏了。传说划界时,宁国、於潜二县令相约,两人同时出发,以相会之地为界。结果於潜县令坐轿前往,而宁国县令则策鞭骑马。理所当然,宁国县令占了便宜,於潜县令只好干瞪眼,吃了哑巴亏。毛坦村是个畲族村寨,全村五百多人口。毛坦村和杨洪村关系和谐,两地村民相互通婚。村民的语言混杂,不少杨洪村的人讲安徽话,也有不少毛坦村人讲於潜方言。连接两地间的道路,近年都浇上了水泥,可通汽车。宁国、临安、安吉三县在此交界。聪明的杨洪村人在此发展休闲运动、旅游经济,在这条路上多次组织了山地自行车比赛和徒步旅行。村里有专用自行车可供出租。去年还有一批外国留学生,特地来此举行自行车比赛。

路边流水潺潺的小溪,就是早有耳闻的甘溪。甘溪是天目溪的重要支流,直通钱塘江。我们下到溪里,掬起一捧溪水送入口中,那一丝清冽,一股甘甜,让人永生难忘!广告做得响当当的"农夫山泉"是无法与之相比的!茂林中汇集起的甘溪,千百年来,滋养着白里透红的千洪人、於潜人、临安人、杭州人乃至江南人!记得哪本书上说过,穷山恶水出丑女,好山好水出靓女,青山甜水出美女!不是吗?让苏子瞻动心的,不就是那喝着甘甜滋美的甘溪水长大的於潜女吗!

如今甘溪水变小了。为了经济发展的需要,人们在甘溪上建了一座水库,常年蓄水发电。但我想,生活走向富裕的人们,在爱护好这片青山绿水的同时,更应滋养好自己的心田。如果让心灵常存善念,让心中的甘溪水常流,那么我们的容颜还会老吗?

(写于 2013 年 5 月)

出世入世之地西径山

在西径山与市政协沛明同志一家巧遇。西径山在临安市区东北四公里的地方。因为与径山（今在余杭区境内）相对而称名。进入西径山景区，我们的登山从琴湖开始。琴湖，在东山脚下，因为似三角钢琴的形状而得名。然而，我以为叫"情湖"更确切。因为当初东晋谢安辞官隐居在此，携缥缈女以石室为合欢床，缠绵缱绻，临湖垂钓，品茗豪饮，吟诗谱曲，红袖添香，一手行书天下称绝，逍遥自在！以至于李白到此，顿生感叹：

> 不到东山久，蔷薇几度花。
> 白云还自散，明月落谁家。
> 我今携谢妓，长啸绝人群。
> 欲报东山客，开关扫白云。

在杭州当官的白居易，紧随李白之后，特地赶来西径山，作了《题谢公东山障子》：

> 贤愚共在浮生内，贵贱同趋群动间。
>
> 多见忙时已衰病，少闻健日肯休闲？
>
> 鹰饥受绁从难退，鹤老乘轩亦不还。
>
> 唯有风流谢安石，拂衣携妓入东山。

是啊！人虽有贤愚、贵贱，然而有多少人不是在忙忙碌碌中老去，不是像被拴住脚的饿鹰无法远走高飞？甚至到老了还不能退休。连老实巴交的白居易都羡慕起风流飘逸的谢安！

怀谢亭是今人缅怀谢安而建在"东山再起"摩崖石刻下的一块险峻岩石上的纪念亭。上书楹联：明月有情公已去，青山无约我频来。

是的，我会频频来这里。因为站在亭子里，可以看到因出了十八进士而得名的集贤村，还可看到拥有两万学子、英才济济的浙江农林大学校区，更可遥想当年谢安东山再起，指挥"淝水之战"的那种举重若轻的神态。不知是厌腻了山水之乐，还是出于救世情怀，四十多岁的谢安经不住好友相邀，出山为士，官至宰相，还做了太傅。他训练了一支中央直管的"北府兵"，以八万兵力对抗前秦苻坚亲率的八十万大军，在淝水一战，以少胜多，打得苻坚落荒而逃、"草木皆兵"。当捷报传至营房时，谢安正在下棋。他把捷报随手一丢，看都不看一眼，像根本没事一样！这种洒脱，古今能有几多人！其实，谢安在当初苻坚声称要拿下东晋，不顾谋士石越的劝阻，夸下"投鞭断流"海口时，已知道了今天的答案！骄兵必败！

入世的洒脱、出世的逍遥全让谢公占了！

从怀谢亭往回走，我们到了泻玉岩。从名字上就可知道这是一个瀑布。古人是这样描述的：

> 源头何处最高峰，直泻飞帛几万重。
>
> 珠屑重重减白日，玉龙袅袅戏苍松。
>
> 远翻蓬岛千年雪，冷透苔根六月冬。
>
> 至此岂愁名利热，老夫结袜愿相从。

（明·范芳《泻玉岩》）

又是一个钟情山水、向往蓬莱仙岛、淡泊名利、愿在山中苦行的人！

沿百步云梯而上，又是另外一番风景。弯弯小道，十步一景，两边树荫蔽日，曲径通幽。人工筑起的小湖，水漫堰坝。青山在湖中倒悬，不时徐徐而来的山风，吹皱了那一池春水。我们走走停停，有时欣赏美景，有时相对闲聊，享受这阵阵凉风。

走出林间小道，眼前豁然开朗，我们到了双林寺。双林寺在一块平地上，四周有天掌峰、骊珠峰、云笔峰等九峰环峙，形如莲花，如"九龙抢珠"。据说，后唐天成年间（926—930），景文禅师上山建屋、开基，掘得三个金菩萨，不久就用于建宝林寺。因取佛祖"双林入灭"意，北宋英宗皇帝下诏改名为"双林寺"。该寺院历史上几毁几建，终于在1953年被拆除大殿。几只残存的石狮在日晒雨淋中风化，中轴线上巨大的青石板和层层递进的墙基，告诉游人这座庙宇曾经的恢宏。改革开放后，有僧尼在此建有观音殿，供游人、香客参拜。近年来，有信士愿捐资重建双林寺，但因遗址属省级文保，遇到阻碍。该寺住持果满法师很敬业，见我们到来，就抓住机会，向沛明主席汇报寺院的复建方案及进展情况。祈愿双林寺尽早再现当年雄姿。

带着一丝遗憾的我们，沿着千年古道下山。古道上不时出现的巨大苦槠、香枫树让我们目瞪口呆，树龄估计都在五百年以上！话题又由大树转到人生。

人生百年，生命的意义何在？我们总是在入世还是出世中纠结。西径山之行，让我感悟到，作为一介凡夫的我们，人生当在入世和出世间转换，关注当下，以出世的情怀做好入世的事情。

（写于2013年5月）

123

东天目一方净土昭日月

多年不见的惠文同学来电话,说要来临安,上东天目山去看看。惠文是省城一家律师事务所的合伙人,在业界早已小有名气。我说,陪你去可以,但不坐索道行吗?她说,她的目的就是爬山。

爬山的路线当然由我来定。我们沿西女瀑的游步道往上攀爬,目的地是梁代古刹——昭明禅寺。

一场大雨后的东天目山,毫不吝啬地展现着它的美:那蔚蓝色的天,是小时候美好回忆的再现;婆娑的树枝,是少女飘逸的长发;两旁高大挺拔的柳杉树是卓尔不群的男子汉……就连空气中也都飘荡着丝丝甜意。更让人兴奋的是巨大岩石上,像脱缰野马奔腾而下的瀑布,一路奔跑、一路高歌,抛珠撒玉,仿佛在向每一个迎向它的游客投怀送抱。行程中,我们看到不少人流连在瀑布积潭边久久不肯离去。有人索性在游人座上摆起架势,如入无人之境地做起了瑜伽。

东天目山,是一座灵山。它的灵气来自开山祖师志公(又称"宝志公")禅师,以及传奇式人物南朝梁昭明太子。

　　志公禅师姓朱，江苏武进人，是当时最著名的高僧、梁武帝的国师，他道行高深，六神通中具五神通。据说，梁武帝想见志公禅师时，只要在南京城的皇宫中点上三炷香，许上自己的心愿，第二天宝志公就会飘然而至。有一天梁武帝问志公，自己以后会否有难，志公指指喉咙、指指颈椎（意为喉颈）。果然，后来梁武帝在侯景之乱中遭囚禁，饿死在狱中。宝志公91岁时到东天目山结庐修行，6年后在东天目山圆寂。梁武帝将其遗体接回南京，葬于钟山独龙阜。葬礼上，梁武帝自扮孝子，为宝志公送葬。

　　昭明太子，名萧统，是梁武帝的长子。其天生聪颖，3岁开始学《孝经》《论语》，5岁就能读懂《五经》，9岁在寿安殿讲《孝经》。从小就看到宝志公来皇宫讲经说法的昭明太子，因宫廷蜡鹅事件受牵连，离开妻儿远游到天目山。昭明太子一首《望天桥》可见当时的心境：

　　　　公子远于隔，乃在天一方。

　　　　望望江山阻，悠悠道路长。

　　　　别前秋草落，别后春花芳。

雷叹一声响,雨泪忽成行。

恨望情无极,倾心还自伤。

　　伤心和编书的过度劳累,使他的视力渐失。但昭明太子静下心后,很快就被天目山的美所感化,清泉山茶缓解了他的心肝之痛,洗眼池的水使他双目得以复明。在"分经台",他给佛经《金刚经》分品作题。在天目山,他著书立说,写了原著文集 20 卷,又撰集典诰文言《正序》10 卷,编五言诗选《英华集》20 卷,又编写了我国最早的诗文选集《文选》30 卷。该文集收录了上自子夏、屈原,下至陆倕的 130 位作家的 514 篇文章,为后世保留了大量优秀诗文。后来昭明太子获平反昭雪,被迎回京都。但在一次初春游园中不幸落水,寒气伤身,得病而亡,年仅 31 岁。

　　为纪念昭明太子,天目山修造了昭明禅院。至今禅院的柱子上仍留有楹联:道自昭明共仰昙花凝宝相,慈临天目欣瞻法雨出香云。当地人把昭明太子视作韦驮天尊化身,把天目山作为韦驮道场,永久护持佛法。

　　在天王殿,一位小师傅热情地给大家讲解四大天王的传说。看着小师傅,我想起了一个故事。隋朝吏部侍郎(相当于今天的中组部部长)薛道衡喜欢游览名胜古迹。有一次去钟山开善寺礼佛,寺内金刚、菩萨较多且形象各异,见一在旁执事的小和尚,就想为难他一下。薛大人问小和尚:"为什么金刚和菩萨形象不一样?"谁知小和尚出言不凡:"金刚怒目,所以降伏四魔;菩萨低眉,所以慈悲六道。"此言令薛大人刮目相看。可见闻道不分先后啊!

　　离开天王殿,我们去方丈楼谒见方丈。开慈方丈和讲经师开玄已在等候。一番寒暄后便落座用斋。吃饭按庙里的规矩,先礼赞阿弥陀佛,然后方丈用公筷夹菜给各位客人。饭菜简单,有素鸡、素牛肉等,但吃饭时充满了谦让的氛围,友爱之情令人神往。饭间开玄师介绍说,佛教徒素食是梁武帝下的旨。素鸡、素鹅等也是梁武帝发明的。席间他给大家讲了东天目山与志公的故事。他说志公是观音化身,特来点化梁武帝。在上一世里,梁武帝是个很穷的农夫,一次上山砍柴遇到大雨,就到一小庙里躲雨。他发现观音菩萨像上方漏雨,被大雨淋着,于是就脱下身上仅有的蓑衣盖在观音像上。观音感动了,在梁武帝再世为人时,来人间点化报答梁武帝。

　　饭后,一群来自上海的修行者前来拜谒方丈。他们中大多是企业主,来山上专修十天半月,感受佛法,感受自然,让自己的身心得以放松,并获得宁静。东天目山现在是开放式净土宗道场,修行者来到山上,白天参加体力劳动,晚上听闻法师说法,或看净空老法师的讲道录像。男女分区住宿,来自全国各地互不相识的修行者们互敬互爱同住共修。大家丢下手机,佩戴一个念佛机,专念一句"阿弥陀佛"。感受体力劳动后的大汗淋漓,感受聆听佛学后的法喜,感受对人生领悟后的禅悦。

　　在社会浮躁、普遍缺乏诚信的今天,这里是多么令人向往的净土啊!

　　"倬彼云汉,昭回于天。"《诗经》中的这句诗在我脑中不断地回荡着。

(写于 2013 年 5 月)

环溪村的美丽风景

杜月笙曾对一个朋友说："你原是条鲤鱼,修行五百年跳了龙门变成龙了。而我原来只是条泥鳅,先修炼一千年变成了鲤鱼,然后再修炼五百年才跳过了龙门。倘若我俩一起失败,你还是条鲤鱼,而我可就变成泥鳅了!你说我做事情怎么能不谨慎?"

站在桐庐环溪村的石拱桥上,望着溪中自由自在游动的红鲤鱼,我这个属龙的人想起了上海滩老大的这段话。我也不知道我原先是泥鳅还是鲤鱼!只不过同伴们在村委周忠莲主任的亲自引领下早已往前面去了,而我还是盯着红鲤鱼发呆。

按村里的乡风,红鲤鱼是放生鱼,在父母亲六十三岁生日时,儿女们就要在溪里放生一条红鲤鱼,称为"鲤鱼跳龙门、父母跨过坎"。于是,这里便成了红鲤鱼的天堂。尽管幽默的桐庐人在饭桌上喝汤,若发现少个汤匙,就会说"塘里鲫鱼跳,就差网来套",似乎很爱捕鱼,但这里的红鲤鱼是绝对安全的,因为它们被赋予了美好的祝愿。自由快乐的红鲤鱼成了环溪村生态文明的见证,也成了外地人眼中的亮丽风景!

　　在县林业局任职的华新同学,带我们来这里参观,他对环溪村有着不一样的感情,他的上辈人从环溪村下周家移居到深澳村,而且他在深澳镇政府工作时是驻村干部。他对村里的一草一木都很熟悉。尤其是来之前他没向我们透露一点消息,目的是想给我们一个惊喜。

　　但何止是个惊喜,简直是惊艳!

　　这里是三国时期东吴文化的发祥地,清澈的天子源和清源两条溪流汇合于村口,村子三面环溪,环溪村由此而得名。村子背靠天子岗山麓。之所以叫"天子岗",是因为天子山上出了个鼎立三国的一足——东吴孙权。孙母对子的谆谆教诲声,似乎从远处的山冈上飘了过来。

　　"一庙一周一片莲,二桥三堂五古杏。牛栏茶廊花窗台,精美乡村不虚传。"我自编的这几句顺口溜,能大体反映这里的村容村貌。

　　一庙:村口的水口寺,在古樟掩映下,黄墙梵音,钟声悠远。庙里供奉东方琉璃光药师佛,保佑村民们平平安安、无病无痛。

　　一周:北宋理学鼻祖周敦颐的第十四代孙迁居环溪建村。环溪村除少数上门女婿外,均为周姓。周家祖风是耕读传家、安居乐业。

　　一片莲:环溪人在祖先筑莲池的基础上,大力发展莲产业。村边水田、村里鱼塘,均种上了莲花。生活污水经生态处理后的污泥,成了莲花最好的养料。莲产业不仅可以让环溪人勤劳致富,莲花更让人想到它的君子风格:出淤泥而不染,濯清涟而不妖,中通外直,不蔓不枝,香远益清,亭亭净植,可远观而不可亵玩焉。

　　"五月临平山下路,藕花无数满汀洲"的景色在临平城也许难以见到了。但此地遍地藕花重现! 莲花,又是佛家的象征,莲喻佛性、睹莲思悟。

　　二桥:环溪双桥中的安澜桥建于康熙年间,距今已三百多年;保安桥建于民国元年。二桥均为石拱桥。安澜桥青藤垂落,长发飘逸,像个妩媚的少女。保安桥则是桐庐与富阳的分界线,像个英雄少年。取名"保安桥",也许是包含个中辛酸血泪的。两地村民曾为插花山(山林权属交叉)地界纠纷、农时水源纠纷,结怨结仇,乃至械斗,势同敌国。不过现在早已和睦相处,互利共赢了!

　　三堂:集中代表了环溪村的古宅风貌。爱莲堂是周氏宗祠。周氏先祖周敦颐在南昌任地方官时，对庐山莲花洞情有独钟，创办了濂溪书院。内筑一爱莲堂，凿一莲池，明心寄志。环溪村的濂溪后人把"爱莲堂"作为宗祠堂号。爱莲堂现成了老年人的天堂，他们在此品茗聊天、下棋娱乐、看电视电影。老有所养，老有所乐，颐养天年。村主任自豪地向我们介绍了他的村民食堂，八十岁以上的老人每餐只要一元钱，七十岁以上的老人每餐只要两元钱。我们接着参观的"尚志堂"，是取"尚志崇文"之意。建造尚志堂的主人是位活跃于商品经济领域的先驱，二百多年前，因经销地产黄草纸而致富。据说尚志堂的主人在八十岁时建此屋，古宅雕梁画栋，刻有一百零八个寿字（茶寿一百零八，为最高寿），大门用青石雕刻"恒丰履泰"四字，此四字均为吉卦，寓意永保富贵平安。字由刻有瑞兽头像和爪子的美术字组成，以招财避邪。还有第三堂绍德堂，居住着周家子孙。当然更值得一提的还有爱莲社，那是农民"种文化"的成果。爱莲社内有几千册图书，书香、墨香在此尽现。环溪人崇文尚武、耕读传家在此不断延伸……

五古杏：银杏树被称为"地球的活化石"，村中心草坪上有五棵古银杏树，二雄三雌，二大三小，被称为"五杏开泰"，有五百年以上树龄，成为环溪村和谐家园、桃源胜景的历史见证。

美丽乡村工程建设启动后，环溪村两委会从清洁乡村做起，清理河道、整治环境。其中最成功的一笔是将路边原先的村民牛栏猪圈改建成一排排茶座，并取名为"牛栏茶座"。漫步在曲径通幽、长长的巷子里，粉墙黛瓦下的窗台上挂满了一盆盆的牵牛花。徜徉其间，仿佛置身于欧洲某个小镇。

考察结束了，在中心草坪的台阶上，我们同行的十人集体照拍了又拍。大家一点也没有想离开的意思。我在想，爱我中华，就要从爱我家乡开始。环溪村为我们建设美丽乡村树立了典范！

"金枪把煞部！"围聚在我们周边，看我们进行无线航拍的村民，冒出了这样一句桐庐方言。我不解，遂问同行的华新局长，他告诉我，用时髦话说，就是"爽"！

看了如此美丽的乡村，还有哪一个人会不爽呢？

"金枪把煞部！"

（写于2013年5月）

陌上花开又一年

陌上花开,可缓缓归矣。

有些话,总能让人禁不住怦然心动。万物肃杀的季节已去,冰雪早融化在暖风里,此时,"陌上花开",鹅黄嫩紫,青草萌绿,怎能不令人眼前一亮?而"可缓缓归矣",仿佛又以别样的深情和平静的心绪,诉说着百转千回、欲扬还抑的思念,让人心驰神移。

写下这个句子的,是我们临安人,五代十国时期吴越国的国王钱镠。史载:钱镠"少年起兵,骁勇绝伦,身经数百战,而不摧"。不过,这位横刀立马、成就天下的乱世英雄,被后人记得不是因为他的雄霸吴越——"古今多少事,都付笑谈中",而是缘于他对原配夫人戴妃的一片深情,这看似平常却又极为感人的一句话正是钱镠深情的证明。

戴氏王妃是个孝顺女子,每年寒食节(清明节的前一两天)必返临安郎碧娘家,看望并侍奉双亲,直到陌上花发才归去,岁岁如此。钱镠亦算性情中人,最念这个糟糠结发之妻。这一年,王妃在娘家盘桓数旬未归。一日,料理完政事的钱镠走出宫门,见杭州凤凰山脚,西湖堤岸已是樱花嫣红、杨

柳如烟,便提笔写下一封书信:

"陌上花开,可缓缓归矣。"

意思是田间小路上的花开了,你可以一边赏花,一边慢慢地回来了啊。

九个字,平实温馨,情愫尤重。清代学者王士祯在他的《渔洋诗话》中记载了这个故事,又在《香祖笔记》中写道:"钱武肃王目不知书,然其寄夫人书云'陌上花开,可缓缓归矣'不过数言,而资致无限!"后人对此句赞赏、唱和者颇多。

钱镠的感动古今之处,在于对夫人的深情,九个字融入了几多思念与柔情,以及对陌上风物的深切感知。钱镠同样令人记忆深刻、极为钦佩之处,还在于欲催归而请缓的心境。这是一种怎样的情怀和心绪!思念着王妃,催促她归来,却又深情款款,让她不要着急,慢慢欣赏路边的风景。"何意百炼钢,化为绕指柔",一代君王对美的流连,对季节变换心灵的敏感,对身边万物发自内心的珍惜之情,让人内心深有触动。

最令我感慨的,正是其中放慢脚步、舒缓心情、从容欣赏的真情和韵致,"多少事,从来急",能在如此着急和迫切中把握节奏,真诚地叫别人放慢脚步的人委实不多。今来昔往,逝水流年,无论是"千里江陵一日还",还是"一万年太久,只争朝夕",人们听惯了向前、再向前的召唤,脚步匆匆又匆匆。尤其是当下,放慢脚步成了这个时代的稀缺之姿,脚放不下来,心也慢不下来。

这是一个时常以数字和速度作为衡量指标的快节奏时代。一切都在迅速变革,故而诱惑很多。浮躁、急躁、焦躁……许多人似乎成了被放在火上炙烤的鱼,翻来覆去,躁动不已,时间的飞逝中夹杂着深感幸福太远的焦虑。于是,人们不但停不下匆匆的脚步,甚至忘记了生活的真正目的,一再与身边的风景、人生的快乐失之交臂。

真该多读几遍"陌上花开,可缓缓归矣"。在内心涌起的阵阵温情中,放缓脚步,随时欣赏沿途的风景。说到底,学会欣赏是一个人善于发现、丰富内心的前提。美丽的阿尔卑斯山上有一块著名的提示牌,上面写着:"慢慢走,请欣赏。"

放慢脚步,神宁气定,也许可以看到五月的风里,红色的夹竹桃积攒了全身的气力，欢跳着在枝头上绽放。深秋的寒气里，总有一些叶子不肯从枝条上飘落，等待着白霜覆盖它们高贵的身影。也许可以听到午后的果园，在许久的沉寂之后，传来一声脆脆的鸟鸣；或者淅沥的细雨，在屋檐下发出清亮的低吟。当然，也有可能看不到什么，尤其是在高楼林立的城市，看不到水泥地里长出的青草，天上的白云也不够絮一床薄被。但只要留心，总有惊喜。当我们用一颗平常心去看待每一处风景、每一件事情，会发现许多不曾看到过的美丽，发现许多不曾想到过的通向生活之美的途径，找回本应属于我们的快乐。也许，那些东西对我们来说，比最终的结果更重要。

放慢脚步，调整身姿，如果愿意，可以听到自己内心花开的声音。可能我们习惯了繁华和喧嚣，但放慢脚步，可以让思想和灵魂清醒独行，可以及时立定反省：每一步是不是都有实实在在的分量和意义？有时走得太快，忘记了出发的目的；有时走了很远，发现心思还没有跟上来。心灵需要过滤、整理，需要思考、积累，它的成长是一个不能着急的过程。所以，不妨时常停下来，让脚步等一等心灵，听一听心灵的诉说。每个生命都是一座茂盛的园林，这园林里有无数鲜活的笑脸在阳光下静静地开放，脚步慢下来，就能听到每一朵花开放的声音。那是生命孕育和成长的静语。守住内心，清理欲望，让心灵的顿悟凝聚起全身的力量。

人的一生，会经历许多季节，遭遇许多变故，既有"独上高楼，望断天涯路"的忧伤，也有"蓦然回首，那人却在灯火阑珊处"的欣喜。虽然不能人人都"泰山崩于前而色不变"，但可以放慢脚步，站稳脚跟，将目光投向更远。这是生命的权利，也是人生的要义。身体在物质的世界里穿行，心灵需要在思想的世界里高蹈。杜甫说，"会当凌绝顶，一览众山小"。一位哲学家也说过，当你从匍匐的地上起立，才可以看得见天上的光辉。在浮躁喧嚣的今天，在匆忙急促的过往中，人们有时容易忽略和失去对价值意义的判断与追求——效率有时导致功利，速度容易使人来不及体味境界的本色和含义。所以，静下心来，适时调整角度，犹如弓在手中，向后满拉，是为了更好地击中目标，走得更远。

人生是一个奇妙的旅程，需要追求，但不能过多；需要加快速度，但还得学会放慢脚步，否则过多的追求、过快的脚步会湮没了作为初衷的快乐和本意。古人早已有言，"欲速则不达"。当然，这里的"慢"，并非速度上的停止或坐等。慢在字典里的解释是"从缓""低速度"，是与快相对而言，与快相辅相成，有时慢是为了更快更好。它更多的是一种心态，一种修为，一种坚守——宁静的心境，积极的奋斗，对人生的高度自信，细致、从容应对世界的方式。一位学者指出，放慢脚步不是支持懒惰，不是拖延时间，而是在生活中找到平衡，找到乐趣。

　　一边是力量积累的宁静，一边是积累力量的迸发。慢下来，在生活的芬芳气息和悠远意境中，去感受一个个鸟声如洗的清晨。

（写于 2013 年 6 月）

秋登米积山

国庆节早晨，与妻子一合计，决定爬山庆祝节日，并借以放松心情、锻炼身体！为了避开人潮，我们选择了爬米积山。

米积山距临安市区仅十公里路，海拔四百零七米，坐落在玲珑街道米积村。车子穿过市区拥堵的车流人流后，沿 02 省道往西行驶。看着本来比较清静的杭徽高速上出现车子首尾相连的情况，我庆幸今天不出远门是个明智的决策！

经过新农村建设、村庄整治后，米积村的村容村貌优美整洁。村中亭台楼阁、公园绿地齐全。尤其是山边一排村民自建的别墅，气度不凡，让人赏心悦目。通往山上的天龙禅寺，有一条整洁的沥青路。车到山脚，我们便弃车步行。

迎面扑鼻而来的是山花山草的清香，深吸一口，似乎是茴香草的味道。田边几十亩的樱花苗木青红相间，煞是好看。远处传来了几声清脆鸟鸣，似乎不愿让我们打破这里的宁静。

沿三十多度的陡坡一路向上，脚底虽然是平坦的油路，但十分钟下来，身上便渗出了微汗。路边的雏菊开出白色的碎花,倒是表达了对我们的欢迎;酸枝梗结出了串串红果,用手一碰,像鲜血般的浆水便粘满了手指;那些茅草更是满山遍野,白色的苔花虽已繁华落尽,但山风吹来,随风舞动,风姿犹存;辣椒草也结出了果子,约有狗尾巴草穗那么大,一圈白一圈红,在秋天里展示自己的淑女形象;那些稗草枝头分了杈,像天线一样散开。不免想起小时候与伙伴们一起玩的游戏:我们找些柴草绕个箍戴在头上,随后插上稗草假作天线,嘴里喊着"我是王成,我是王成,向我开炮!"

一路的风景、一路的遐想。路的尽头,是天龙禅寺。我此时已满身大汗,感觉痛快淋漓。寺庙里香客不多,但我们没去礼佛,而是径直来到寺庙边上的"昭明太子坐禅处"。相传,梁朝昭明太子因在天目山编纂《昭明文选》劳累过度,导致眼睛失明。为放松身心,应天龙寺方丈邀请,他到米积山坐禅。太子坐禅处,也是米积山风景最妙之处。米积山属天目山脉,周边诸山以此最高,站在悬崖边向下望去,众多山脉蜿蜒到崖底,似有九条巨龙。传说,昭明太子是韦驮菩萨转世,在此坐禅时,召来了九龙来朝!放眼望去,山间云雾缭绕,远山近景尽收眼底。尤其是这里的日出和晚霞让人心醉!因此,这里也是浙江省摄影家协会的摄影基地。我想,天龙寺之名与此风景也不无关系。最奇妙的是,向前方走下五十米,有一天然石洞,被称为"米积洞"。之所以叫作"米积洞",据说是因为石洞中原有白米缓缓撒出,每天一升。宣统《临安县志》对此有记载:"米积山,治西南二十五里,梁昭明修禅岩下,石罅中日撒米升余,足以自给。"后来,当家和尚嫌米流速太慢,就让人把洞口凿大,结果米一粒都不流了。可见,人不可贪,贪婪将导致一无所得!不贪为宝!

在我们稍事休息往回走时,遇到了天龙寺住持道临法师。法师三十岁出头,却僧腊十多年了。他对天龙寺的复建做了大量工作。可以说,没有道临,就没有天龙寺今天的道场。道临当初上山从当地居士那里接过寺庙时,这里仅有一间破庙和一条荒山小路,在他的努力下,打通了上山公路。这几年寺庙建设也已小有规模。他热情地引领我们逐一参观了天龙寺的各个建筑,尤其是那楠木雕刻的观音大士像非常珍贵,是他从四川老家化缘得来的。在尚在施工中的客堂里,他拿出天龙寺未来的规划效果图,兴味盎然地描绘着天龙寺的未来，可见他发心宏大。

言谈中，法师对现代人的信仰缺失充满忧虑。他认为，中国梦，不应该仅是经济的梦，人们的精神家园更应该得到充实！

是啊，临安佛教历史源远流长。佛教传入中国不久，便传到临安一带。魏晋时著名高僧佛图澄便来临安传教，在乐平乡还留有遗迹；唐时千岁宝掌和尚在清凉峰龙塘山结庐修行；临济宗鼻祖黄檗禅师在千顷塘建慈云禅寺，在寺中写《传灯录》等三部佛学著作，第二次来慈云寺时圆寂在山上；东天目开山祖师是梁朝时著名的宝志公；西天目山是禅宗临济宗的中兴祖庭，并且从南北朝至清代出了五位国师……

吴越国国王、临安人钱镠则按佛国形象建造了杭州城和苏州城。我想，临安足以与海天佛国普陀山相呼应，若以天目山为中心，打造一个"吴越佛国"，则可助力和谐社会的建设！

米积洞撒米济人的故事是人们对上苍赐予福报的美好愿望。今天的人们，如果重拾信仰，也会得到社会安宁、生活幸福、世界和平的福报。

这也许就是我的米积山之梦吧！

（写于 2013 年 10 月）

永福桥上幸运儿

难得有机会在杭州西湖边住一个晚上。

匆匆扒上几口晚饭,就一个人信步走在杨公堤上感受夜西湖美景。为避开汽车尾气,我进入了一条小道。不愧是世界闻名的西湖,果然曲径通幽! 路面是青石板铺就的,充满历史感。这对习惯了水泥、沥青路面的现代人来说,已是久违的了。石板路的两旁是修竹和桂花树。随着秋风的吹拂,竹枝发出了哗哗的摇动声,桂花的阵阵香气被风裹着袭来。那么浓郁醉人! 如此,尘世间还有烦恼吗?

透过竹林,一幢典雅的小屋缠绕着霓虹彩管,一块写着"品润茶楼"的匾牌,不停地眨着眼,频频地向我发出邀请。盛情不可却! 一杯龙井,临窗而坐。环顾四周,竟无一茶客。无意中,我享受了一次包场!

今天虽不见明月,但杨公堤一侧的里西湖,在城市夜光的映衬下,展现了一幅纯天然的立体水墨画:周边连绵的远山近水就是画框。画面上,有湖中的残荷、岸边连片的芦苇、岸上的垂柳和草棚,湖水倒映的路灯那素色的冷光,时而星星点点,时而被涟漪连成一片。不知名的虫鸣声此起彼伏,仿佛把我带回了田野之中。这是时空的穿越啊！侧目望去，杨公堤的另一边，"衣着华丽时尚"的雷峰塔挤上树梢，在不远处倾诉着那个千年的爱情故事，不断地告诉游客，杭州的别名叫"爱情之都"！

然而，我的目光还是最终停留在茶楼对面的那座叫"永福桥"的独特石板桥上。

这座石板桥原位于桐庐县横村镇深畈村，始建于明弘治年间（1488—1505），当地人称"安福桥"，历经明清数度重建，其形制亦由拱桥改为斜托梁桥。后来，安福桥也退出了历史舞台。但它所幸没有被当作墙基埋入地下，也没有被用于造猪圈。2003年，杭州市有关部门按原貌保护并迁建到西湖杨公堤景区。现桥每孔两头各有9根石条作斜托柱，支撑桥面，另有9根石条形成弓形桥洞，形制独特。安福桥从乡下"嫁"到了城里，与世界文化遗产的西湖永远融合在了一起，继续发挥着渡人过河的功用。它的新名字叫"永福桥"，在西湖永享幸福时光。

永福桥是幸运的。多少历史遗存，因为完成了历史使命，退出了历史舞台；也有多少宝贝，因为被安放在不恰当的位置而徒留遗憾！

我是幸运的。偶然的机会，使我有幸与永福桥在夜色中的西湖相遇，就像生活把我弄成了一名幸运儿。

（写于2013年10月）

心灵裸奔在泰宁

坐了 8 个小时的车,显然有点累。但正如同行的张红老师所说,我们作出了一个"英明决定",选择了一条对的线路,因为我们在高速上一路畅通。避开了城市的喧闹和假日的车流高峰,以至于怀疑起今天是不是国庆假日。然而,不容置疑的是,我们来到了本次行程的第一站:泰宁。

泰宁县隶属于福建省三明市。宋元祐元年(1086),宋哲宗将曲阜孔子阙里府号"泰宁"赐作县名。泰宁素有"汉唐古镇、两宋名城"之美誉,曾有"一门四进士、隔河两状元、一巷九举人"之盛况,历史上出了 2 位状元、54 位进士、101 位举人,朱熹、李纲、杨时等历史名人曾在此读书讲学。这里曾文名鹊起,历史文化积淀深厚。

第二天一早,我们计划的一天行程从大金湖景区开始。大金湖是世界自然遗产保护区、国家地质公园、国家级森林公园、5A 级风景名胜区。在大金湖看的是"水上丹霞",主要包括野趣园、甘露寺、一线天三个景区。

丹霞、碧湖、长谷,幽潭、清风、竹林,山明水秀,如诗如画;赤壁丹崖、尖峰巷谷,与蜿蜒百里、烟波浩渺的水体景观交相辉映,造就了世所罕见的水上丹霞奇观。造型各异的丹霞洞穴和规模宏大的丹霞岩槽，更堪称"天然岩洞博物馆"。今日晴光潋滟，泛舟大金湖，山花、树丛、凉亭、古刹、小径，给我的直观感受是一步一景。翡翠色的水波中映出玛瑙般的山色，一泓绿玉带环绕着燃烧的山岩。导游给我们指出了各种丹霞山岩的象形。天然的佛像、情侣，天然的"仙"字、"寿"字，还有明末兵部尚书李春烨古墓的风水。导游讲到李春烨尚书大器晚成，10年连升14级的故事。导游的话满足了各色人等的需求。而我则看着山、看着水：水的温柔娴静映出了山的雄伟豪迈，锦水因丹霞而增辉，丹霞亦因这一方锦水而蜿蜒灵动！

　　我们是自然之子，正如庄子所说："外物与我为一。"天人感应是我们古人的宇宙观。同样，非洲有个民族，也保留了一个习俗，人们赶一阵子路后，必定会停下来坐坐。因为他们认为，停下来是为了让灵魂跟上自己的脚步。在急行军式的现代化进程中，我们常常被生存闷住、被发展卡住。当我虔诚地站在甘露寺这一悬空建筑前，感叹古人的智慧；当我匍匐在一线天的岩隙中，感受自我的渺小；当我伫立在冰心老人的"金湖春韵"题字前，我猛然醒悟——我们需要在大自然的怀抱里屏蔽所有的烦恼，唤醒对美的敏感！让灵魂跟上自己的脚步！这里的山水生产真，生产善，生产美！它是灵性和浪漫的天然工坊。我们来一趟这天赐宝地，何不找一方安宁，给思想一次洗礼，享受一次精神按摩，掏空心头的灰暗，打一盆月光回家……

　　记得有人说："不读山水，面目可憎。"我们何不歇脚放下无底的欲望，从滚滚红尘中捞出自已。山水间，我们的人生可以很生态——让心灵裸奔，为幸福加油。

（写于 2013 年 10 月）

一行到此水西流

应天台县祥广兄盛情相邀,利用雪霁后的这个双休日去国清寺一游。

地处浙东南的天台县号称"佛宗道源",是个人杰地灵、人才辈出的地方。中国历史上第一个佛教宗派天台宗,由隋代高僧智者大师在此创建;宋仁宗时,道人张伯端居山中桐柏宫修证,被后人尊为"紫阳真人",著有《悟真篇》等书,开创了道教南宗。自然而然,我的这次天台之行,则成了一次了解中国佛道文化的"文化"之旅。

智者大师倡议建立的国清寺,是佛教天台宗的祖庭。宏大的国清寺,一草一木皆有故事。因时间稍紧,来不及仔细观摩。但寺外丰干桥畔,有一座题为"一行到此水西流"的石碑深深吸引了我的目光。

这是为了纪念唐代著名的天文学家僧一行到这里学算筹而建的。

僧一行,俗名"张遂",是唐代著名的天文学家、数学家、佛学家。开元九年(721),唐玄宗因为通行的旧历法推算日蚀不准,降旨请一行禅师编撰新历。一行在比较各家历法的基础上,提出了新的方案。编制中,遇到了天文、数学上的难题。他到处请教,总是不得要领。后来得知国清寺有位叫

"达真"的大德精通数学,就不远万里、跋山涉水前来寻师。

这一天,正是连日大雨之后。寺内,达真大师正与僧众一起在寺内排筹布算,算着算着,突然说:"今天合当有一位弟子前来求算。"过了好久,大师又自言自语:"门前水西流,远客该到了!"徒弟们都感到奇怪,但还是遵师父之命派人去寺外待客。

"京都一行禅师到!"一声禀告,打断了徒弟们的窃窃私语。达真立即率领僧众出山门迎接,和一行在丰干桥上稽首相见。刹那间,哗啦啦一声,桥下涧水一反常态,向西滚滚流去。达真就此对大家说:"你们看,一行不远万里学算,连流水都为之感动。水能倒流,何愁历算不成。"

原来,丰干桥下有一支主流溪水自西向东流,另一支由南边流出,形成丁字形交会,但因连日下雨,由南流出的溪水暴涨,一时泄洪不畅,形成了向西倒流的奇观。

经过七年的刻苦钻研,《大衍历》终于编成了。

"一行到此水西流"的佳话也由此而流传开来。唐代时就有诗人孙浦写诗赞颂这个奇迹:

> 一行寻师触处游,
> 到天台后始应休。
> 因知算法通天地,
> 溪水寻常尽逆流。

苏东坡在远谪黄州抱病游清泉寺时,作了一首《浣溪沙·游蕲水清泉寺》,对溪水西流发出感叹:"谁道人生无再少?门前流水尚能西!休将白发唱黄鸡。"诗作充满了积极乐观的精神。

往事越千年,我们不再有跋山涉水徒步而行的辛劳,不再有古代先贤的那份耐心和毅力,不再能享受得了天地间的那份静谧和孤寂。

然而我们不能仅做一位游客,到此一游。古人的越千山万水求学,古人的积极乐观、百折不挠,似乎应该还能对我们有点什么启发。

（写于 2014 年 2 月）

探访天目玉琳国师塔院

　　去年,我与临安市文广新局的同仁们决定对玉琳国师塔院进行修缮。因文物修缮程序复杂,要立项、设计、招投标等,到现在还没进入施工阶段。

　　今年由于工作调动,我离开了原单位,也就没有了工作踏勘之义务了。但当时听现场勘察的同志回来说,天目塔院已被盗掘者弄得惨不忍睹。所以想去现场看看成了牵挂在心头的一件事。今天因端午放假,我就到了西天目山,既锻炼身体,又可完成心愿,一举两得。爬到五里亭后,我沿着荒山,在杂草丛生的小路中,攀了两个山冈,终于找到了玉琳国师塔院。国师塔院位于天目山东坞庵,原先由寺僧筑庵守护。但世事变迁,眼前仅剩残垣断壁。更可愤的是,2010年遭人盗挖,石塔被砸,三百多年的国师灵骨也被暴露一地。据说此事被东天目昭明寺居士齐素萍得知后,她与僧人迎请灵骨到昭明寺重新安葬。

　　踏着一腿高的荒草,我来到御敕石碑前,摸着铭文,感触良多。所幸石碑和铭刻文字都很完整、清晰。塔院位置极佳,背靠山峰,坐北朝南,向前看去,一览众山小,可以看到山下的禅源寺及远处的白鹤村。

玉林通琇(1614—1675),法号通琇,字玉林、玉琳,因清世祖顺治皇帝拜其为师,世称"玉琳国师"。玉琳国师是江苏江阴人,俗姓杨。十九岁投临济宗宜兴馨山天隐圆修法师门下,受具足戒,后嗣其法,是临济正宗第三十一世。曾住浙江武康报恩寺。1658年奉诏入京,于万善殿举扬大法,受"大觉禅师"封号。未久,留其弟子茆溪行森于北京弘法。翌年,进封"大觉普济禅师",赐紫衣。顺治十七年(1660)帝选僧千五百名,以玉琳国师为本师,授菩萨戒,并加封"大觉普济能仁国师"。玉琳国师于内廷说法时,留有许多传说。晚年在西天目山建"禅源寺",并常住在天目山,世称"临济狮子正宗派"。

康熙十四年(1675),国师北游,是年八月初十日于淮安慈云庵跌坐圆寂,享年六十有二。朝廷闻讯,颁诏派大臣主持茶毗,并重修慈云庵,于庵后建"法王塔"。师之全身,则由其弟子奉龛归,塔葬于西天目东坞庵,由王熙奉敕为作塔铭。

有关玉琳与顺治皇帝的传说甚多。星云大师著有《玉琳国师传》,并被改编为33集的电视连续剧《再世情缘》。

据说顺治皇帝有一天特召迎玉琳国师入宫,请示佛法,顺治问道:"《楞严经》中,有所谓七处征心,问心在哪里? 现在请问心在七处? 不在七处?"

玉琳国师回答道:"觅心了不可得。"

顺治皇帝:"悟道的人,还有喜怒哀乐否?"

玉琳国师:"什么叫作喜怒哀乐?"

顺治皇帝:"山河大地从妄念生,妄念若息,山河大地还有也无?"

玉琳国师:"如人梦中醒,梦中之事,是有是无?"

顺治皇帝:"如何用功?"

玉琳国师:"端拱无为。"

顺治皇帝:"如何是大?"

玉琳国师:"光被四表,格于上下。"

顺治皇帝:"本来面目如何参?"

玉琳国师:"如六祖所言:不思善,不思恶,正恁么时,如何是本来面目?"

后来顺治皇帝逢人便道:"与玉琳国师一席话,真是相见恨晚。"

传说顺治皇帝是出家为僧的,这里面有一段因缘。

明朝末年有位老僧,在峨眉山高峰结茅庵隐居。老僧终年不下山,不吃饭,不喝水,闭目打坐。庵里还有一个小和尚,不时下山买米做饭自己吃。就这样老僧打坐了十多年。

一天,老僧忽然睁开眼睛,对徒弟说:"我要走了,你好好待在这儿,不要下山。"徒弟闻此言,牵着老僧的衣服大哭,不希望师父离去。老僧劝慰说:"不要悲伤,我们师徒还有见面的一天。"遂从袖中取出一幅画轴,上面画着老僧的形象,肖像上眼睛、耳朵、嘴巴、鼻子都有,就是没有眉毛。老僧要徒弟珍藏师父肖像,说:"我走后,经过十二年,你就下山找我,看见人就拿出画给他看。如果有人帮你为肖像画上眉毛,那人就是我。"交代完,老僧就飘然而去。

不久张献忠流窜入四川,使川民血流成河。老僧的徒弟恪遵师父吩咐,没有下山,所以性命得以保全。十二年的期限到了时,徒弟才下山,此时清兵入关后,爱新觉罗·皇太极第九子福临继位,称"大清世祖章皇帝",年号顺治。

小和尚辗转云游了十多年,走遍天下寻找师父,却一直没有找到。后来徒弟讨饭讨到北京,恰逢顺治帝到郊外狩猎。小和尚不知这是皇家队伍,只牢记师父的嘱咐,于是竟上前冒犯御驾,请求顺治帝看画。侍卫大惊,想逮捕小和尚,顺治帝却制止了,要小和尚不妨打开画轴来看。小和尚打开画卷后,顺治帝一看,诧异地说:"这肖像怎么没画眉毛呢?"随即命令左右取砚台、毛笔来,顺治帝亲手为肖像添上了眉毛。

小和尚此时早已泪雨滂沱,跪倒在地上大喊:"师父,我可找到你了!"众人面面相觑,顺治帝也吃惊不小。于是小和尚把老僧的嘱咐原原本本说了一遍。顺治帝恍然大悟:原来自己的前世是峨眉山老僧啊!怪不得总有出家的念头冒出来。至于顺治是否出家,留给史学家考证。但顺治皇帝确是一个非常信佛的皇帝,他写有《赞僧诗》:

> 天下丛林饭似山,钵盂到处任君餐。
> 黄金白玉非为贵,惟有袈裟披肩难。
> 朕为大地山河主,忧国忧民事转烦。

百年三万六千日，不及僧家半日闲。

来时糊涂去时迷，空在人间走一回。

未曾生我谁是我，生我之时我是谁。

长大成人方是我，合眼朦胧又是谁？

不如不来也不去，来时欢喜去时悲。

悲欢离合多劳虑，一日清闲有谁知。

若能了达僧家事，从此回头不算迟。

世间难比出家人，无忧无虑得安宜。

口中吃得清和味，身上常穿百衲衣。

五湖四海为上客，皆因夙世种菩提。

个个都是真罗汉，披塔如来三等衣。

兔走鸟飞东复西，为人切莫用心机。

百年世事三更梦，万里乾坤一局棋。

禹开九州汤放桀，秦吞六国汉登基。

古今多少英雄汉，南北山头卧土泥。

黄袍脱换紫袈裟，只为当年一念差。

我本西方一衲子，因何生在帝王家？

十八年来不自由，南征北讨几时休。

我念撒手归山去，谁管千秋与万秋。

顺治皇帝是一国君主，但他羡慕出家为僧的生活，他在《赞僧诗》中写道："百年三万六千日，不及僧家半日闲……我本西方一衲子，因何生在帝王家？"他对玉琳国师的恭敬，可想而知。

玉琳国师是一位法相庄严的高僧，平时喜静，不爱说话，即便是皇帝问佛法，他也简明扼要，不愿多言，使人感到禅门一言不易求也。

天目山是一座灵山，自东晋竺法旷开山后，高僧大德辈出。希望不久的将来，玉琳国师塔院重修后，尽快对外开放，展示天目山浓厚的历史文化底蕴，以飨信众和广大游客。

（写于 2017 年 6 月）

苏东坡心头的玲珑山

九百多年前的苏东坡点化琴操身入空门的故事，一直是文人津津乐道的逸闻。

关于琴操，百度上是这样介绍的：琴操，宋朝钱塘歌妓，姓氏不详，大约在 1074 年出生，十三岁时被抄家，做官的父亲被打入大牢，而她自己被籍没为妓！抄家时她正在家中后院弹琴，那把心爱的琴也让人给毁了！"琴操"二字原出自蔡邕所撰的《琴操》一书，以琴操为名，可见琴操的才气也绝非一般。

琴操虽说是官妓，但冰清玉洁。苏东坡的好友秦少游（秦观）有首送给苏东坡的词《满庭芳》：

> 山抹微云，天连衰草，画角声断谯门。暂停征棹，聊共饮离尊。多少蓬莱旧事，空回首、烟霭纷纷。斜阳外，寒鸦万点，流水绕孤村。
>
> 销魂当此际，香囊暗解，罗带轻分，谩赢得、青楼薄幸名存。此去何时见也？襟袖上、空惹啼痕。伤情处，高城望断，灯火已黄昏。

这首词用的是门字韵,情意悱恻且寄托深远,是宋词中的杰作。

有一天,苏东坡、秦观、琴操一起游湖,西湖边上有人闲唱这首《满庭芳》,却唱错了一个韵,把"画角声断谯门"误唱成"画角声断斜阳",刚好琴操听到了,说:"你唱错了,是'谯门',不是'斜阳'。"此人戏曰:"你能改韵吗?"琴操当即将这首词改成阳字韵,使之成了面貌一新的词:

山抹微云,天连衰草,画角声断斜阳。暂停征辔,聊共饮离觞。多少蓬莱旧侣,频回首、烟霭茫茫。孤村里,寒烟万点,流水绕红墙。

魂伤当此际,轻分罗带,暗解香囊,谩赢得、青楼薄幸名狂。此去何时见也?襟袖上、空有余香。伤心处,长城望断,灯火已昏黄。

经琴操这一改,虽换了不少文字,但仍能保持原词的意境和风格,丝毫无损原词的艺术成就,若非大手笔,岂能为也!东坡和少游听后大加赞赏。

又有一次同游西湖,众人谈笑甚欢。东坡想:我来做长老,你来参禅好吗?于是问她:"何谓湖中景?"琴操答:"落霞与孤鹜齐飞,秋水共长天一色。"再问:"何谓景中人?"回答:"裙拖六幅潇湘水,鬓耸巫山一段云。"又问一句:"何为人中意?"回答:"随他杨学士,鳖杀鲍参军。""如此究竟如何?"苏东坡进一步追问,琴操不知道了。东坡代为解答:"门前冷落车马稀,老大嫁作商人妇。"才情极高的琴操,当然对诗中深意了然于心,那是两百多年前一个与她身世相仿的琵琶女唱与一位诗人听的,而今苏东坡借此来点化她。一时间,琴操大彻大悟,一颗暂系于烟波画舫中的芳心,坚定地生起了出离心!就这样,琴操来到了当时远离闹市的玲珑山,皈依了青灯古佛。琴操选择了山中一座寂寥的小庵,远离凡尘。她在此研读佛理,并将心得写成文,寄给杭州城中的苏东坡。一位是出身低微却极有天赋的才女,一位是天性浪漫、不拘小节的诗人,就这样在读万卷书中又成了佛友。在宦海中几经沉浮的苏东坡,早已将人世看透,他最可爱的地方就是仍能随时随地自得其乐。"此心安处是吾乡",正是他佛学境界的一个写照!为了造访出家修行的琴操,苏东坡邀得好友黄庭坚、佛印禅师一行三人,曾数次前往玲珑山。

白天与琴操在收春亭里喝茶论道参禅,高兴之余还种桃、种李、种松树,为玲珑山留下了几棵"学士松"。

玲珑山是那么神奇,她虽然没有西子湖的风姿绰约,却有着不寻常的山野雅趣。在苏东坡看来,玲珑山上的"青青翠竹尽是法身,郁郁黄花无非般若"!有时他长坐溪边,聆听溪水潺潺并有了以下的体会:潺潺的溪水声,便如同佛陀的广长舌,彻夜不停地宣讲佛法;而寂静不动的山峦,不正是佛陀的清净法身吗?夜里传来的溪水声,亦仿佛佛说八万四千法门,以对治众生的八万四千尘劳,今后我将要如何才能与他人分享?后来,他给庐山东林寺长老赠送了这样的诗:"溪声便是广长舌,山色岂非清净身?夜来八万四千偈,他日如何举似人!"玲珑山给他的印象太好了!"山玲珑,水玲珑,山水玲珑;钟悠悠,鼓悠悠,钟鼓悠悠!"他留下了这样的对联!

玲珑山不留宿。苏东坡晚上住在玲珑山边上的九仙山无量院。老僧很热情,他们相约晚上看月亮。

空山寂寂,唯闻鸟语。当苏东坡最后一次来到玲珑山,踏上那熟悉的小径时,却发现琴操修行的庵堂早已不见,只剩荒草及膝。他一路寻去,看到的只有林间一座凄凉的坟冢。红颜转瞬即逝,只留下黄土一抔,琴操在她遁入空门后没几年,就寂寞地离开了人世。苏东坡继而转道九仙山住宿。从山上下来他心情沉重,见牧童唱歌,便静下来听听。

此情此景,感慨颇多!苏东坡作《陌上花三首》,借王妃之名,追思琴操!

游九仙山,闻里中儿歌陌上花,父老云,吴越王妃每岁春必归临安,王以书遗妃曰:"陌上花开,可缓缓归矣。"吴人用其语为歌,含思宛转,听之凄然。而其词鄙野,为易之云。

陌上花开蝴蝶飞,江山犹是昔人非。
遗民几度垂垂老,游女长歌缓缓归。

陌上山花无数开,路人争看翠辇来。
若为留得堂堂去,且更从教缓缓回。

生前富贵草头露，身后风流陌上花。

已作迟迟君去鲁，犹教缓缓妾还家。

是啊，"江山犹是昔人非"，故人已乘黄鹤去！时光怎能倒流？青春为什么留不住？"若为留得堂堂去，且更从教缓缓回"！琴操那充满智慧和佛性的对话，参禅时的一问一答，犹在耳边。苏东坡以他的睿智点化了琴操，让一个曾经生活在灯红酒绿中的生命归于平静。如今她的坟冢边，只有那些不知名的野花野草兀自蓬勃地生长着，姑且给个名字：陌上花！而曾经活泼鲜亮的那个女子，却已和他阴阳两隔。他有时会觉得以几句所谓的禅理，让一具可爱的生命必须去忍受孤独，是否也是一种残忍？坟前的香烛总会燃尽，就像那快乐的日子总会过去一样。生命无常，缘起性空！想到那一年，相邀两三好友，来此相会琴操的情形，苏东坡不由得一阵唏嘘。还是那一条曲折蜿蜒的山路，只是不再有那风趣的佛印和尚与他斗智；还是那一眼清可见底的玲珑古泉，只是不再有那"桃李春风一杯酒"的黄庭坚相对而坐；也还是那一块半山腰里的醉眠石……我每每路过，总觉得那个豪放的苏学士仍长醉不起。

当然，临安人心中的苏东坡还是高高屹立在玲珑山的顶峰上。

（写于 2017 年 7 月）

玲珑汲泉泡"马肉"

日前从一茶人处得一盒武夷山马头岩肉桂。茶人信誓旦旦地说,这是他七十多岁的老茶农父亲亲自制作的。近几年,武夷山正岩的三坑二涧岩茶为市场热捧,正宗的"牛肉""马肉""龙肉""鹰肉"等茶品是不容易尝到的。如果这是正宗的,也算有口福了!

当然好茶需好水。按茶圣陆羽的指示,煮茶用水,"其水,用山水上,江水中,井水下"。山水又分为泉水、光涌翻腾之水和流于山谷停滞不泄的水。当然,饮山水,首选是石隙间流出的泉水。

于是我想到了玲珑山上的玲珑泉。玲珑泉是从石隙中流出的泉水,位于玲珑山道上,与醉眠石隔道相对。说起醉眠石,又要提到大文豪苏东坡了。当年苏东坡点化钱塘名妓琴操来玲珑山出家后,他也常常邀上秦少游、佛印等结伴来玲珑山看望琴操。一时,山上文人雅聚,喝茶吟诗,拜佛参禅,一派热闹。后因宦海沉浮,苏东坡屡遭贬谪。直至十八年后,苏东坡以龙图阁大学士身份,任杭州知府时,才再来玲珑山。但这时琴操早已舍下肉身往西天而去。来迟了的苏东坡就坐在泉边的卧石上以酒当歌,聆听着玲珑泉的倾诉。从此,醉眠石与玲珑泉相守了千年。

前两年,玲珑山卧龙寺的乾良法师为玲珑泉增添了一个石雕龙头,泉水从龙嘴中潺潺流出。今天,泉水又流到我的一个大塑料桶里。奇怪的是,刚才上山满身大汗的我,未等塑料桶接满水,就清凉了下来。但桶壁上却挂满了汗珠。几位登山上来的外地客,见到了泉水也大呼过瘾!提桶下山的我,一路体会古人诗词中的"寒泉"一词。

新汲的泉水,在电炉上的铁壶中翻腾。一会儿,紫砂壶里的"马肉"徐徐舒展,茶水被注入天目木叶茶盏后,香气浓郁,果然是好茶。桂皮香、苦中带焦糖味,以及那醇厚的岩韵味在舌尖刺激着我的味蕾。在玲珑泉水的激发下,似乎品味到了传说中的"活味"。此时,我想起了卢仝,这位初唐四杰之一卢照邻先生的后代子孙的体会是:

一碗喉吻润,二碗破孤闷,三碗搜枯肠,惟有文字五千卷。四碗发轻汗,平生不平事,尽向毛孔散。五碗肌骨清,六碗通仙灵。七碗吃不得也,惟觉两腋习习清风生。蓬莱山,在何处?玉川子,乘此清风欲归去。

又是清风,文人好清风!

苏东坡在他的《前赤壁赋》中也说:"惟江上之清风,与山间之明月,耳得之而为声,目遇之而成色,取之无禁,用之不竭。是造物者之无尽藏也,而吾与子之所共适。"

一杯茶,佛门看到的是禅,道家看到的是气,儒家看到的是礼。

"平生茶炉为故人,一日不见心生尘。"

我吃茶,是牛饮。

饥来吃饭困时眠,直心道场茶清心。

（写于 2017 年 8 月）

153

临安火焰山与苏东坡

一说起"火焰山",人们都以为在新疆的吐鲁番,因为《西游记》让这座山成为家喻户晓的名山。

而在杭州西郊的临安也有一座"火焰山"。这座山知道的人很少,却有它独特的故事。这还要从我在临安工作的一段经历讲起。

初冬时节的杨家村是最美的。银杏公园里,数十棵百年以上的银杏古树聚在村庄的房前屋后,为古村落历史默默见证。一年一度的银杏节开幕仪式结束似乎有段时间了,游客不算太多,道路旁几位村民摆着小摊。有的农户家门口码着整齐的柴垛,庭院整洁有序,摆放着花花草草。此时的公园已"风吹银杏遍地黄",与不远处田畈里的稻草一起,组成了一个丰收的世界。银杏树的叶子虽然大部分已经飘落了,但仍有部分树叶苦苦坚守,在空中摇曳着! 被精心设计的"晒秋"场景,同样也吸引了我的眼球和手机的摄像头。虽然时间匆忙,但仍不虚此行。

位于富阳的杨家村与临安潜川镇海龙村只有一山之隔,两地之间有公路连接,被称为"万牧线"。中午在农家乐用餐后,我们走万牧线往潜川镇行驶。万市至牧亭的公路是条县道,公路盘山而行,中间要穿过浮云岭、火焰山。

同行有人问为什么叫"浮云岭"? 我答了一句"神马都是浮云"。至于叫"火焰山",倒是略知一二。

二十世纪六十年代末,这里发现了丰富的石煤资源,政府就在这里建了"海龙煤矿"(所在地叫"海龙村"),并开展了"夺煤大会战",直到九十年代初,矿山才被废弃。由于长年开采,造成地下隧道纵横交错,1982 年开始出现石煤自燃现象,1993 年起,整个山头多处地表冒出黑烟,中心区域发生直径五十米的塌陷,形成圆窿,火光冲天,雨天时山顶形成雾团,当地百姓称之为"火焰山"。

《西游记》中的火焰山挡住了唐僧师徒西天取经的道路,现在这座火焰山也给当地带来了地质灾害。该山自燃后愈燃愈烈,波及方圆一平方千米。因燃烧形成的二氧化硫废气飘移,破坏山林植被,危害农作物生长,"锈水"污染溪流,影响山下村民饮水等日常生活。

无独有偶,回望千年,这里也发生了重大自然灾害,而且还引来了一位大名鼎鼎的人物,那就是人人皆知的苏东坡! 从他写的诗篇里,他的行程及心路历程可略窥一斑。

捕蝗至浮云岭山行疲苦有怀子由弟二首

其一

西来烟阵塞空虚,洒遍秋田雨不如。

新法清平那有此,老身穷苦自招渠。

无人可诉乌衔肉,忆弟难凭犬寄书。

自笑迂疏皆此类,区区犹欲理蝗余。

其二

霜风渐欲作重阳,熠熠溪边野菊黄。

久废山行疲荦确,尚能村醉舞淋浪。

独眠林下梦魂好,回首人间忧患长。

杀马毁车从此逝,子来何处问行藏。

散步山河历史间

这两首诗是宋神宗熙宁七年(1074)八九月间,苏轼将离开杭州时所作。是年,苏轼三十七岁。其弟苏辙(字子由)时任齐州掌书记,在济南。苏轼任杭州通判的三年中,年年都有水旱灾害,所谓"止水之祷未能逾月,又以旱告矣"。熙宁七年,京城以东地区因干旱闹蝗灾,影响到了江浙。苏轼为消除蝗灾而捕蝗至於潜,在浮云岭作此二诗寄给苏辙。

第一首写捕蝗所感。蝗灾相当严重,飞蝗成阵,像弥天塞地的烟雾似的自西方蜂拥而来,就连秋田急雨,也比不上它那样迅猛、密集。但官吏们却蓄意隐瞒灾情。当时京东一带的某些地方官为了献媚执政,美化新法,公然隐瞒灾情,虚报"蝗不为灾",甚至还宣称蝗虫能"为民除草"。苏轼对这种不顾人民死活的鬼蜮行径义愤填膺,用揶揄的口吻说:既然你们说什么新法清平,一切都好,蝗虫不但不能为灾,反而会帮助农民除草,但蝗虫造成的灾害却是铁的事实,有的地方出现了饿殍遍野。那么,它又是从哪里来的呢?也许只能说是我这个倒霉鬼给带来的了!这是十分荒谬的逻辑。诗句中的"乌衔肉"用的是黄霸的典故:黄霸派出去的人在路边用餐,烧好的一块肉被乌鸦衔走。但这事有人告诉了黄霸。后来,派出的人回来时,黄霸亲迎之。苏轼用此事,说自己此次因捕蝗入山,风餐露宿,深感为吏之苦,欲诉无人,因而很想和苏辙谈谈;而山川阻隔,寄书无由,这就倍增痛苦了。"犬寄书"用的是陆机的典故,没有能像陆机那样有条狗帮助传送家书。话说回来,满腔义愤也好,欲诉无人也好,但苏轼首先想到的是要"理蝗余",即尽力做好蝗灾的善后工作。这股傻劲,连他自己都觉得有些可笑了。其实这也是苏轼的可贵之处,正是这种即使在最困难的情况下,也要坚持为人民做好事的传统士大夫的民为重精神。

第二首着重写山行疲苦之感。开头第一、二句点明时令、景物。重阳将近,溪边野菊已开出耀眼金花。第三、四句记行。苏轼久不登山,这次为了捕蝗来到这山石高峻的浮云岭,深感疲苦不堪;然而他正处在壮年,豪情未减,偶尔喝一杯村酒,仍觉得精力有余。第五、六句是夜宿山村的感受。夜晚,独自一人在林木荫翳的山村野店住宿,一天的疲劳,暂时忘却,顿觉宠辱不惊,梦魂安稳;然而,这片刻的安闲却唤起数年来世路奔波的许多回忆:时局的动荡,仕途的艰险,以及这场特大蝗灾给人民带来的困苦,他奔走呼号,有欲诉无门的愤懑。这一切,涌上心来:"人间忧患长。"结尾两句,他想到此时这种疲于奔走、形同厮役的处境,忿忿然说:我真想像冯良一样杀马毁车,丢下官帽,从此遁去。至于孔夫子所谓的"用行舍藏"那一套,也不再去管它了。兄弟你也用不着再来和我讨论了!这两首诗,除了记述浮云岭灭蝗灾外,更多的是表达了他对人民的同情和身不由己的无奈。

时光荏苒,或许出于情怀,或许是对苏轼的尊敬,2001 年 5 月,时任杭州市市委书记的王国平为他的同行、杭州的老"市长"苏轼在浮云岭上立了一块"苏轼捕蝗纪念碑"。

万牧线的临安段正在进行公路拓宽改造。我们只能开开停停,等待工程车辆作业的间隙。按照临安美丽公路建设规划,这里将重新铺设沥青路面,并建造三个沿途风景点。

火焰山也将变废为宝。2013 年,火焰山作为废弃矿山地质灾害治理项目,已得到成功治理。虽没有孙悟空借来的铁扇,但依靠当代科技,火焰得以扑灭,不再有难闻的废气。植被、水土得到恢复。更可喜的是这里被潜川镇政府规划为"火焰山温泉度假村",不久的将来这里将出现闲趣谷、火焰山温泉度假酒店、自由球场、养老社区、动趣园、工业遗址公园等。当然,浮云岭有两个人的塑像是不可少的,一位是孙大圣,另一位是苏东坡!

当前,潜川镇镇村干部正在为乡村振兴、实现全域景区化战略目标付出自己的艰辛努力。

我想,等到全域景区化实现的那一天,苏东坡假如能到火焰山浮云岭故地重游,那时,捕蝗虫的劳累和内心的疲惫、郁闷都将随风飘去。

或许,他对千年之后的火焰山美景,会有另一番感慨!

(写于 2017 年 11 月)

额旗归来不看秋

单车欲问边，属国过居延。

征蓬出汉塞，归雁入胡天。

大漠孤烟直，长河落日圆。

萧关逢候骑，都护在燕然。

这是唐代著名诗人王维的诗篇《使至塞上》。唐玄宗开元二十五年(737)春，唐军大破来犯的吐蕃军。唐玄宗命王维以监察御史的身份奉使凉州，出塞慰劳军队，察访军情，并任河西节度使判官。这是他在西行途中写的一首边塞诗。王维轻车简从去边关慰问将士，路经的唐属居延国，就是现在的内蒙古额济纳旗。

诗中写道，千里而来的枯蓬也飘出汉地边塞，北归大雁正翱翔云天。浩瀚的沙漠中孤烟直上，无尽黄河上落日浑圆。在萧关遇到前去侦察的骑士，告诉我都护已在燕然。

春天奉使西域，王维是不幸的。有人说大漠的春天是地狱，因为有沙尘暴肆虐！王维诗中的大漠孤烟是不是沙尘暴一景？

然而秋天的额济纳的确是天堂！

这个国庆节，我为这片胡杨林而来。

这是一个美丽的童话世界。

我凝视着随风婆娑的胡杨叶，斜阳下，色彩斑斓，黄叶透亮，奇妙绝伦，赏心悦目，令人窒息。一切，是那么的如梦如幻，仿佛进入了梦中的仙境，那么干净，那么缤纷，那么璀璨，那么纯美。

大漠戈壁上的风有时不那么温柔，阵风吹过，林中"扑簌簌"地下起胡杨雨，落叶缤纷壮阔，优雅飘洒，沙漠被铺上黄金地毯。

落日苍茫，晚霞一抹，胡杨林由金黄变成血红，最后化为一片褐红，渐渐地融入朦胧的夜色之中，无边无际。

我冲上沙滩山包，登高远望，金秋的胡杨林如潮如汐，高高低低，斑斓地漫及天涯，汇集成金色的海洋。

在林中我饶有情趣地看着"沙漠之舟"骆驼，它们翘首啃着胡杨的枝叶，一头凶猛的骆驼吃完了嘴中的枝叶，就扑腾着立起，够着一枝横展的胡杨臂。据说胡杨树是沙漠中唯一的阔叶树，是骆驼绝佳的粮草。

有人说额济纳的秋天，是属于胡杨的！在额济纳，可以毫不夸张地说，阅尽胡杨，天下无树！八千里路云和月，莫等闲，白了少年头。你我跨越千山万水，来到这漠漠荒北，赴一场千年的约会。我欣赏景区墙上的大字：三千年的等待，只为你的到来！

是的，我爱上了这里的山山水水。

面对弱水河，我想说的是弱水三千，只取一瓢饮，独爱胡杨。在那摄影爱好者的天堂居延海，我想去看看红日喷薄而出，金光洒在白头的芦苇上；在那著名的西夏黑城遗址，我遥想古丝绸之路曾有过的璀璨辉煌！

与他们相生相伴的是坚强的沙漠胡杨！

千年生而不死、千年死而不倒、千年倒而不朽，额济纳胡杨林妩媚的身姿、多舛的命运，激发了人们太多的诗意与哲思。金色的胡杨、金色的沙漠、金色的居延海，美丽中存有忧伤，绚烂中流露沧桑，生命在无声地呐喊……

胡杨不愧是"沙漠英雄"！

在四道桥有一片"英雄"林,张艺谋导演了《英雄》,于是张曼玉和章子怡有了一场名扬天下的树林决战! 全国各地无数英雄为美女慕名而来。

不错,你和最美的她,一起去往额济纳,目睹它的壮丽金秋,欣赏中国最美的秋色,和那戈壁滩上桀骜顽强的生命之树!

额济纳的胡杨林用三千年的守望,等来一个又一个绝美的秋天!

我想说:额旗归来,不看秋!

(写于 2018 年 10 月)

巴丹吉林的神秘世界

　　国庆长假,我们结伴来到了神秘的巴丹吉林沙漠。同行的朋友说,选了一个对的时间、找了一个对的地方。因为,我们将在这里探寻巴丹吉林沙漠神秘的世界。

一沙一世界

　　当租用的越野吉普车开进沙漠腹地时,我被广袤无垠的沙漠彻底惊呆了。如此辽阔、如此壮观,金黄的沙丘连接蓝色的天空,简洁、单纯、宁静。英国诗人威廉·布莱克在他的作品《天真之歌》里写道:"一沙一世界,一花一天堂。双手握无限,刹那即永恒。"所谓"世界",世是时间,界是空间,在一真法界,一颗沙子就是一个世界,无数的沙子,组成无量的世界。整个巴丹吉林沙漠就是一个沙画的世界,而上帝是这幅沙画的作者。

大漠孤烟直

王维在《使至塞上》中写下了不朽名句:"大漠孤烟直,长河落日圆。"真是大漠孤烟直吗?当越野车冲上沙丘,看到蓝天与沙漠相接处,一条孤直的白云,就像狼烟一样从沙漠中升上蓝天。这不就是王维看到的景色吗?大漠旷野,大漠人大碗喝酒,大口吃肉,造就了北方民族"孤烟直"般的豪放爽直性格。

沙丘是河

沙漠缺水,这是人人皆知的。"沙"字左边是水,右边是少,就是少水的意思,而"漠"字更甚,无水!然而,望着沙田上无数的波纹,无论如何会让人想起被微风吹皱的河水。只不过风停了,水波没了;风停了,沙波却还在!如果说沙波就是水波,那么水和沙丘又有什么区别呢?沙丘是河。佛说不二。要说有区别,沙的变化太大,其实水的变化更快!《易经》有三原则:变易、简易、不易。世界是变化的,唯有变易这一原则是不变的。

前峰倒下

到了沙漠肯定是要骑一下骆驼的。民俗专家告诉我,十二生肖都可在骆驼身上找到特征。然而我以为沙漠就是骆驼的化身。一个个沙丘就是驼峰。巴丹吉林沙漠的必鲁图峰是世界最高沙峰,被称为"沙海珠穆朗玛峰"。它海拔1611米,相对高度500多米,比位于非洲撒哈拉沙漠的世界第二高沙峰还要高出70余米。骆驼在沙漠珠峰脚下载了我们一段路。我所骑的骆驼只有一个驼峰,因前峰已趴下。牧民告诉我,骆驼的双峰是储存能量的,能量不足时会趴下。驼峰里贮存着脂肪,可在得不到食物时,会分解成身体所需的养分,以保生存需要。据说骆驼在缺水缺食物时,最长可存活40天。能量得到补充后,双峰又会竖起。

百多吉林

给我们开车的阿木师傅是位蒙古族汉子,沙漠越野的技术特别好。在沙漠中攀爬穿越,谈笑风生,如履平地。我向他请教巴丹吉林在蒙古语中的意思。他说巴丹是一个蒙古人的名字,吉林就是海子的意思。至于为什么会用一个人的名字,他也说不上来,巴丹也不是传说中的英雄。我突发奇想,巴丹是不是汉语"百多"的转音?因为在沙漠里确有一百四十多个海子,其中只有少数几个是淡水的,其他都是咸的,远远望去,湖边的盐碱就像冬天里的薄冰。有那么多大小湖泊,这在其他沙漠中是少见的。在沙漠腹地有个湖泊,被称为"神庙湖",这里保存着一座喇嘛古庙,被称为"巴丹吉林庙"。始建于公元 1755 年,是国家级文物保护单位。古代要在如此交通不便之处建成这样的庙宇,其难度是可想而知的。不得不说,信仰的力量是强大的。

岩画之谜

巴丹吉林的岩画,世界闻名。阿拉善右旗七个苏木(镇)都有岩画分布,其中曼德拉山岩画群最为集中。东西六千多米、南北三千米范围内分布着四千多幅岩画。这是数千年前的古代岩画,是世界最古老的艺术珍品之一。这次因时间关系,没能去成。据当地著名专家范荣南老师介绍,这些岩画,由月氏、羌、匈奴、鲜卑、回纥、党项、蒙古等北方少数民族制作,造型技法高超,雕刻精湛,图案逼真,形象生动,古朴粗犷,年限可追溯到原始社会晚期和元、明、清各代,记载了当时的经济、文体、生活情景和自然环境、社会风貌。其题材广泛,内容丰富,堪称中国西北古代艺术画廊,然而其极高的价值又是一个可以不断探索的谜。

沙漠曲线

沙漠中的线条是丰富的。大自然鬼斧神工,一座座沙丘有的像弓背,有的像弦月,有的像太极图。我发现所有的线条,没有一条线是直的,都是"上帝勾勒的曲线",飘逸曼妙,令人心醉!那沙漠里密集的大小不等的洞孔组成的图案,就像西班牙巴塞罗那著名建筑师安东尼·高迪的建筑。其实,生活都是曲线,人生没有一帆风顺。就像牧民告诉我那样,一队骆驼中,只保留一只公骆驼,其他的都要被骟掉,成为"公公"。你是公骆驼的王,还是"公公",要看主人的选择。如果你成了"公的王",不一定是你的能力有多强;如果你是"公公",尽管你可能更有能力,但主人没有选择你。

我喜欢光脚走在巴丹吉林沙漠上,感受那种不一样的感觉。这里的沙漠是硬沙漠,不像其他地方那样松软,但你不要以为它是硬地,稍一用力,又会陷下去;阳光下,沙子的表面是烫的,然而一脚下去又是凉凉的;安静时,躺在沙里可以听到自己的心跳,而引发沙鸣时,鸣沙声则响彻两公里外……沙漠里既充满了矛盾和统一,又充满了神秘与未知。

巴丹吉林让人遐想。

（写于 2018 年 10 月）

164

在溪流中静坐

炎炎夏日,找到海拔 800 米的民宿是一种幸运。何况边上还有一条流水不绝的长溪。

潭中的石斑鱼,在你靠近的一刹那,迅速钻进石块底下。倒是今年新长的毛竹,在微风的拂动下,得意地晃动枝梢,仿佛在告诉你:我长大了。

昨晚户外的晚餐还历历在目。铺在长桌上的洁白桌布是新的。尽管烛光是多余的,因为天色还很亮,但这是中餐西吃。主人好客地敬着"过期的"白酒,让气氛有个小高潮。突然,一位爱好音乐的酒友,让我们稍静一下,听树林中传来的蝉鸣声。他分析着,这是高音,这是低音,这是旋律。

推杯换盏间,夜色慢慢降临。这样迷人的夜晚,是不能把自己灌醉的。

房间是不用空调的。被子是冬天的。唯一要做的是打开窗户睡觉(纱窗还是要关上的)。夏日的晨曦和蝉鸣是最好的时钟。阳台上,我完成一套吐纳动作,已略有微汗。

这么好的溪水肯定不能错过。

这是打坐的绝妙之处啊!

可以躺下一人的巨石，是天然的莲花台。随着潺潺流水不绝，我的意识仿佛进入了一片湖泊，平静的湖面波光粼粼。我观察着那片湖泊。头顶的几片竹叶飘落在身上，几滴甘露也洒在臂上，虽视而不见，虽觉而不动。腿上轻微的酸麻，似有饮醍醐之感。

是啊，所有生命都从无相对的本原上产生，生成相互有异的我和你。我与你又在这无相对的本原上相互促进、相互制约，演绎了人生的悲欢离合，最终再回归到共同的本原中，还原为无彼此的绝对一体，永恒地安息在本原的绝对宁静里。

大小会议室的报告、重要讲话，都是昨日余音，莺歌燕舞、艰难痛苦都不再流连。什么是你的？什么是我的？那争争夺夺原来都是因欲障蒙蔽了真知，才形成了可笑又可悲的闹剧。少一点相异的私心，多一点相同的公心，你我他都会和睦相处在共同的和平世界里。

溪中静坐。

行到水穷处，坐看云起时。

人生何尝不是如此？

（写于 2022 年 7 月）

第四编 诗词赏析

读汉诗《青青陵上柏》有感

青青陵上柏，磊磊涧中石。

人生天地间，忽如远行客。

斗酒相娱乐，聊厚不为薄。

驱车策驽马，游戏宛与洛。

洛中何郁郁，冠带自相索。

长衢罗夹巷，王侯多第宅。

两宫遥相望，双阙百余尺。

极宴娱心意，戚戚何所迫？

此诗是《古诗十九首》中的一首名篇佳作，是汉末文人创作的五言诗作品，由南朝梁昭明太子收入《昭明文选》。诗中所表达的人生短促、王侯极宴而不知忧的悲凄情怀深深打动了读者。

全诗以写景开始，"青青陵上柏，磊磊涧中石"，开篇就上触丘陵、下及山涧，视野极其开阔。而陵又指陵墓，里面葬着生前达贵之人，因为老百姓死后是葬在"坟"里的。陵上柏树青青，生命依旧盎然，而掩映在青柏下的陵墓里的显贵，早已不在人世，只有涧中磊磊之石长存！全诗开篇即写常青之柏与坚硬之石，实质已暗喻生命无常。

上有墓陵之青柏，下有涧溪的坚石，而人呢？"人生天地间，忽如远行客"这是作者发出的感叹。是啊，人生如寄，"生者寄之、死者归之"。世代代谢，每一个出生的个体，无不是因缘聚合的产物。因缘起，则事物生；因缘尽，则事物灭。一切尽在"成住坏空""生住异灭"之中。人不就是天地间一过客吗？人生就是一场单程的旅行。到站了，你会下车的！

"斗酒相娱乐，聊厚不为薄。驱车策驽马，游戏宛与洛。"饮酒和出游，是古人遣忧散怀的重要方式。"驾言出游，以写我忧"（《诗经·泉水》），文人之间，斗酒比诗，在娱乐中暂且忘记这人生难以抹去的悲痛。"聊厚不为薄"，且以这薄酒暂且为厚，酒虽薄，但我们之间的情感，却是聊之以为厚的，或许酒能一时忘忧，亦已足矣。"驱车策驽马，游戏宛与洛"，诗人索性驾马驱车到宛、洛赏玩以泄心中之忧，马虽驽，但已足够赏玩之用。宛、洛皆乃东汉大都市，人生如能到这两座繁华之地一游，亦能聊慰平生了吧？诗中的"驽马"，也许是自指吧？宛、洛皆在河南，宛即今南阳，是东汉南都，而洛指洛阳，乃是东汉京城。

"洛中何郁郁，冠带自相索。"这是作者进入洛阳城所见的情景。繁华美丽的都市，峨冠玉带的达官贵人往来交游、相互探访，像绳索一样连接在一起。其实现代官场又何尝不是如此圈圈相连！

从洛中的郁郁整体风貌到洛中达官贵人，诗人不禁又把目光聚集到洛中的大街小巷中，放眼四望，洛中可谓长衢、夹巷相互交叠，一派繁华气势尽收眼帘，而最显眼的莫过于王侯宅第了，所谓"长衢罗夹巷，王侯多第宅"也。"两宫遥相望，双阙百余尺"，此句仍是对王侯相索的场所宏伟、豪阔之详尽描绘，极尽洛中达官显贵们生活的奢靡，"两宫""双阙"写出达贵之人的富豪生活之外貌。

在如此富豪的华屋下，达官显贵们整日忙乎些什么呢？下文"极宴娱心意"，写尽了达官显贵者穷奢极欲的日常生活。原来，"相索"非为忧民，乃为"极宴"，而"极宴"之目的仅为"娱心意"而已。在繁华的洛城之中，在富豪的华屋之下,达官显贵们所做的事竟是整日宴饮欢乐。诗人不禁感慨万分,看着这些享受极宴的富豪权贵,不禁再次想起过客人生,想起陵墓上的青青松柏,想起涧中的磊磊众石。在这虚幻的人世间,什么才是真正的永恒?这些权贵们的豪饮宴乐,真能得到永久之乐吗?生死无常啊!诗人替他们心中一阵凄凉。"戚戚何所迫"诚是对此种心境的描绘。

(写于 2014 年 4 月)

苏东坡的《寒食帖》

　　苏东坡的《寒食帖》，是苏轼被贬黄州第三年（1082）的寒食节于东坡雪堂写成，是他平生最得意的作品之一，被称为"苏书第一"。元代著名书法家鲜于枢誉之为继王羲之《兰亭序》、颜真卿《祭侄文稿》之后的"天下第三行书"。

《寒食帖》又名《黄州寒食诗帖》或《黄州寒食帖》。苏轼撰诗并书,墨迹素笺本,横 34.2 厘米,纵 18.9 厘米,行书 17 行,计 129 字。据传,清代同治年间,《寒食帖》为广东人冯氏收藏,不幸遭遇火灾,冯氏紧急扑救,在手卷下端留下了黑色火灼痕迹。后来《寒食帖》被清宫收藏。1860 年英法联军火烧圆明园,《寒食帖》险遭焚毁,后流入民间。1922 年《寒食帖》被带到日本。几经流转,现藏于台北"故宫博物院"。此帖是中华十大传世名帖之一。通篇书法起伏跌宕,光彩照人,气势奔放,而无荒率之笔。正如黄庭坚在此诗后所跋:"此书兼颜鲁公、杨少师、李西台笔意,试使东坡复为之,未必及此。"

寒食节

寒食节在清明节的前两天。它起源于禁火节,禁火节是用以纪念春秋时期晋国的名臣义士介子推的。传说晋文公流亡期间,介子推曾经割股为他充饥。晋文公归国为君后,分封群臣时却忘记了介子推。介子推不愿夸功争宠,携老母隐居于绵山。后来,晋文公亲自到绵山恭请介子推,介子推不愿为官,躲藏到山里。晋文公手下放火焚山,原意是想逼介子推露面,结果介子推抱着母亲被烧死在一棵大树下。为了纪念这位忠臣义士,人们于是在介子推死难之日不生火做饭,要吃冷食,称为"寒食节"。后因清明节也是为祭祀祖先而设,而两节时间相邻,故合为一节。

寒食诗

古代文人在寒食节吟诗是比较多的。因文字狱,苏轼从杭州通判被贬为黄州团练副使。第三年的寒食节,苏东坡有感而发作了两首五言诗:

自我来黄州,已过三寒食。

年年欲惜春,春去不容惜。

今年又苦雨,两月秋萧瑟。

卧闻海棠花,泥污燕脂雪。

暗中偷负去,夜半真有力。

何殊病少年,病起头已白。

春江欲入户,雨势来不已。

小屋如渔舟,濛濛水云里。

空庖煮寒菜,破灶烧湿苇。

那知是寒食,但见乌衔纸。

君门深九重,坟墓在万里。

也拟哭途穷,死灰吹不起。

这两首诗的大意是:

自从我来到黄州,已经度过三个寒食节了。每年都惋惜着春天残落,却无奈春光离去并不需要人的悼惜。今年的春雨绵绵不绝,接连两个月如同秋天萧瑟那样的春寒,天气令人苦闷。在愁卧中听说海棠花谢了,雨后凋落的花瓣在污泥上显得残红狼藉。美丽的花经过雨水摧残凋谢,就像是被有力者在半夜背负而去。这和患病的少年,病后起来头发已经衰白又有何异呢?

春天江水高涨将要浸入门内,雨势袭来没有停止的迹象。小屋子像一叶渔舟,漂流在苍茫烟水中。厨房里空荡荡的,只好煮些冷冷的蔬菜,在破灶里用湿芦苇烧着。本来不知道今天是什么日子,看见乌鸦衔着纸钱,才想到今天是寒食节。想回去报效朝廷,无奈国君门深九重,可望而不可即;想回故乡,但是祖坟却远隔万里。本来也想学阮籍作途穷之哭,但心却如死灰不能复燃。

从表面上看,这是两首遣兴的诗作,诗写得苍凉多情,表达了苏轼此时惆怅孤独的心情。但我认为,深入地看,应是苏轼这位大居士被贬后在人生低潮中对人生的禅悟诗。

第一首是对人生的生老病死之苦的切身感受,志在教导世人生起出离心。诗中"惜春"是对生命流逝的惋惜。人为地挽留春天,是留不住的。青春也是会逝去的。虽是春天，却是秋风秋雨愁煞人的感受。因为生死轮回，生命无常，红色的海棠花会被白雪埋于污泥下，英俊的少年会被疾病夺走乌发。自从来黄州后，已度过三个寒食节，我不知道我的人生在苦海中沉浮了多少次？在寒食节里，我要唤醒世人！

　　第二首是如何寻求人生解脱之道。名利、情感这些欲望如江水暴涨，来势凶猛。我们不要为"渔利"而如渔舟，成大海中一粟，在苦海中出没沉浮。诗中"空庖""破灶"是告诉我们，唯有看空看破红尘，了悟生死才是真理。不要去为实现所谓的报君理想而浪费生命，因为皇宫大门紧锁；也不要想着光宗耀祖，因为阴阳相隔万里。人生苦短，乌鸦总会衔着纸钱来向你劝告！也不要恃才多情，学竹林七贤的阮籍任性纵情，只有这样才能如死灰不起，定中得静。

　　当然，苏公的真意也只有苏公自己知道。

（写于 2015 年 1 月）

苏东坡《海会寺》二首赏析

　　翻开《苏东坡全集》第五卷,有两首诗涉及临安海会寺,均是苏东坡在杭州通判任上所作。一首是熙宁六年(1073)所作的《宿海会寺》,另一首是次年再到海会寺所作《海会寺清心堂》。两首均写景寄情,抒发对时政的看法和个人心中的志向。

宿海会寺

篮舆三日山中行,山中信美少旷平。

下投黄泉上青冥,线路每与猿猱争。

重楼束缚遭洞坑,两股酸辛饥肠鸣。

北渡飞桥踏彭铿,缭垣百步如古城。

大钟横撞千指迎,高堂延客夜不扃。

杉槽漆斛江河倾,本来无垢洗更轻。

倒床鼻息四邻惊,纨如五鼓天未明。

木鱼呼粥亮且清,不闻人声闻履声。

诗中"海会寺"位于临安城西西墅街,南朝梁大同年间(536—546),因梁武帝之子昭明太子追随志公大师足迹,在临安居住弘法而建。建成后梁武帝赐匾"竹林寺",取释迦牟尼佛讲经处"竹林精舍"之意(寺前一桥"竹林桥"地名保留至今)。宋祥符元年(1008),真宗赐名"海会寺",取"灵山海会"之意,形容高僧云集、百川归海之盛况。苏轼从杭州到海会寺的路径大约是从东到西,进入临安界后由北而南。因临安地处山区,故官道崎岖惊险。时临安县城驻地在与余杭交界处的高陆(今高虹镇),海会寺在城南约二十里处。

诗的前半部分是叙述苏轼在临安山中行进的概况,后半部分是写住宿在海会寺的情况。

苏轼乘坐竹椅做成的轿子,在临安的崇山峻岭中行程三日,饱尝了苍翠秀美的山中景色。可以说是信美江山尽收眼底,但遗憾的是缺少开阔的平地。高高的山上,峡谷峻峭,掉下去必是黄泉路,往上走则直达青天手可揽月。本就狭窄的道路,偏有猿猴跑来抢道。喉咙干涸得像被人掐住一样,却还要遭遇溪涧坑沟的颠簸。两腿酸麻还要忍受饥肠哀号。从北乡渡过了飞桥,又踏上了彭祖的故里(今临安八百里处彭祖墓),绕城墙百步到达临安古城。离开古城高陆南行,终于到达海会寺。只见百余名寺僧撞响大钟迎接远方来客。大堂上摆好了欢迎宴,高朋云集,热闹非凡,以至于夜里大门也不用上闩了。酒足饭饱后,我在大杉木凿就的浴桶里泡澡,享受精致的漆斛中盛满的热水,有如江河奔腾从头淋下的畅快感觉。这给本来清静无扰的我更添了一分轻松。旅途已劳累,加之心无挂碍,上床之后鼻息如雷,吵得四邻无法入睡。直到五更天的打鼓声响彻寺院,还以为天未亮。呼唤吃早餐的木鱼也敲响了,早餐无例外是光可鉴人的薄粥,前来就餐的寺僧们具足三千威仪,只听到他们的步履声,而无任何嘈杂声!

其时,出道为官不久的苏轼因与宰相王安石政见不合,自求外放,到杭州任通判(相当于副市长级)。他既向往仕途的美好前程,又初尝了为官在官场上行走的艰辛。苏轼在临安山道的行程,确如为官之道,如在官场上行走的情景。"山中信美少旷平",江山信美,前程美好,但很少能有平坦大道可走。"下投黄泉上青冥",走好了,直上青天;走不好,死路一条。为官实是高危行为! 而况有那么些人,他们像猿猴一样弓着背,低头哈腰,手脚并用,只顾自己向上攀爬,不惜挤开别人甚至往下推!"重楼束缚遭涧坑,两股酸辛饥肠鸣",虽然谨言慎行还是遭小人坑害,虽然努力工作还不一定谋得了生(这里的"重楼"指咽喉,借用了道家术语)! 接下去的两句"北渡飞桥踏彭铿,缭垣百步如古城"又是感叹:没有飞桥到北面的京城,得不到美食(彭祖是古代养生家),距皇城虽只百步,还是进不了权力核心圈。可以想象,此时皇宫里迎来送往多么繁忙,权贵新宠的客堂灯火通明,送礼的车马不断,大门通宵也不必上闩。如此下去大好河山已临危亡。我本就清廉,此时远离权力,倒更加轻松。睡吧,睡到太阳下山。我不必清醒。醒来,一碗清粥,足矣! 不用喧嚣热闹,我有我的步履,我行我道!

海会寺清心堂

南郭子綦初丧我,西来达摩尚求心。

此堂不说有清浊,游客自观随浅深。

两岁频为山水役,一溪长照雪霜侵。

纷纷无补竟何事,惭愧高人闭户吟。

这首诗,实际上是作者对世事的感慨和感悟。在海会寺,面对"清心堂"如何清静本心,他有感而发。

城南的子綦刚开始得道,便已能进入物我两忘境界(故事见《庄子·齐物论》),而西天来的菩提达摩还在作壁上观,求明心见性的禅境。此清心堂不会告诉你,你的心现在是清还是浊。游客们只能自己返照自观,随各人的修行,明了感悟的深浅! 来杭州两年多了,为这方山水土地付出了自己的努力,临溪水一照,发现须发已被霜雪染白了。纷纷扰扰的世事那么多,何时能了? 面对高人们,我感到惭愧,关上门户,低低地检讨呻吟吧! 事实上,这一年秋天他又要离开杭州,调任密州(山东诸城)知州。

到杭州任通判,是苏轼第一次外放任职,是他仕途的前期。在儒家思想的熏陶下,他充满进取精神,但现实环境又不能让苏东坡如愿去实现个人理想。自己的努力和付出会有回报吗？这一时期，他内心充满了矛盾，入世还是出世？道也好，佛也罢，他既有心向往，又有些不屑和不甘。后来仕途不畅，对他的一系列打击，迫使他的人生从"达则兼济天下"，转向"穷则独善其身"了。那时，苏学士也就变成了东坡居士。

（写于 2015 年 6 月）

范仲淹的《和章岷从事斗茶歌》

北宋政治家、文学家范仲淹留下的茶诗并不多,仅有两首,但其中的一首《和章岷从事斗茶歌》却是宋代茶诗中可与唐代卢仝的《七碗茶歌》相媲美的。该诗是范仲淹从京官被贬为睦州(今浙江建德)知州时所写。本文试图通过对该诗的赏析,窥见宋人斗茶这一趣事和范仲淹先忧后乐的情怀。

一、原诗

年年春自东南来,建溪先暖冰微开。
溪边奇茗冠天下,武夷仙人从古栽。
新雷昨夜发何处? 家家嬉笑穿云去。
露芽错落一番荣,缀玉含珠散嘉树。
终朝采撷未盈襜,唯求精粹不敢贪。
研膏焙乳有雅制,方中圭兮圆中蟾。
北苑将期献天子,林下雄豪先斗美。

鼎磨云外首山铜,瓶携江上中泠水。

黄金碾畔绿尘飞,紫玉瓯心翠涛起。

斗茶味兮轻醍醐,斗茶香兮薄兰芷。

其间品第胡能欺？十目视而十手指。

胜若登仙不可攀,输同降将无穷耻。

吁嗟天产石上英,论功不愧阶前蓂。

众人之浊我可清,千日之醉我可醒。

屈原试与招魂魄,刘伶却得闻雷霆。

卢仝敢不歌,陆羽须作经。

森然万象中,焉知无茶星。

商山丈人休茹芝,首阳先生休采薇。

长安酒价减千万,成都药市无光辉。

不如仙山一啜好,泠然便欲乘风飞。

君莫羡花间女郎只斗草,赢得珠玑满斗归。

二、释意

春天年年从东南到来,建溪的冰块慢慢地融化流动。溪边名冠天下的珍茶,由武夷君于远古时代栽下。昨晚不知从何处传来春雷,茶农们冒着晨雾嬉笑着来到茶山。刚露头的新芽高低错落,欣欣向荣,含着露珠点缀在南方嘉木上。整个早上采的嫩牙不满一围裙,只求精粹不敢贪求多采。采撷的茶叶如何研膏烘焙有讲究,方的茶砖像玉圭,圆的团饼像满月。苑贡茶将择期献给天子,而林下英豪们先斗试着比美。碾磨铜鼎来自高耸云外的首山,携瓶去镇江打天下第一的泉水。在金黄色的铜碾下绿茶粉尘飞扬,紫玉般的青瓷器中泛起翠绿的波涛。比试了茶味不再重视醍醐美味,比试了茶香不再重视兰芷雅香。斗茶比赛中名次是没有能够欺瞒的,因为众目睽睽、众手所指。取胜的有如登仙般荣耀而让人不可攀,输的同手下降将一样无比羞愧。感叹在岩石上能产天赐好茶,论功不输于阶前瑞草。茶可解众人之浊使之清,茶可解千日之醉使之醒。茶可招屈原的魂魄回来,茶可让醉酒的刘伶震醒。卢仝敢不为之作茶歌?陆羽能不为之作《茶经》?森罗万象瀚海星空中,哪知没有一颗茶星?商山四皓从此可以不必吃芝草,首阳山的伯夷、叔齐两位先生也不用去采薇。从此长安酒不再价高,成都的药局将不再辉煌如前。蓬莱仙山在何处?想与卢仝啜一口好茶,乘清风飘然归去。劝君莫要羡慕那花样少女只斗茶,就让她们赢得满斗的珠宝而归!

三、时代背景及赏析

斗茶又叫"茗战",源于唐代,兴于宋代。这是一首描写斗茶场面的诗作。"林下雄豪先斗美",从茶的争奇、茶器斗妍到水的品鉴、技艺的切磋,呈现了一场高雅而又美的斗茶赛。水美、茶美、器美、艺美、境美,直至味美,入眼处,斗茶场面无处不美。这种美还体现在人在斗茶氛围中的反差心态,获胜者往往喜气洋洋,高高在上宛如天山之石高不可及;失败者往往垂头丧气,心中五味杂陈,犹如战败降将深感耻辱。在自然界的万千物象之中,哪能缺少茶这样的精灵。正因为有了茶,陆羽为它写下了《茶经》而传世,卢仝为它写下了《七碗茶歌》而歌唱;正因为有了茶,"举世皆浊我独清,众人皆醉我独醒"(屈原《渔夫》);正因为有了茶,可招屈原魂,亦得刘伶声,商山四皓不用食林芝,首阳山上伯夷、叔齐也无须去采薇;正因为有了茶,长安酒市疲软,成都药市不景气。世人无须羡慕芳龄少女只因为斗茶,所得财富满箱而归。不过,斗茶若能达到蓬莱山仙人的境界,便会有卢仝那样乘此清风欲归去的感觉。

这首诗写得夸张而又浪漫,似行云流水,而且佳句频出。但从另一角度来看,这首诗也反映了作者当时的心境。这首诗写于景祐元年(1034),作者在睦州知州(今浙江建德)任上。其时,因与宰相吕夷简意见相左,范仲淹从上任不久的右司谏任上被外放。范仲淹仕途坎坷,因敢于直谏,多次遭贬。借茶明志是本诗的主旨。"北苑将期献天子,林下雄豪先斗美",学成文武艺卖与帝王家,是天下雄豪的追求;"黄金碾畔绿尘飞,紫玉瓯心翠涛起",为了能让紫玉瓷器中起翠涛,粉身碎骨也为之,个人利益在所不惜!茶有轻醒醐、薄兰芷的品性，论功不比阶前瑞草差。这体现了作者的英雄气概！人间自有公道在，十目所视，十手所指。谁是谁非，群众的眼睛是雪亮的！“众人之浊我可清，千日之醉我可醒”，体现了作者当时的处境。作者要让屈原大夫回来，让刘伶们醒来。森罗万象中，怎会没有耀眼的明星？不要再让商山、首阳山上的贤人挨冻受饿了！繁华的首都不要那么奢靡极欲，让百姓们少些病痛。这不正是作者的忧乐观吗？多让采茶女们赢得一些财富吧！

（写于 2016 年 8 月）

於潜县令陈亚的中药词

　　於潜,现在是临安下属的一个镇,历史上是一个县。苏东坡在这里写下了"宁可食无肉,不可居无竹"的诗句,楼璹画了著名的《耕织图》。宋朝曾任於潜县令的扬州人陈亚写了首词《生查子·药名闺情》,颇为有趣,用药名来表达一位少妇对郎君的相思。

　　相思意已深,白纸书难足。字字苦参商,故要檀郎读。
　　分明记得约当归,远至樱桃熟。何事菊花时,犹未回乡曲?

　　词意如下:自从与夫君离别之后,相思之情日渐加深,这短短的信笺,无法写尽我要倾诉的绵绵情意。信中的每一个字,都饱含着我的相思之苦,希望夫君仔细阅读,明白此情。我清楚地记得分别时你我相约,你最迟于仲夏樱桃红熟之时回家。不知你被何事耽搁,已是菊花绽放的秋季,为什么还没有你回来的音信呢?

仔细看这首词,用了十一味中药:相思、意已(薏苡)、白纸(白芷)、苦参、槟榔、郎读(狼毒)、当归、远至(远志)、樱桃、菊花、回乡(茴香)。

由此可见,於潜县令陈亚的独具匠心。

(写于 2021 年 1 月)

苏轼用词来写判决书

　　明代余永麟在他所著的《北窗琐语》中记载了一个故事："宋灵景寺僧了然不遵戒行,常宿娼家李秀奴,后衣钵一空,为秀奴所绝,僧迷恋不已,乘醉直入,击秀奴毙之。"

　　这里记载的是一个情杀的故事:在杭州灵隐寺,那里有个和尚,法号叫"了然"。这个和尚不遵守清规戒律,明知故犯,经常出入花街柳巷。后来他特别喜欢一个名为"李秀奴"的妓女,也常留宿在李秀奴那里。可是寻花问柳是非常花钱的一件事,他又是一个没太多钱的和尚。所以很快,身上的钱就花完了,连随身衣钵都典当一空。而李秀奴是个只认钱的主,无钱不办事。在了然和尚没钱之后,李秀奴自然就不肯与他往来了。可是了然和尚还是很迷恋李秀奴。有一天他喝了许多酒,趁着酒意又跑去找李秀奴。但遭到拒绝,他一时气愤,就强行闯进屋里,把李秀奴打死了。

　　出了命案,当然有人报官。案子报到了时任杭州通判的苏轼那里。

　　苏轼审案时发现了然和尚在自己手臂上刺的两句话:"但愿同生极乐国,免教今世苦相思。"意思是自己愿与李秀奴一同往生极乐世界,免得今生

185

今世还要苦相思。杀人,本属重罪,苏轼感到既好气又好笑。于是判了然和尚死刑,满足了了然和尚的愿望。

有趣的是苏轼竟把如此严肃的一起刑事案件,用当时流行的词写了判决书:

踏莎行·这个秃奴

这个秃奴,修行忒煞。云山顶上空持戒。一从迷恋玉楼人,鹑衣百结浑无奈。

毒手伤人,花容粉碎。空空色色今何在。臂间刺道苦相思,这回还了相思债。

这首词的开头就骂了然和尚是"秃奴",枉费了他的修行。没有遵守戒行,竟迷恋上娼妓。最后搞得穷困不堪,即使鹑衣百结破烂不堪也无奈。他既犯淫戒又犯杀戒,竟然重下毒手杀害了李秀奴。佛祖"色即是空、空即是色"的教导你记在何处?

既然你在手臂上刺下了"苦相思"的字,那就判你死刑,去还了相思债吧!

很快这首词在民间传唱开来。在古代这也是一种通俗易懂的法治宣传方式。但以词作判决书的,苏轼恐怕是古今独一人吧!

(写于 2021 年 1 月)

辛弃疾中药入词治相思

　　辛弃疾(1140—1207),南宋名将,豪放派词人。辛弃疾青年时期在金国有一段婚姻,后来抗金,"归正"南宋,与原配再未相见。

　　其间,他曾在军旅之中,用中药名填了一首《满庭芳·静夜思》,借以表达对妻子的思念之情。这首词一共用了二十五味中药材名,全是常见的中药材。

　　　云母屏开,珍珠帘闭,防风吹散沉香。离情抑郁,金缕织硫黄。
柏影桂枝交映,从容起,弄水银堂。连翘首,惊过半夏,凉透薄
荷裳。
　　　一钩藤上月,寻常山夜,梦宿沙场。早已轻粉黛,独活空房。
欲续断弦未得,乌头白,最苦参商。当归也! 茱萸熟,地老菊花黄。

　　词意如下:房里屏风敞开着,珠帘却低垂着。因为担心夜风吹散屋内的熏香。独自枕在床榻上,脑里全是征战沙场、觅求封王拜相的画面。夜深

了，窗外柏树和桂树的枝丫，在月色下交相辉映。对于失眠的事，我已经习以为常。于是起身到弄堂里去打水，抬头仰望夜空，忽然发现，已经过了仲夏季节，这身上的罗衫也微微发凉。

　　一弯明月挂在了天空中，这是一个平常的军中夜晚。整夜都在做着打仗的梦，对于儿女私情，早就看淡了。当了这么多年的鳏夫，想续弦再娶又办不到，何必呢！娶了老婆也不能相守，还不是眼睁睁看着乌丝变白头，彼此像参、商二星一样，永远见不到对方。或许不应再留念沙场了，应当归去。正是茱萸成熟的季节，遍地的菊花都变成了深黄。

　　《乐府诗》有云："大妇织绮罗，中妇织流黄。"辛弃疾词中的"硫黄"就是"流黄"，是指一种黄色或者黄间紫色的绢。

　　由于词的后文中有"从容起"三字，证明词中人当时处于躺下的状态。他肯定不可能是在织机上织黄色的布，因此这里"金缕织硫黄"就是一种象征。

　　黄色、紫色的布料在古代，只有帝王才能穿。所以这句是说：词中人在梦里梦见自己被封王拜将，征战四方。

他身在军营中，却能有云母屏风、珍珠门帘和沉香这种高档香料，可见他在军中的地位不低。但是距离他的想象，还是很遥远。他每一天都在思索着这种事，所以夜里经常失眠。

夜半，他见到窗棂上柏树、桂树的影子都交缠在一起，他也开始想念所爱的人，尤其是在半夏已过、天气转凉的时节。他想到自己曾经是有过一位妻子的，可是妻子已经亡故了。想要再娶，一来他对男女之情没有什么兴趣，二来他已经习惯了独守空房，就不愿连累别人了。否则，再娶一个，他依然还是会在外面征战，把对方留在家里。两个人就像天上的参星和商星一样，一直不能见面。

在这首词的结尾，他已经动了归家的念头。因为茱萸熟、菊花黄都是在九月，临着中秋，是该团圆的日子了。

也有人分析，这首诗的内容和辛弃疾的生平经历不太符合。因为根据正史记载，他在绍兴三十一年（1161）二十一岁时投身抗金，第二年（1162）就奉命联络南宋。他的军旅生涯远比常人想象中还要短，而《满庭芳·静夜思》中的人明显不像是一位二十出头的少年将军，明显是一位"乌发转白"的中年将军。

辛弃疾回归南宋时二十五岁，因为南宋皇帝对"归正人"持怀疑态度，没有再让他领军。从此以后，他一生都没有再带过兵了。

虽然他后来曾在江西的地方上组建过一支军队，但是他没有再上过沙场，并且由于征兵的举动，他很快就被人弹劾罢官了。

所以也有人怀疑词作者另有其人。

让人惊叹的是，这首词用到了云母、珍珠、防风、沉香、硫磺、柏叶、桂枝、苁蓉、郁金、半夏、薄荷、常山、轻粉、独活、乌头、苦参、当归、茱萸、菊花、钩藤、缩砂、熟地、连翘、水银、续断共二十五种常见中药材的名字。

用中药名写成一首《满庭芳·静夜思》，既要符合格律，意思还要通顺，那是不容易的。由此可见该词作者的博学多才。

不过尽管对词作者持有争议，由于这首"中药词"写得实在是太好了，在没有找到真实作者之前，人们还是愿意把这首词的作者，以及当中描绘的将军形象，想象成辛弃疾本人。

作为中国古代极其少有的"文能提笔安天下,武能上马定乾坤"的人,辛弃疾的一生充满了传奇色彩。在沙场上,辛弃疾单骑冲阵,于万军丛中取敌上将首级;在文学上,辛弃疾提笔写词,成为宋词的一代豪放词宗。如此传奇人生,怎能不令人羡慕和向往呢?

（写于 2021 年 1 月）

吴文英的《莺啼序·春晚感怀》

　　宋词是中国古代文学皇冠上光辉夺目的明珠，在中国古代文学的阆苑里，它是一座芬芳绚丽的园圃。宋词以姹紫嫣红、千姿百态的神韵，与唐诗争奇，与元曲斗艳，历来与唐诗并称"双绝"，都代表一代文学之盛。

　　宋词最初是用来唱的，它和音乐结合在一起，所以它的篇幅一般不会太长。最短的宋词只有 14 个字，词牌为"竹枝"。如皇甫松的"木棉花尽荔枝垂，千花万花待郎归"。而最长的有 240 个字。最短和最长都是特例。

　　后人对宋词也做了一个分类：58 个字以下的叫作"小令"，59—90 个字为"中调"，91 个字以上叫作"长调"。240 个字的宋词是最长的。流传下来的有名的也不到 10 篇。

　　这里我介绍一下吴文英和他的《莺啼序·春晚感怀》。

　　吴文英，字君特，号梦窗，晚年又号觉翁，本姓翁，后入继吴氏，四明（今浙江宁波）人。一生未第。宋绍定年间（1228—1233）入苏州仓幕。曾任浙东安抚使吴潜的幕僚，复为荣王赵与芮门客。出入贾似道、史宅之等权贵之门。知音律，能自度曲。词名极重，以绵丽为尚，思深语丽，多从李贺诗中来。有《梦窗甲乙丙丁稿》传世，存词341首。《四库全书总目题要》曾提到："词家之有文英，如诗家之有李商隐。"吴文英作有《莺啼序·春晚感怀》如下：

> 残寒正欺病酒，掩沉香绣户。燕来晚、飞入西城，似说春事迟暮。画船载、清明过却，晴烟冉冉吴宫树。念羁情、游荡随风，化为轻絮。

> 十载西湖，傍柳系马，趁娇尘软雾。溯红渐招入仙溪，锦儿偷寄幽素。倚银屏、春宽梦窄，断红湿、歌纨金缕。暝堤空，轻把斜阳，总还鸥鹭。

> 幽兰旋老，杜若还生，水乡尚寄旅。别后访、六桥无信，事往花委，瘗玉埋香，几番风雨。长波妒盼，遥山羞黛，渔灯分影春江宿。记当时、短楫桃根渡。青楼仿佛，临分败壁题诗，泪墨惨淡尘土。

> 危亭望极，草色天涯，叹鬓侵半苎。暗点检、离痕欢唾，尚染鲛绡，亸凤迷归，破鸾慵舞。殷勤待写，书中长恨，蓝霞辽海沉过雁。漫相思、弹入哀筝柱。伤心千里江南，怨曲重招，断魂在否？

此词写晚春游湖感怀，追忆往昔湖上与情人遇合的欢悦和别离的悲伤，对已故情人表示沉痛的悼念，也寄寓了对自己长期孤身漂泊的不幸身世的感慨。全词以大开大阖之笔，集中而形象地表现了伤春惜别之情，在结构上体现出时空交错的特点。

全词分为四段，长达240字，形同一小赋。

第一段写现实，作者在爱妾死后，犹自在苏州伤春。将伤别放在伤春这一特定的情境中来写，语气舒缓，意境深长。开头以暮春独居起兴，触发羁情。时值暮春时节，残寒病酒，"病酒"属人事，"残寒"属天时，揭出天时人事之衰颓；而着一"欺"字，实寓人事可为、天意难违之无奈。起句凄紧，已将典型环境中典型情绪写出，并以此笼罩全篇，笔力遒劲，寄正于闲，寓刚于柔。"掩沉香绣户"一句状其孤独，而"沉香绣户"四字，显然又隐藏了一段情事，如今"掩"去，则苦痛虽不明言而隐约可感。接下去写燕飞西城，始写及暮春景致。燕燕于飞，画船轻载，晴烟冉冉，无一非即见之景，然与当年去妾之时节,非常相似。作者在湖中看到此景,不禁羁思飞扬起来。羁情化为轻絮,随风飘荡,正如此时作者的思绪一样,似乎所起有因,但终不知归于何处。此处写羁情似随风飘荡的轻絮,貌似轻灵,实状心绪散乱之形。羁情游荡飘逸,最后落在对西湖十载冶游之事的追溯上。

第二段追溯西湖刻骨铭心的情事,写初遇时的欢情,并寄寓欢会有限终寓别离的怅恨。从《渡江云·西湖清明》等描写杭州情事的词可以知道,初遇时间在清明时分,地点在杭州西湖。作者开始是骑马,后来"傍柳系马",舍陆而舟,转入水路,通过婢女传书暗通情意,引入"仙溪"的伊人居处。此处暗用东汉刘晨、阮肇入天台山遇仙女之事,巧妙地写出伊人的姿色不凡与相识相交的离奇经历。"锦儿偷寄幽素"一句,委婉写出两人的交遇并非一帆风顺,其中或有阻隔。"倚银屏、春宽梦窄,断红湿、歌纨金缕"句,是写初遇时悲喜交集之状。"春宽梦窄"是说春色无边而欢事无多,"断红湿、歌纨金缕"是说因欢喜感激而泪湿歌扇与金缕衣。歌纨、金缕,皆别前之物,如今徒成叹息而已。"暝堤空,轻把斜阳,总还鸥鹭"句以景结情,进一步写欢情,但含蓄不露,意味无穷,蕴藉空灵,品格自高。

第三段写别后情事。"幽兰旋老,杜若还生,水乡尚寄旅"三句突转,跳接,峰断云连,因这里和上段结处实际上时间有较大距离。此段先写暮春又至,自己依然客居水乡。这既与"十载西湖"相应,又唤起了伤春伤别之情。正是通过这种反复吟咏,将伤春伤别之情抒发得淋漓尽致。接着从别后重寻旧地时展开想象,回首初遇、临分等难以忘怀的种种情景。"别后访、六桥无信,事往花委,瘗玉埋香"句是逆溯之笔,即一层层地倒叙上去。先是写花谢春空,芳事已随流水,然后写风雨葬花,实则暗示人也已随花而去。这是赋,也是比,是写风景而兼道人事。于是逆溯上去,追叙初遇。"长波妒盼"至"记当时、短楫桃根渡",这是倒装句,依文法次序应该是:"记当时短楫桃根渡""长波妒盼,遥山羞黛,渔灯分影春江宿"。这几句是写当时艳遇,伊人顾盼生情,多么艳丽,即使是激滟的春波,也要妒忌她的眼色之美;苍翠的远山也羞比她的蛾眉,而自愧不如。因旧情难忘,所以在重访时又念此情。这几句相对于第二段是再次吟咏,当时在西湖上偷传情意以及后来的欢爱再次呈现在读者眼前,但是所用意象不同,而且体现出的创作之理也不同,这次抒写已经有了生离死别的意味。此段结处承上补写分手情况。

第四段淋漓尽致地书写对逝者的凭吊之情。悼亡招魂、自伤,句句伤心欲绝,感情更为深沉,意境更为开阔。因伊人已逝去非一日,作者对她的悼念,也已历经数年,但绵绵长恨,并不随伊人的逝去日久、自己的逐渐衰老而有所遗忘。于是作者便在更长的时间中、更为广阔的空间内,极目伤心,长歌当哭,继续抒写他胸中的无限悲痛之情。这里主要是怅望,"危亭望极,草色天涯,叹鬓侵半苎";是寄恨,"殷勤待写,书中长恨,蓝霞辽海沉过雁";是凭吊,"伤心千里江南,怨曲重招,断魂在否?"也有睹物思人的回忆,"暗点检、离痕欢唾,尚染鲛绡,辫凤(钗)迷归,破鸾(镜)慵舞"。意蕴层层加深,都在极力渲染凭吊的剧痛。"漫相思"一句,遂因无人可寄而移情入筝,哀音不绝,相思无已。段末又因相思无已而寄意招魂,虽是化用《楚辞·招魂》之语,实也是自写其心。

全词以羁情绾合离情,隐含着一种独特的思想感情与美学意蕴,意繁气盛,字凝语练,结构缜密,层次分明,笔力弥漫,灵动多致,其炼意琢句之新奇,空际转身之灵活,皆非有大神力者不可致。周密《武林旧事》记载,吴文英曾大书此词于丰乐楼壁上,"一时为人传诵",则作者自赏之心亦昭昭可鉴。

(写于 2021 年 1 月)

姜夔的《眉妩·戏张仲远》

　　朋友间开玩笑是常有的,古人也一样。宋代有位词人,词写得好,曲子也谱得好,能自己填词谱曲(当时称为"自度曲")。这人就是姜夔。他有一次卖弄文才捉弄朋友,结果玩笑开大了,朋友被他老婆抓破了脸,出不了门。

　　姜夔有个好朋友叫"张仲远",家住湖州。他的妻子读过书,但是十分多疑,善妒又紧迫盯人,总是怀疑张仲远不安分守己。若有人寄来书信,她就会偷偷地拆开来看。这样的妻管严,张仲远家中的宾客朋友们,都知道得很清楚。姜夔曾在张仲远家做客居住,就想开开这对夫妻的玩笑。

　　有一天,他趁张仲远不在家,写了一封信给张仲远,里面写了一首词。张仲远的妻子果然又拆了信偷看,看了以后大为恼火,等到张仲远回家,就不分青红皂白与他争吵,张仲远也不知道发生了什么事,无从辩解。结果妻子更加恼火,在他脸上抓出了几道血痕。而信里的那首著名的词就是《眉妩·戏张仲远》。

　　看垂杨连苑,杜若侵沙,愁损未归眼。信马青楼去,重帘下,娉婷人妙飞燕。翠樽共款。听艳歌、郎意先感。便携手、月地云阶里，爱良夜微暖。

无限风流疏散。有暗藏弓履，偷寄香翰。明日闻津鼓，湘江上，催人还解春缆。乱红万点。怅断魂、烟水遥远。又争似相携，乘一舸、镇长见。

词的大意是这样的：

在那垂杨深处，高楼林立，芳草满地。日落西山的傍晚时分，他没有回家，竟快马加鞭直往那青楼去，进入有重重幕帘的那间房子，与那漂亮且能歌善舞的姑娘相会。一时杯声相应，艳歌响起，酒兴助歌舞，人已喝醉，两人携手沉浸在云月之间，欢乐到忘了夜晚的凉意。

无限风流终有分别一刻，情难忘，暗藏绣花鞋，偷寄书信互表心意。相约明天日落时，以津鼓响起为号，再聚爱情江上，释放激情，欢乐一场。好景不长犹似花落去，这样偷情愁断魂，终是烟水不能融合，相隔遥远。即便如此，还是要想方设法争取长携手，同舟共济，永远不分离。

猪一样的队友自古有之。哈哈哈！

文人之间这样的玩笑开过头了，引来了夫妻的反目。这个古人的故事也警示当下的我们：朋友之间，关系再亲密，开玩笑也得有分寸。

（写于 2021 年 1 月）

宋祁作词成就一段姻缘

画毂雕鞍狭路逢，一声肠断绣帘中。身无彩凤双飞翼，心有灵犀一点通。

金作屋，玉为笼，车如流水马游龙。刘郎已恨蓬山远，更隔蓬山几万重。

南宋词人宋祁的这首词《鹧鸪天·画毂雕鞍狭路逢》大意是这样的：大路上，一辆装饰华丽的马车正在赶路，一位娇巧漂亮的女子，在绣帘后面发出了一声令人肝肠寸断的娇呼。然而那离别的痛苦真是难以形容。只恨自己身上没有长出彩凤那样的两只翅膀，可以随时飞到心上人的身边！不过幸运的是，两个人的心可以像灵异的犀牛角那样，无时无刻地心意相通。好想两个人能长久厮守，生活在金屋玉笼之中。家里高朋满座，祝贺他们的人很多，家门口车水马龙。情郎一走，热闹的场景不再。从此两个人相隔着万里蓬山，看不到心上人的面容，听不到心上人的声音，到底什么时候才能够再见面呢？那绵绵不尽的相思之情，到什么时候才能够停止呢！

《新唐书》的作者之一宋祁,是个很有才华的人,曾因诗中"红杏枝头春意闹"一句,被称为"红杏尚书"。他与哥哥宋庠并称"大小二宋"。据说,有一次宋祁经过京中热闹的繁台街时,恰巧遇到了一乘从宫里抬出来的轿子。轿里一个宫女,直接掀开帘子,说了一声:"是小宋啊?"因为时间紧迫,两人就擦肩而过了。宋祁也不知道她是谁?不过宋祁对这次小小的遇见念念不忘。

回去以后就写了这首《鹧鸪天·画毂雕鞍狭路逢》,谁知这首词传出去以后大为流行,还传到了宋仁宗那儿,宋仁宗就在宫内查问此事。有个宫女出来说,以前我曾在皇上的宴会中服侍过宋员外,听左右的人说,那就是小宋。后来我偶然坐车在路上看见他,就叫了一声。

于是仁宗就召见了宋祁,态度和蔼地跟他说起这件事,宋祁大为惶恐,怕仁宗怪罪。谁知仁宗却笑着说:"蓬莱山不远了!"便把那宫女赐给了宋祁做妻子。

(写于 2021 年 1 月)

苏东坡的《江城子·别徐州》

北宋元丰二年(1079)三月,苏轼从徐州太守调任湖州太守。

苏轼虽然在徐州只有两年任期,但在徐州干了不少实事,其中最有代表性的有三件。

第一件事是在 1077 年秋,他刚到任才三个月,就面临一场徐州城的生死保卫战。黄河上游澶州决口,水困徐州,他临危不惧,"以身帅之,与城存亡",喊出了"吾在是,水决不能败城",亲荷畚锸,布衣草履,调集军民五千多人,听取父老乡亲的意见,亲自指挥,通过抢筑堤坝抗洪抢险。经过四十五天的奋战,大水退去,徐州城转危为安,满城百姓的生命财产安全保住了。洪水退后,为防患于未然,苏轼立即上表朝廷,提出"筑堤防水,利在百世"的主张,为徐州争取到了兴修水利的资金。并用朝廷奖励的钱粮,增筑外城,填平大坑,筑木堤护河,刻石以警示。子城的东门,属当水之冲,但又是府库所在。此处地窄不能作城,就将城门扩大建筑高楼,涂上黄土,名之曰"黄楼",意以黄色代表五行中的土,土能吸水,水来无患。同年重阳节,苏轼在黄楼举行了隆重的竣工典礼,各地应邀前来的名流绅士咏诗作赋,史称"黄楼诗会"。黄楼因此声名鹊起,名扬天下。

第二件事是苏轼执政时期勘探采煤和冶炼钢铁。为解决徐州居民冬季的烧柴困难,他经过反复考察、细致勘探,终于在白土镇(今安徽萧县,当时是徐州属县)勘探到了石炭,解决了民众冬季的燃料问题。苏东坡在《石炭并引》中作了记录:"岂料山中有遗宝,磊落如磐万车炭。流膏迸液无人知,阵阵腥风自吹散。"自此开启了徐州近千年的煤炭产业发展史。同时,他还致力于徐州冶铁业的发展,在利国驿(今徐州利国镇),利用煤炭作为燃料冶炼,有效提高了炉温,进而生产出优良的武器和工具,来保家卫国。

第三件事是建立狱医制度。他发现狱中患病的囚犯长期因不得医治而死,觉得非常不忍。于是,上书《乞医疗病囚状》,请求军巡院及各州司理院,各选差衙前一名、医生一名,各县各选差曹司一名、医生一名,专责医疗病囚,任期一年为限。医疗经费按各州县囚犯人数,专列佣钱,可从免役宽剩钱或坊场钱中拨充。

徐州百姓对苏太守充满感激,不忘苏太守的抗洪救命之功。苏轼对徐州百姓也深有感情,面对前来送别的乡亲,他写下了《江城子·别徐州》:

天涯流落思无穷!既相逢,却匆匆。携手佳人,和泪折残红。为问东风余几许?春纵在,与谁同!

隋堤三月水溶溶。背归鸿,去吴中。回首彭城,清泗与淮通。寄我相思千点泪,流不到,楚江东。

苏轼对官场上的迎送,又是另外一个态度。

徐州的官吏们按照俗例,为苏轼举行一套"攀辕"挽留的表演,将他坐骑的鞭蹬割破,发动一批老百姓来挡在马前,表示不肯让这位贤太守离去。也许有人会因此而沾沾自喜,苏轼则认为真是"儿戏",他说:"我无恩于民,老百姓涕从何来?大道旁的石人,看见过太守多少次的来来去去。"

但是父老们说:"前年没有太守,我们都差点成了水里的鱼鳖了!"苏轼举鞭道谢,说:"正因为我命穷,到处都遭凶灾,水来非吾过,去亦非吾功。"

对比苏轼的不居功自傲,一些官员揽功推过则炉火纯青。更有甚者,在离任之际还不忘作秀,让老百姓箪食壶浆,起早排队送行。二者相比,境界立见高下。

（写于 2021 年 6 月）

沈约"百丈见游鳞"

南朝时期著名诗人沈约（441—513），字休文，吴兴武康（今浙江德清）人，南朝史学家、文学家。出仕于宋、齐、梁三朝。齐梁之际，受梁武帝萧衍重用，封建昌县侯，官至尚书左仆射，后迁尚书令，领太子少傅。他是齐梁时期开创一代诗风的重要人物，曾提出"四声八病"之说。他同谢朓、王融等形成新的诗歌流派，为古体诗趋向格律严整的近体诗奠定了创作的基础，被人称为"永明体"。沈约曾经创作了一首描写新安江的诗《新安江水至清浅深见底贻京邑游好》，被收入《昭明文选》。诗文如下：

> 眷言访舟客，兹川信可珍。
>
> 洞澈随深浅，皎镜无冬春。
>
> 千仞写乔树，百丈见游鳞。
>
> 沧浪有时浊，清济涸无津。
>
> 岂若乘斯去，俯映石磷磷。
>
> 纷吾隔嚣滓，宁假濯衣巾？

愿以潺湲水,沾君缨上尘。

诗文大意:回忆乘船访友的情景,新安江确实值得珍视。无论深处还是浅处,江水都清澈缥碧;无论春天还是冬天,江水都皎若明镜。千仞山顶的树木倒影直泻江中,百丈深处的水底可见鱼儿畅游。沧浪之水也有浑浊之时,清澈的济水干涸得没了渡口。不如乘船顺流而去,俯仰天地看江水中沙石相映波光粼粼。我已远离京邑,和嚣尘相隔,还用借此水洗濯衣巾吗?愿用这缓缓流淌的水,为君拭去帽缨上的尘土。

本篇为馈赠友人而作,但诗中所言"京邑游好"已无从考证。诗的开篇两句,直扣诗题,定下了游江的感情基调,对全诗的意境起到了统领和贯穿的作用。"兹川"即指新安江水,它源自安徽省,最终流入浙江省的钱塘江。"信可珍"是对新安江赞美的总体评价。"眷言"有回顾的意思,也说明作者见多识广。似乎在说,我跑了这么多码头,这条江是最好的!

全诗从对新安江的总体赞美"信可珍"开始,分两层各以六句诗从两个侧面去摹写客观景物和抒发主观情志。

第一层是极力描写新安江水一年四季的秀美景象。"洞澈随深浅,皎镜无冬春。"这两句的意思是:无论是水深水浅,也无论是冬天、春天,江水都洞明清澈,简直皎洁纯净得如同明镜一般。以明镜为喻,统摄出了新安江水整体的轮廓特征。"千仞写乔树,百丈见游鳞。"这是以细节进一步描绘江水的澄澈透明,乔木树林的倒影可从千仞之上的山峰直泻水底,即使在江水百丈的深处也能看到鱼儿在游动。这既是夸张的手法,又是工笔勾勒,给人的印象十分鲜明生动。上句讲高树影泻水底,下句讲深渊得见鱼戏,一高一低,已足以绘写出江水"洞澈""皎镜"的特征,使人感到其"可珍"之处同样也不为空间角度所限制。接着又用两句补足江水意境:"沧浪有时浊,清济涸无津。"上句化用《孟子·离娄篇》所载《孺子歌》"沧浪之水清兮,可以濯吾缨;沧浪之水浊兮,可以濯吾足"中的词句。下句则是借《后汉书·郡国志》所记济水"王莽时大旱,遂枯绝"的史实。沧浪水会变浊,济水会干涸,而新安江水却从未听说变浊,也没见干涸过。这种引类取譬、反衬对比的手法,效果鲜明突出,诗人把对新安江的赞美之情推向了高潮。不过笔者认为,这两句诗也揭示了事物的变化规律,即世界上没有一成不变的事物。这为第二层的抒情埋下了伏笔。

第二层由写景转为抒情。诗人满怀激情地说:"岂若乘斯去,俯映石磷磷。"有景如此美妙,那么,还有什么能比得上乘着江流泛舟而去,俯仰在天地之间,看那水中沙石磷磷相映成趣、大快人心呢?

人生得意也好,失意也罢,大自然是最好的归宿。古人把出门觅山水作为人生的一大乐事。这里的山水如此美好,令人赏心悦目。"俯映石磷磷"又与前面的"洞澈随深浅"相呼应。清澈明净的新安江水已深深地流入了诗人的心田。

最后四句,前两句写"吾",后两句写"君",彼此处境不同,寄托的感慨也就有异。诗人以反问的方式明确表示:我已离开京邑,早与尘嚣隔绝,难道还要借此江水来洗濯衣巾吗?诗人洁身自好,自视清高,不为世俗所染,庆幸自己于污泥浊水中得以全身而退,复返自然。以新安江的清澈来衬托自己的清廉,表白自己一清二白的心意已见于言外。与此相反,泛舟同游的好友,还继续羁留京邑身陷尘嚣之中,自然难免污浊沾身,有必要经常用这清净的江水洗濯一番。似乎有善于奉劝警示的含义,看来清洁从政古今同理哦。当然,一个"愿"字又把寄希望于朋友的真挚感情和盘托出。

从艺术角度欣赏,本篇成就也颇高。首先,全诗结构严谨,层次分明。以江水"可珍"二字总领全篇,款款写来,时时变换。写景境界逼真,角度多变,俯仰承接,游刃有余;抒情缘景而发,感情深细,有的放矢,不落俗套。而且写景、抒情相结合,景中寓情,情从景生,真正达到了情景交融的艺术境界。其次,诗风独特,格律创新。某些诗句的对仗,如:"洞澈随深浅,皎镜无冬春。千仞写乔树,百丈见游鳞。沧浪有时浊,清济涸无津。"已经相当工细严整。用韵也朗朗上口,给人以和谐明快、抑扬顿挫的美感。这正体现了"永明体"诗歌的部分艺术特征。

(写于 2021 年 9 月)

苏东坡的"美好出艰难"

"人间无正味,美好出艰难。"

这是苏轼《和陶西田获早稻》当中的两句诗。意思是:在人世间并没有真正的好味道,因为所有的美好都是从艰难的生活中繁衍出来的。原诗如下:

蓬头三獠奴,谁谓愿且端。

晨兴洒扫罢,饱食不自安。

愿治此圃畦,少资主游观。

昼功不自觉,夜气乃潜还。

早韭欲争春,晚菘先破寒。

人间无正味,美好出艰难。

早知农圃乐,岂有非意干。

尚恨不持锄,未免骍我颜。

此心苟未降,何适不间关。

休去复歇去,菜食何所叹。

哲宗时，章惇等一帮奸臣，利用皇帝年轻气盛报复心重的心态，对元祐老臣进行了严厉的打击报复。尤其是苏轼，他是哲宗皇帝的老师，由于苏轼的名气和才华，章惇怕某一天皇帝觉醒了，重新启用苏轼，所以必置其于死地而后快。绍圣元年(1094)十月，苏轼被贬谪蛮荒之地的岭南惠州，破了大臣贬谪不过岭南的先例。东坡是年59岁，居3年，又于绍圣四年(1097)五月加罚，再贬海外，到海南儋耳(今儋州)，此时东坡已62岁。对于当时条件下的这样一位老人，生还的可能性已不大。因此，苏东坡做好了客死他乡的打算。

苏轼在惠州、儋州这6年晚景中，生活最艰苦，遭遇最凄惨。"瘴疠所侵，蛮蜒所侮""食饮不具，药石无有"，贫病交加。但苏轼"胸中泊然，无所芥蒂，人无贤愚，皆得其欢心""食芋饮水，著书以为乐"。这6年间，尤其在海南，书籍极少，他在一位士人好友处得到陶渊明和柳宗元的诗书时，如获至宝。他以陶、柳为师友，枕书而卧。特别是当他深入研究了陶渊明的诗赋后，发现陶的性情和自己很像，就发誓"和尽陶诗"。

苏东坡和故人的诗赋，开创了文学题材的一个先例。他断断续续地写下了124首"和陶诗"。这是苏轼写的800多首和诗中最多的，足见苏轼晚年对陶渊明的崇拜和仿效。陶渊明成了东坡的精神寄托。东坡对陶渊明诗赋的追和，主要表现了以下几个方面的思想。

直接表达对陶渊明归隐后田园闲适生活的向往与羡慕。"当欢有余乐，在戚亦颓然。渊明得此理，安处故有年。嗟我与先生，所赋良奇偏。人间少宜适，惟有归耘田。我昔堕轩冕，毫厘真布廛。困来摸重捆，忧愧自不眠。如今破茅屋，一夕或三迁。风雨睡不知，黄叶满枕前。宁当出怨诗，惨惨如孤烟。但恨早不悟，犹推渊明贤。"抒发个人对贫困生活的苦闷和旷达、超脱的矛盾思想感情。

苏轼在政治斗争中屡遭挫折，面对混浊的世间，壮志难酬，但苏轼有一点与陶渊明不同，就是终生在仕，不辞官、不归隐，始终对现实人生表现出热爱和执着的追求。

这种现实和理想的矛盾，常常迫使苏轼心中苦闷困惑。于是，旷达、超脱、乐天安命，便成为苏轼解决现实和理想之矛盾、摆脱精神苦闷的良药。

这就使苏轼的"和陶诗"常常表现出一种豁达大度、随缘而足的思想。

记述诗人参加劳动生活的感受和与劳动人民的友好往来。上述《和陶西田获早稻》就是描述劳动生活的。"人间无正味,美好出艰难"就是他对劳动生活的感受。

苏轼在朝虽不得志,未能施展抱负,但在任地方官时,时常关心百姓的疾苦,为当地人民做了很多实事,得到了百姓的爱戴,同百姓保持着友好的往来。在惠州,为公益事业,他捐出了自己少得可怜的薪俸。即使流落海南,个人生活已极度艰苦,可仍然关注着黎族同胞的生活。

表现诗人对亲友的深厚情谊。在苏轼的诗歌创作中,抒写对亲友的真挚感情的题材,占有十分重要的分量。在他的一百余首的"和陶诗"中,这一题材亦占相当比重,并洋溢着深厚的人情味。

苏轼、苏辙两兄弟,他们在生活上相互关心,在患难时相互勉励,在创作上相互切磋,在思想上相互影响,可以称得上至亲至爱的手足。苏轼一曲流传千古的"中秋词":"但愿人长久,千里共婵娟",就是因怀念弟弟子由而引发的。在"和陶诗"中亦有《和停云》《和止酒》等篇写他们兄弟俩的情谊的。

我欣赏"人间无正味,美好出艰难"这两句诗,它们不仅仅揭示了干农活、从事农业生产的道理,还道出了人世间所有事的一个普遍性的哲理。

习近平总书记说过:"幸福是奋斗出来的!"没有艰苦奋斗,就不可能有幸福生活,就不可能对幸福有感受。就个人而言是如此,推而广之,一个单位、一个地区是如此,大到国家、民族也是如此!

或许,苏东坡的这两句诗,也能激励我们积极应对纷繁复杂的国际形势。

（写于 2021 年 12 月）

苏东坡的"浮云世事改"

　　苏轼屡遭贬谪,直至海南儋州。建中靖国元年(1101),苏轼遇赦北归,途中经历艰难曲折。至虔州(今江西赣州),与旧友虔州知府江晦叔以诗唱答。以"孤月此心明"表达了自己忠君爱民的心迹。全诗如下:

次韵江晦叔(其二)

钟鼓江南岸,归来梦自惊。

浮云世事改,孤月此心明。

雨已倾盆落,诗仍翻水成。

二江争送客,木杪看桥横。

　　诗的大意如下:今日重返故土,友人钟鼓相庆;重见旧时风物,宛如旧梦惊破,又恍惚梦境一般。世间事像浮云一般变幻不定,我这颗心却像孤月高悬般洁净明亮(以浮云衬托明月,以世事之变衬托坚贞之心志,表现了作者品格之可贵)。天虽然下着倾盆大雨,但仍然未影响诗人如"翻水"般的诗情(诗人未因悠悠尘世而改变本性)。汇合于虔州的长江支流章、贡二江水奔流不息载着来来往往的客人,而树梢在静静地看着江上的横桥。

全诗所见所闻皆为情取景,重点在诗人情怀的寄托之处;诗风清俊浑厚,蕴含深意。

苏轼历劫归来,最大的庆幸,是他平生一片刚直的孤忠,而今大白于世。一切诬蔑和猜忌的浮云已被吹散,则天上一轮孤月,也当为人所共见了。

称此诗"语意高妙"者很多,但大多是从文学的角度去研究。而南宋著名学者王应麟有他独到的见解,他看到了苏轼自明心志的大处,将苏轼与司马光并论。他在《困学纪闻》中说:"更无柳絮随风起,惟有葵花向日倾——见司马公之心。浮云世事改,孤月此心明——见东坡公之心。"又云:"坡公晚年,所造深矣。"

苏轼生命中,天赋一腔豪迈之气、一副热烈心肠,再经后天儒学者的严格训练,两者结合,成就一个抱负非凡、才气纵横的知识分子。他那胸襟浩荡而正气凛然的人格,随时随地发出灼灼的光芒,照耀在人们的眼前。

北宋是中国历史上的一个文化大帝国,苏轼和他兄弟苏辙生在这个知识广被推重、文化达到巅峰的时代,一入京朝,立即崭露头角;宋代的文化虽然灿烂,而士大夫所操持的现实政治却并不理想,使一个原想出山"求为世用"的"凤凰",成了被人厌恶的"乌鸦"。

苏轼从政以来,与实际政治的当权人物,几乎没有一个不曾发生过冲突。王安石、吕惠卿当权时,苏轼是反对新法的尖兵;司马光做相时,司马光与苏轼本是互相尊重的同道,但为了差免役问题发生争论。不过王荆公和司马温公,都还是各有政治原则的伟大人物。及至刘挚为相的时代,大家只为权势利禄自谋,他们发动台谏,围剿苏轼,只是怕苏轼夺位而已。苏轼对此只有一片"破琴之梦"中的悲悯而已。

苏轼的伟大,在于他有与权力社会对立的勇气与决心,一则得之于知识力量的支持,二则出于"虽千万人,吾往矣!"的豪气。这两种气质合起来,造就了他"薄富贵,藐生死"的大丈夫气概。这气概,虽然使他拥有至高无上的精神财富,然而,自古以来,幸福和伟大,常不两得;自由与安全,亦无法两全。苏轼成为悲剧人物,几乎是必然的,但苏轼也和苏格拉底一样:"果是天意如此,我很乐意接受。"

(写于 2022 年 1 月)

黄庭坚的"桃李春风一杯酒"

　　宋神宗元丰八年(1085)，黄庭坚在德州(今属山东)为官，好友黄几复则在广东四会县任职，两人相距千里。距离两人上一次相聚，已经十年有余；而再次相见之日，尚遥遥无期。想到这里，黄庭坚情不自禁地写下了一首诗，这便是《寄黄几复》：

　　　　我居北海君南海，寄雁传书谢不能。
　　　　桃李春风一杯酒，江湖夜雨十年灯。
　　　　持家但有四立壁，治病不蕲三折肱。
　　　　想得读书头已白，隔溪猿哭瘴溪藤。

　　首联"我居北海君南海，寄雁传书谢不能。"意为：我住在北方海滨，而你住在南方海滨。想要托付鸿雁传书，它却飞不过衡阳。首联即突出了两人的距离之远，一南一北，海天茫茫，相思却不得相见。于是诗人便自然而然地想到了寄信，托付鸿雁，传去思念，雁儿却以飞不过衡阳为理由，拒绝了他。"谢不能"三字,将鸿雁人格化,原本老生常谈的"鸿雁传书"这一典故,立马变得新颖别致起来。

黄庭坚是"江西诗派"的一代宗师,这一诗派以杜甫为祖师爷,讲究炼字,"无一字无来处",以"夺胎换骨""点铁成金""以故为新"为创作思想。而这首《寄黄几复》,既是黄庭坚的代表作,也是这一创作主张的最好诠释。

尤其是颔联:"桃李春风一杯酒,江湖夜雨十年灯。"一直以来,都得到了极高的评价。苏门四学士之一的张耒,就赞扬这两句诗是"真奇语"。

其实若单论文字用词,算不得奇。"桃李""春风""酒""江湖""夜雨""灯",这些词语都极其寻常,意思也简单明了。

这两句诗真正"奇绝"的地方,在于这些寻寻常常的词语组合到一起后,所融汇而成的深远意境。"桃李""春风""酒",构筑成的是一幅灿烂的阳春烟景。你可以想象到这样的画面:

那时候,诗人尚意气风发,青春年少。春日里,他常和友人一起,观赏桃李,共饮美酒。春风轻轻柔柔地吹着,花瓣飘摇着落在酒杯里。

"江湖""夜雨""十年""灯",渲染出的却是一幅萧条冷落的画面。你想象着:

两个曾经最亲密的朋友,各自辗转漂泊江湖。每逢夜雨,两人便各自对着眼前的一盏孤灯,想念着彼此。雨声淅淅沥沥,孤单的烛火照耀着那思念的人、深宵不寐的身影。

桃李春风与江湖夜雨,洒脱快意与萧条冷落、暂聚与久别、乐与哀、往日交情与今朝思念……都在这短短的两句诗里,被书写得淋漓尽致。"十年"与"灯"的结合,更是黄庭坚首创,平添了一股厚重沧桑,读来都是岁月的味道。"奇语"二字,当之无愧。

后四句,"持家但有四立壁,治病不蕲三折肱。想得读书头已白,隔溪猿哭瘴溪藤。"诗人则分别从"持家""治病""读书"三个方面,表现友人黄几复的为人和处境。

"持家但有四立壁",作为一县之长,黄几复的家中却只有立在那儿的四堵墙壁。四壁萧条,这是称扬友人的清正廉洁。

"治病不蕲三折肱",化用古代成语"三折肱,知为良医",意思是说,一个人如果三次跌断胳膊,就可以成为一个好医生,因为他必然积累了很多治疗与护理的经验,也就是我们常说的"久病成医"。在这里,黄庭坚用"治病"来比喻"治国",为友人抱不平:明明黄儿复政绩卓著,有治国救民的才干,为什么得不到重用,让他屡遭挫折呢?

"想得读书头已白,隔溪猿哭瘴溪藤。"与友人十年未见了,诗人只能想象着,清贫自守奋发读书的你,如今已然白发萧萧了吧。你读书的声音,还似从前一般欢快悦耳吗?唉,隔着千里万里的距离,我却仿佛看到了、听到了你那边的情况,猿猴攀援着深林里的青藤,阵阵哀鸣传过充满瘴气的山溪。在极其凄凉的景致里,收束全诗,更添人世的无尽沧桑。

人的长大,常常是与失去、离别、死亡挂钩的,且这些失去、离别与死亡,常是悄无声息的。

那些年少时追过的偶像,陆陆续续,或隐退了,或老了,或永久地离开了;那些儿时爱吃的零食,爱玩的游戏,随着一代人的长大,渐渐消失,成为回忆;那些相识多年的朋友,随着彼此的忙碌、遥远的距离、不再有交集的生活,默契地彼此疏离;那些曾真心实意爱过的人,会在恍惚某一刻想起,却连对方的面容都忘记,那些小时候见过的和蔼可亲的长辈,会在某一次回老家时,从家人的闲聊里,才知道,他们已长眠于泥土经年……

这便是人生了,我们永远不会知道,哪一次说了再见,从此真的再也不见。有些人,一转身,就是一辈子;有些事,一回首,已面目全非。

刘瑜在《送你一颗子弹》中说:"每个人的心里,有多么长的一个清单,这些清单里写着多少美好的事,可是,它们总是被推迟,被搁置,在时间的阁楼上腐烂。"

世事无常,来日并不方长。喜欢的事,要抓紧去做;喜欢的人,要及时去爱。而每一次告别,亲爱的,你要用力一点,再用力一点。因为你多说一句,可能是最后一句;多看一眼,可能是最后一眼。

(写于 2022 年 1 月)

第五编 哲思小品

飞机，从这里起降

多少次在这里来去匆匆，但我们直至今日才知这里叫"靖江街道"——这是萧山国际机场所在地。今天我们党校正职班部分学员，应同是学员的靖江街道倪世英主任之邀，来此考察空港经济的发展情况。

空港经济，就是依托大型枢纽机场的综合优势，发展具有航空指向性的产业集群，从而对机场周边地区的产业产生直接或间接的经济影响，促使资本、技术、人力等生产要素在机场周边集聚的一种新型经济形态，是一种具有现代服务性特征与新经济时代特征的新型经济形态。

我们到机场后首先参观了机场塔楼。这是机场的核心部位，10余位工作人员在这里盯着电脑不停地忙碌着。所有飞机的起降指令都从这里发出。从50多米高的塔楼望出去，停在机坪上的飞机就像航模，飞机迎着逆风在跑道上起飞，似乎遥控开关握在我们手上。华东空管局杭州分局的陶主任向我们介绍了这里的运作情况。机场第二期已启用。第二期的跑道可起降最大型的380飞机。据陶主任介绍，第一期、第二期跑道现在分别使用，一个用于起飞，另一个就用于降落。随着航班的增加，以后会同时起降，甚至混合起降。像管理水平高的纽约机场，可以同时起降十多架飞机。目前杭州机场飞机起降量排全国前十位。

从塔台下来，我们直奔大江东规划馆。这是个电子化的规划馆，光电技术得以充分使用。规划馆以"潮涌大江东"为设计理念，用沙盘模型、弧形 3D 电影介绍大江东的历史变迁和规划前景。大江东具有杭州空港和出海口双重优势。讲解员向我们详细介绍了大江东"一核二网、二轴四心"的布局，大江东新城规划陆地面积为 421 平方公里、钱塘江水域面积 79 平方公里；战略定位以先进制造业、高新技术产业、现代服务业、空港产业为重点，强化现代产业、综合服务、高端城市、一流生态功能，计划于 2050 年建成。这让我们提前感受到新钱江时代的到来。

在靖江街道，名字像女性却身材魁梧的倪世英主任，对靖江街道的情况娓娓道来，如数家珍。靖江街道这几年第二、第三产业发展很快，规模以上工业销售额超 100 亿元，其中依托空港优势，现代物流业的发展尤为突出。申通、圆通等快递公司的总部都落户靖江街道。他着重向我们介绍了空港经济发展的情况及下一步设想。

空港经济区并不是一个全新的概念。早在 1959 年，爱尔兰的香农机场便开始尝试。作为横跨大西洋的飞机中转站，香农机场依托机场的便利运输条件和巨大的人流、物流优势，成立了香农国际航空港自由贸易区，吸引了大量国内外资金和原料，发展了加工出口工业，直接带动了当地经济与社会的巨大发展。

从国内外的实践来看，空港经济这一新的经济形态正是世界高新技术产业和全球经济一体化发展不断加快的产物。将现代工业与现代服务业有机结合的空港经济是未来的区域竞争焦点。目前，类似的空港经济区和航空城已在各主要国际机场周围蓬勃发展起来，如日本关西国际机场、荷兰阿姆斯特丹史希斯浦尔机场、中国香港新机场等。空港经济可分为三类：第一类是直接与航空运输相关的服务产业，如航空物流业、食品业、维修业等，它们随着机场航空产业链的延伸而在机场周边形成航空配套产业；第二类是利用机场的口岸功能和航空货运快速、安全的特殊优势，为对时效性有较高要求且产品具有体积小、重量轻、附加值高的特点的制造业和高新技术产业及创汇农业、花卉业、邮件快递业等提供服务;第三类是利用机场的区位优势而延伸发展的总部经济、会展经济、旅游经济、文化娱乐等与航空关联的产业。倪世英主任说,靖江街道要发展空港经济还有很多事情要做,机场圈内外要打通,体制上要理顺。

考察结束后,我们在思考这样一个问题:靖江街道依托特殊的地理优势,发展空港经济,这是别的地方无法复制的。但它给予我们的启发是,各地要挖掘自身的特殊资源优势,因地制宜走发展特色经济的路子。

回来的车上,我们唱起了昨晚的合唱曲目:

> 唱出你的热情
> 伸出你的双手
> 让我拥抱着你的梦
> 让我拥有你真心的面孔
> 让我们的笑容
> 充满着青春的骄傲
> 让我们期待明天会更好!

（写于 2013 年 5 月）

征服自己

　　人具有动物的本能。中国哲学以"趋利避害"四个字来概括人的本性。追求利益和逃避苦难出自人的本能。贪婪、恐惧、浮躁、嗔恚、毁犯、愚痴等，是人之本能。贪婪是人对喜爱的过于执着；恐惧是碰到困难就想退缩；浮躁是做事不专注；嗔恚是对厌恶的过于偏执；毁犯是人为了贪婪和嗔恚，不顾法律和道德底线；愚痴是不明事理，只看到眼前，不顾长远，看不到表面现象背后的实质。这些本能如果不受约束，我们则很可能滑向危险的深渊，成为"杯具"！

　　没有本能，人就无法生存，因此，人们并不能把本能抛弃。但更为重要的是，人怎样不被自己的本能所控制，而是用意志去控制本能。真正成功的人，一定是能够控制本能的人，是能够征服自己内心的人。

　　第一位登上珠穆朗玛峰的人，是新西兰人埃德蒙·希拉里。在被问起是如何征服世界最高峰时，他回答说："我真正征服的不是一座山，而是我自己。"是啊，人迈开脚步征服世界，首先要征服的，是自己这座大山！雪崩、脱水、体温下降，以及8000多米被称为"生命禁区"的高山缺氧，加上生理和心理上的极度疲劳,可谓障碍重重。但是,在攀登世界第一高峰的过程中,希拉里一方面克服了外部的艰苦环境,另一方面也战胜了内心的恐慌、怯懦。在经过一番退缩心理的挣扎后,他选择了坚持。他成了人类历史上第一个征服珠峰的人!他在完成了一个坚持的同时,实际上开发了更强的意志力、自制力。

征服自己,是一种美德。一个人必须懂得有所得必有所失,控制住贪欲;否则,将会被自己害死。大凡发生丑闻事件的精英,都具有超常的能力。他们有热情、有使命感,也付出了超常的努力,只是他们征服不了自己。

据说,草原上有一种鼬鼠,非常聪明、勤劳,它们整天不停地寻找食物,然后,把吃不完的食物搬进洞穴。鼬鼠一生最多要储存20多个"粮仓",这些粮食足够10多只鼬鼠毕生享用。然而,事实上鼬鼠都是被饿死的。鼬鼠晚年爬不动时,会爬进自己的"粮仓",但它们必须经常啃咬硬物以磨短两颗门牙,否则会因门牙过长而无法进食。但它们早先在"粮仓"里并没有储存硬物,结果因无法磨短牙齿进食,被活活饿死。因为贪婪,它们只见到粮食,而看不见石子,看不见粮食以外的其他任何东西。实际上,它们是被贪婪蒙蔽了眼睛,饿死在自己的贪欲上。

《金刚经》告诫我们:"应无所住而生其心。""应如是降服其心。"以"戒定慧"三学,度"贪嗔痴"三毒。以布施对治悭贪,以忍辱对治嗔恚,以持戒对治毁犯,以精进勇猛对治懈怠恐惧,以禅定对治散乱浮躁,以智慧对治无明愚痴,这称为"六度",六度是由生死此岸到涅槃彼岸的法船。

(写于 2013 年 6 月)

虽不能伟大，但可以崇高

　　杭州出现了最美现象的"井喷"。"最美妈妈"吴菊萍，徒手接下从 10 楼窗台掉下的两岁幼儿妞妞；"最美司机"吴斌，在生死关头的 76 秒，忍着剧痛、平稳停车，指挥乘客安全下车，自己却倒下了；"最美爸爸"黄小荣，在 5 米多高的大坝上跳向乱石堆的河道，忍着脚跟粉碎性骨折的剧痛，爬行 10 多米，救起溺水儿童……

　　他们作为一群平凡的人，没有惊天动地的伟大事迹，却忠于职守，或出于善良的天性，尽自己最大的努力，为社会作出奉献。他们是了不起的人。

　　康德曾说："这个世界上只有两种东西能引起人心的震动。一个是我们头上灿烂的星空，另一个是我们心中崇高的道德。"道德是一双温柔的手，推开封锁在心里的窗；道德是一扇窗，窗外是美好的天空；道德是一片晴朗的天空，它孕育着无数纯洁的心灵。

　　回顾历史，生活在一个国家或社会里的人们，如果他们的道德意识薄弱，这个国家就会衰落，治安就会恶化，国力也将衰退；相反，道德意识强的国家，即使是一时经济困难，将来也会有大发展。当前，除了"最美现象"外，社会上也出现了许多不讲道德的丑陋现象。一些人为了一己之利，制造了毒奶、毒米、毒油、毒菜等，使食品安全成了首要的安全问题。有人为了泄私愤而报复社会，不惜把毒手伸向幼儿园、伸向公交车……以至于有人惊呼：中华民族到了最无道德的时候！

然而，我相信历史总是要前进的，人类的道德也总是要进步的。

一个人，不一定要气壮山河，不一定要惊天动地。培养道德，可以从小事做起，从身边事做起。以真诚的心，满怀着美好去对待每一个人。正如崔卫平所说："你所站立的地方是你的中国，你怎么样，中国便怎么样。你是什么，中国便是什么。你是光明，中国便没有黑暗！"

道德建设何尝不是我们每一个人的责任呢？

在春天，道德是一片金灿灿的油菜花，闪耀着夺人眼球的金光；在夏天，道德是遍布池塘的荷花，让人感到丝丝凉爽；在秋天，道德是秋月下的菊花，让人领悟什么是高尚；在冬天，道德化作蜡梅，屹立于寒风大雪中，让人知道什么是力量！

我们的心中，永远要留出一片净土，去播下道德的种子，让它生根、发芽，开出绚丽的花朵。这样的人生是芳香四溢的人生，是出彩的人生，是最美的人生！

（写于 2013 年 6 月）

反省就是翻耕心灵的庭院

被称为二十世纪"文学神秘人"的英国作家詹姆斯·艾伦在他的心理学著作《结果与原因的法则》一书中这样写道：

人的心灵像庭院。

这庭院，既可理智地耕耘，

也可放任它荒芜，

无论是耕耘还是荒芜，庭院不会空白。

如果自己的庭院里没播种美丽的花草，

那么无数杂草的种子必将飞落，

茂盛的杂草将占满你的庭院。

出色的园丁会翻耕庭院，除去杂草，

播种美丽的花草，不断培育。

如果我们想要一个美好的人生，

我们就要翻耕自己心灵的庭院，

将不纯的思想一扫而光，

然后栽上清纯的、正确的思想，

并将它培育下去。

在心灵的庭院中，我们播种正确的思想就能收获美好的果实；播种错误的思想，那么收获的就是恶果和杂草。任何人都有缺点，每个人都不是完人。古代君子讲究的就是自我反省。曾子说："吾日三省吾身：与人谋而不忠乎？与朋友交而不信乎？传不习乎？"对此，荀子评论说："君子博学而日参省乎己，则知明而行无过矣！"是的，人不应该否认自己的缺点，要卸下伪装，经常反省自己，才能释然地向前迈进，逐步超越自我。

人性总是让我们容易拜倒在金钱和荣誉的脚下，容易屈服于本能的欲望和周围的环境。不论你取得多么大的成就，如果不能够坚持自我反省，那么骄傲、自大、虚荣、贪婪这些杂草将侵占我们的庭院，原来得到的一切都有可能失去，人生也会偏离正道。一个人有缺点是很平常的事。有缺点、有不足并不可怕，怕的是不承认或者不敢承认，怕的是没有正视缺点的勇气，怕的是不能坚持改正而半途而废，怕的是讳疾忌医又明知故犯。正视缺点、改正缺点，就可以找到自己的位子、自己的光源和声音。那么缺点就成了前进的动力，成了进步的空间，成了闪光的亮点！

其实，人是不容易发觉自己的缺点的。古希腊神话中有这么一个故事：上帝创造了人，但又在他们每个人的脖子上挂了两只口袋，一只装别人的缺点，另一只装自己的缺点。他把装别人缺点的口袋挂在胸前，另一只则挂在背后。因此人们总是能够很快地看见别人的缺点，而自己的缺点却总看不见。现代社会，物质丰裕了，而人的精神却贫瘠了。快节奏的工作生活，让人身心疲惫，人们无暇顾及自己的内心深处。每日反省，则是发现自己缺点的好办法。反省可以让躁动的心灵安静下来，让我们的灵魂追上快速奔跑而疲乏的脚步。

反省是忏悔，反省是修炼。对照做人做事的准则，我们可以不断地修正错误、净化灵魂、磨砺心志，能够拔出心田里的杂草，塑造完美人格。

（写于 2013 年 6 月）

做事就是做人

记得刚参加工作时，前辈们拍拍我的肩膀对我说："小伙子，好好干！"我似懂非懂地点了点头。

为什么要"好好干"？现在想起来无非两个原因：一是压力，如不干好工作，就对不起父母、亲友，对不起领导，也对不起自己，饭碗来之不易，不能轻易弄丢了；二是动力，干好了"前途无量"、面子上风光、有可能荣宗耀祖，也是助力实现"伟大的共产主义理想"。随着岁月的流逝，原有的动力、压力都有明显的变化，尤其是动力已明显不足。取而代之的往往是"三分三顾牢""对得起这份工资"之类的话语了。那么，对待工作要不要再"好好干"了呢？这引发了一个思考：工作、做事到底是为了什么？特别是夜深人静时，这个问题往往会在脑海中浮现。

人生的终极目标是什么？人生可以为之奋斗的东西实在是太多，除了求生存外，财富、地位、名誉、学识、各种嗜好、爱情等，足以让人耗费毕生精力。但这一切都是生不带来死不带去的东西，不少人为此仰望天空。有人曾这样说，与自己同生死的不是自己精心呵护的身体，也不是为之奋斗的财富,更不是配偶和儿女,而是自己的心灵。人的心灵在佛教里的说法是人的第八识(含藏识)。第八识如实地记录、收藏你的一切善恶,形成业力。人死后,业力将牵引你进入新的轮回,或觉悟后脱离轮回进入"常乐我静"的涅槃境界。佛教把成佛——觉悟看作人生的终极目标。我们一般人,与成佛可能有一定的差距,但也应该是在生命终结之时,让自己的灵魂比出生时更美好、更进步!而这个进步的过程,就是心灵修炼的过程。

那么,心灵修炼在哪里进行? 其实,我们每时每刻都可以修行。"行住坐卧皆是禅"说的就是这个道理。但其中工作是最好的修炼。因为对大多数人来说,人要生活,就不可能不要工作。不可能到深山老林离群索居,因而工作场所是最好的修炼场所。要知道,释迦牟尼成佛是在人间,而不是在天上。古代高僧大德说:"神通并妙用,搬柴与运水。"说的就是日常劳作。六祖惠能说:"佛法在世间,不离世间觉。离世觅菩提,恰如求兔角。"百丈禅师提倡"一日不作,一日不食"。日常所做工作,就是修行,只是我们不自觉罢了。

充满激情地工作是最好的修行办法。有激情就有理想,有激情就有创造,工作着是美丽的。要满腔热忱地投入工作,以快乐法则面对工作。我们常常会感觉到,面对一件自己喜欢的事,加班加点、废寝忘食都在所不惜,面对自己工作的成绩,充满自豪感和喜悦感。正如一位伟人所说:"任何一个伟大事业的成功都是一次热情的胜利。"凡是能成大事的人大都是自燃型的人,他们有自发的工作态度,对自己的行为负责。那么,对自己不喜欢的工作怎么办? 诚然,人们对自己不喜欢做的事,往往会被动应付或感到厌烦。这样干的工作也就不可能特别出色。因而人们会去找自己喜欢的工作。然而这往往会事与愿违。毕竟"钱多事少离家近、数钱数到手抽筋"的活少之又少。那最好的办法是变"找喜欢的工作"为"喜欢现在的工作"! 心态一变,感觉也会变。美国石油大王洛克菲勒给他儿子的信中说:"倘若你视工作为一种乐趣,人生就是天堂;如果你视工作为一种义务,人生无疑就是地狱。"俗话也说:"行行出状元!"

在工作中能修行什么? 工作中的修行,我依然认为是"六度万行":布施、忍辱、精进、持戒、禅定、般若。在工作中有意识地做到这六个方面,就是人性的修炼,就能获得巨大的进步。

一是布施,即有自觉奉献精神。劳动是人体力或脑力的付出。不应把工作仅仅当作谋生的手段,而应作为一种自觉的奉献。要主动献身事业,把工作当作事业干,不计较个人得失,在工作中付出自己的辛劳。

二是忍辱,即忍受磨炼。工作不会一帆风顺,难免有各种困难,有挫折,甚至有委屈,这是一种磨炼。钢铁反复锤打,韧性才能更好。工作有时会遇到计穷策尽、无法可想的困境,不得不放弃。即使如此,也不能将这些当作终点,而是看作第二次开始的起点。正如俗话所说,失败是成功之母,苦难是人生的老师。

三是精进,即精于进取。人在短暂的生命里,要取得卓越成绩并不容易,但并不能由此在工作中放弃对卓越的追求。每一次对自己的超越,都是在接近更好的自己。以完美为目标,就是无止境地追求内心的理想。所谓"精益求精",就是追求百分之百。不能因为已经有了百分之九十九就停步,因为剩下的百分之一里承载了百分之九十九的努力。

四是持戒,即遵守纪律。工作中有工作纪律、工作规程的要求,应遵纪守法,哪些该做,哪些不该做,该怎么做,应严格遵守。这有利于培养起"众善奉行、诸恶莫作"的戒行。以戒为师,方能成正果。

五是禅定,即在工作中做到专心致志。一心不乱,心无旁骛,可以明心见性,磨砺灵魂,塑造人格。工作中,我们可以安下心来,许多烦恼和痛苦都会被搁置和淡忘。经过每一天认真踏实的工作,我们会逐步铸成独立的优秀的人格。孜孜不倦、默默努力的力量是解开平凡魔咒的秘诀,脚踏实地走过每一天,每天坚持积累,平凡就会变成非凡。专心致志还在于将自己的一生奉献给一种职业或某个领域,长期努力,去发现生命的真谛。俗话说,最先遥遥领先的是骏马,而最终抵达目的地的,却往往是骆驼。

六是般若,即在工作中要善于寻找不足,总结创新。这是开拓个人智慧的重要途径。要保持一颗有创意的心,敢于走别人没走过的路。坚持每一天都有新的创造,哪怕是微不足道的一点。这样的进步若能经过数年数十年的累积和历练,就可以迸发出巨大的能量。

工作就是这样一个神奇的东西,既创造经济价值,又锻炼人格、修炼心灵。从这个意义上说,做事即做人!

(写于 2013 年 6 月)

感恩之心会让我们走得更远

相信很多人都听过"羔羊跪乳"和"乌鸦反哺"的故事。

羔羊跪乳。相传,小羊对它妈妈说:"妈妈,您对我这样疼爱,我怎样才能报答您的养育之恩呢?"羊妈妈说:"我什么也不要你报答,只要你有这片孝心,妈妈就心满意足了。"小羊听后,情不自禁地流下眼泪……小羊为了报答母羊的养育之恩,每次吃奶都是跪着的。它知道,是妈妈用奶水喂大它的,跪着吃奶是感激妈妈的哺乳之恩,这便是"羔羊跪乳"。

乌鸦反哺。据说,乌鸦小时候,都是由它妈妈辛辛苦苦地飞出去找食物,然后回来一口一口地喂给它吃。渐渐地,小乌鸦长大了,乌鸦妈妈也老了,飞不动了,不能再飞出去找食物了。这时,长大的乌鸦没有忘记妈妈的哺育之恩,也学着妈妈的样儿,每天飞出去找食物,再回来喂妈妈,照顾老乌鸦,并且从不感到厌烦,直至老乌鸦自然死亡,这就是"乌鸦反哺"。

羔羊跪乳和乌鸦反哺,也许是动物的习性。但感恩也是一个人与生俱来的本性,是一个人不可磨灭的良知。

2010 年温哥华冬奥会的场景还历历在目。女子短道速滑 500 米决赛中，王濛以43秒048的成绩夺得金牌，成为中国冬奥会历史上第一位卫冕短道速滑的冠军。当王濛冲过终点之后，先与场边的教练李琰击掌相庆，再次侧身而过时她奋力冲向护栏与眼睛湿润的李琰紧紧地抱在一起。她高举着五星红旗绕场一周向观众致意之后，又滑到教练席前，双膝跪地，磕了两个响头。事后，王濛解释说："一个给我的教练，她让我知道了短道速滑怎么滑，另一个给我的领导、队友和医务人员。"懂得发自内心的感恩，使得王濛显得更加成熟和大气，也赢得观众更多的掌声和尊重。

每一棵小树的成长，都离不开阳光雨露的滋润；每一朵鲜花的盛开，都离不开青枝嫩叶的陪伴。树会感恩，它撑出一片绿荫，给人一片阴凉。花会感恩，落红不是无情物，化作春泥更护花。我们能够生存下去，不是仅依靠我们自身的力量，同时应该感谢宇宙万物。

怀着一颗感恩的心，感谢身边的事，生活将更加精彩。对生活时时怀一份感恩的心，则能使自己永远保持健康的心态、完美的人格和进取的信念。感恩之心，是我们生活中不可或缺的阳光雨露，无论你是尊贵还是平凡，无论你生活在何地，只要你心存感恩，随之而来的便是温暖、自信、坚定、善良等美好的处世品德，一旦拥有了这些品德，你的路将越走越宽。

（写于2013年6月）

这是一库不贪的鱼

中秋后的第二天,朋友相约去钓鱼。

早上,从车库翻出几年未用的钓具,一番整理,重新配上渔线,往太湖源镇的一个山塘进发。临安的山塘水库真多,这个山塘我以前从没听说过。钓友告诉我,那里水好,鱼也好钓,上个月他在那里一次钓了二十多条白条鱼,肉质细腻、鲜美。

虽然快到上午九点钟了,但钓鱼的人并不多,只有十几位。分散在偌大的鱼塘四周,只不过是星星点点。我挑了个阴凉的位置,慢慢地摆出一应行头。我喜欢用手杆,因为手杆垂钓,可以享受那静静的优雅。特别是长时间凝神屏气后对鱼儿咬钩的期待,以及鱼咬钩后尽力克制住内心狂喜,轻轻一挑后,看其左冲右突,而我则享受胜券在握、稳坐钓鱼台、玩猫鼠之戏的快感。

今天的风儿有点大,风吹水成波、波推水晃动着鱼竿上的浮标。盯着水面,让人有一种坐在船上快速移动的错觉。这倒有点像"风动还是幡动"的场景。《六祖坛经》记载了这么一个公案:

　　禅宗六祖慧能几经辗转后到了法性寺,有天晚上他偶然听见两位僧人正为到底是风动还是幡动争论不休,于是他朗声插了句话。此言一出,非但两位僧人若有所悟,连住持印宗都颇感惊愕,乃亲自为他剃度,并拜其为师。目不识丁的慧能究竟说了些什么能令老和尚也大为折服的话呢?原来他说的是:"不是风动,也不是幡动,而是你们的心在动。"风和幡是外在的、虚幻的,人心才是超越时空、永恒寂寥的,它的本体是清静的。人应该领悟自性的空寂,向内心求佛,不被外物迷惑。那两位僧人执着于风、幡之类的具体形象,殊不知"本来无一物",倒徒惹得心旌动摇,把清静的本性给覆盖住了。

　　是的,我的心也在摇动。昨天晚上我跑到浙江农林大学校内的东湖边,学文人中秋赏月。据说,我赏到的是"十五月亮十五圆"的月亮,下一次要八年以后。因为难得,所以我也变着角度去赏,先是抬头看从云层中露出来的月亮;再是看东湖水中纹丝不动的月亮;之后又沿湖边游人道看柳枝上头的月亮;最后则坐到湖边茶座上喝着茶杯里的月亮。也许由于生活太安逸,我怎么也进不了古人诗词里的诸如"孤光自照,胆肝皆冰雪"之类的意境。但还是有了"千江有水千江月"的实感。与今晚的清风相配,也正应了大文豪苏东坡在《前赤壁赋》中的名句:"天地之间,物各有主,苟非吾之所有,虽一毫而莫取。惟江上之清风与山间之明月,耳得之而为声,目遇之而成色,取之无禁,用之不竭。是造物者之无尽藏也,而吾与子之所共适。"万物本就虚妄,我们何必执着于"财色名食睡"五欲呢!

遐想之间,时间在钓竿上不经意地溜走了。吃午饭的时间到了,全场只有我的钓友钓上了一条小白鲢,他不愧为高手!其他所有的人都是"白板"。当然我也不例外。我虽然不情愿地收拾起渔具,但思想的缰绳还没能收住:严子陵垂钓时为什么要反穿羊皮袄?

汉朝时浙江余姚人严光(严子陵),青年时就有了很高的知名度,他与后来的东汉开国皇帝刘秀是同学。东汉建武元年,刘秀登基为光武帝,严光不愿为官,便隐名换姓,隐居桐庐富春江畔,在严子陵钓台处每日垂钓。果不其然,刘秀江山初定,急需人才,便叫人绘严光形貌寻访。地方官报称有一男子反披着羊裘在泽中垂钓。光武帝猜中是严光,史载刘秀"即遣使备车,三聘而始至京都洛阳"。刘秀亲自到严光馆所看望,但严光卧躺着不起来。光武帝抚着严光腹部说:"咄咄子陵,为何不肯相助?"严光良久才张目熟视,答:"士固有志,何至相迫乎?"刘秀只得上车叹息而去。后说好不谈国是,才请得严光入宫。二人谈论以往旧故,谈得很晚就在榻上一起偃卧。相传严光把脚搁在光武帝的腹上,次日太史官奏"客星犯御座甚急"。光武帝笑着说,这是我与故人子陵共卧耳。刘秀授严光谏议大夫,严光坚决不从,继续归隐富春山(今桐庐县境内)耕读垂钓,以"高风亮节"名闻后世。北宋范仲淹《严先生祠堂记》云:"云山苍苍,江水泱泱,先生之风,山高水长。"桐庐县有严子陵钓台,余姚有严子陵祠、客星山、客星桥、客星庵、高风亭、"高风千古"石牌坊、子陵亭等遗迹。宋人有一首咏严光的诗说:"一着羊裘便有心,虚名留得到如今。当时若着蓑衣去,烟水茫茫何处寻。"旨在说明严光对名声仍是渴求的。

我想,宋人也太以小人之心度君子之腹了!严子陵反穿羊皮袄,或许是怕被人认出,或许是正穿太热,或许仅此一衲,更重要的是在于一种反向思维方式。皮袄可以反穿,人能不能反思?钓鱼人如站到鱼的立场去思考会如何？就拿今天这场景来说，不少人钓不上鱼，就骂骂咧咧，有的人责怪自己手气不好，有的人责怪鱼塘主给鱼喂料太多。而我则佩服这一库鱼：它们不贪食！

我若不贪，其奈我何？

（写于 2013 年 9 月）

中和之才最贵

三国时期刘劭著的《人物志》云："凡人之质量,中和最贵矣。中和之质,必平淡无味,故能调成五材,变化应节。是故,观人察质,必先察其平淡,而后求其聪明。聪明者,阴阳之精,阴阳清和,则中睿外明。圣人淳耀,能兼二美。知微知章,自非圣人,莫能两遂。"

这段话的大意是:大凡人的素质,以中正平和最为可贵。中正平和就是平淡无味,这样才能使"勇、智、仁、信、忠"协调,循着事物的客观规律来变化。因此考察人物的心性、品质,必须先考察他平淡冲和的修养素质,再考察他的聪明才智。聪明是阴阳两气协调结合的精华之气,阴阳清纯中和,其人就内心睿智,外表明达。圣人内怀淳朴,外现聪明,兼有中和与聪明两种美德。既能细致入微,又能达观显扬,如果不是圣人,就难以两得其美。

喜怒哀乐藏在心里不表现出来,叫作"中",表现出来分寸适度,叫作"和"。"中和"的表现就是平淡无味。白水平淡无味,因此能调和、包含百味。头脑清醒若空空无物,才能容纳新的观点,听取正确的意见。具有"中和"品质的人,心性平和,为人处事稳重沉静,不声不响,却让人信赖,有王者风范而无霸气。具备这样品质的就是圣人帝王之才。

生活中聪明有才的人很多,中和平淡的人却很少。然而"中和"之人并非没有个性,而是因为能充分把握一个度——什么时候顺情理,该理智时理智,该动情时动情,而且发自真情,不像伪饰故而显得随和淡远,能为众人所接受,也因此能得众人之助,众人也乐意为他效命。这种人其实很厉害,平时不声不响,却能处理好四面八方的关系,如草原上跑马,如平波里行船,有王者之气,少霸厉之气。

人们常说,上等人,有本事没脾气;中等人,有本事有脾气;下等人,没本事脾气却不小。具中和之性的人,其实就是大智若愚、大巧若拙、大辩若讷。他们有本事、有涵养、有智慧,却不卖弄、不炫耀、不张扬,清静无为,空灵若虚,如水一样平淡,有说不尽的美德,但力量也很强大。他们乘天下浩然之气,有圣人的帝王相,可以引领天下群伦。

《论语·乡党》记载:"孔子于乡党,恂恂如也,似不能言者。其在宗庙朝廷,便便言,唯谨尔。朝,与下大夫言,侃侃如也;与上大夫言,訚訚如也。"这也算是中和之才的典范吧!

(写于 2013 年 9 月)

精气神的重要性

翻开《冰鉴》神骨篇,有以下一段话:

语云:"脱谷为糠,其髓斯存",神之谓也。"山骞不崩,唯石为镇",骨之谓也。一身精神,具乎两目;一身骨相,具乎面部。他家兼论形骸,文人先观神骨。开门见山,此为第一。

翻译成现代汉语:

俗话说:"稻谷的外壳是谷糠,脱去后用处不大,但稻谷的精华大米,仍然存着。"这个精华,用在人身上,就是一个人的内在精神状态。俗话又说:"大山表面的泥土虽然经常脱落流失,但它却不崩塌破碎,只因为它的主体部分的岩石,稳稳地镇在那里。"这里所说的"镇石",用以比喻一个人身上坚硬的骨骼。一个人的精神状态,主要集中在他的两只眼睛里;一个人的骨骼丰俊,主要集中在他的一张面孔上。像工人、农民、商人、军士等各类人员,既要看他们的内在精神状态,又要考察他们的体势情态。作为以文为主的读书人,主要看他们的精神状态和骨骼丰俊与否。精神和骨骼就像两扇大门,命运就像深藏于内的各种宝藏物品,察看人们的精神和骨骼,就相当于去打开两扇大门。门打开之后,自然可以发现里面的宝藏物品,而测知人的气质了。两扇大门:精神和骨骼,是观人的第一要诀。

这里虽然是讲观人察相,但着实论证了精气神的重要性。精神贯穿一个人生命的始终,是生命力的表征。生命力强旺,精、气、神、血就充足丰沛,脉相也沉稳有力。如果血枯气散,精神恍惚,就是生命力衰竭或受损之象。

但精、气、神三者却是无形的。质藏于形内,又决定形的神韵风姿。中医理论认为:形有助于养血,血有助于养气,气有助于养神。如果形体完备无损,血液就能够流通(中医有"通则不痛、痛则不通"的说法);血液流通无阻,气就能顺畅,气一顺畅,神就飞扬爽朗。因此说,形能养气,气能安神,气不沉稳,思想就浮躁,不能静下心来。在这种状态下,做工作是收不到良好效果的。

精、气、神、血的稳定性是一个较长时期的过程。如果四者长期浮躁不定,精力不能集中,做事效率就低,个人才能就得不到充分发挥,事业兴衰可想而知,长此以往,命运的通达蹇滞不言自明;反之,精、气、神、血四者旺足,生命状态奇佳,精力高度集中,处于亢奋状态,就可以激发体内潜能,超水平发挥,平常有五分能力,突然间会暴涨至七八分,事业自然会顺利发达。成绩平平的学生会在关键一役考出高分,运动员会赛出惊人水平,原因就在于此。神是个人生命力、行动力、意志力和思考力的综合体现,是有质无形的东西,主要集中在人的面部,尤其是两只眼睛里。人们看不到它的实体却能够感受到它的存在。它是一种气质性的东西,能够在后天环境中发生变化。

智慧、阅历、才能和信心增长了,神也会更加飞扬爽朗,丰厚纯熟。生命力可以通过锻炼和加强营养来增强,行动力是在处理事务中增长的,意志力是在不断磨炼中增强的,思考力是在学习和应用中不断成熟完善的。四者可说是协调发展、相互促进的。意志力能把生命力提高到极限,在生命力脆弱时顽强地拼搏,也能克服恐惧和无助感,提高行动力,并帮助思考力找到正确的答案。思考力则能提高行动力的准确性,而经由行动力的不断实践又有助于提高思考力的正确性。由于修养深浅的不同,有的人气质内敛成大才,有的人锋芒毕露成中才。

读书也是修养。读书读到相当程度的人,身上的气质与其他人有所不同,仿佛有光,这是神的一种表现。眼神通过眼睛外现出来,犹如光从太阳里放射出来普照外物。

眼神表现为洒然而清,或凝然而重,来自内心的清明或厚重。如果眼神浑浊不明,一般来说内心的聪明智慧也不多。我们看到精气神有余的人,其眼光清莹流转,目不斜视,眉毛清秀尾长,面容澄澈如冰泉,清如一泓秋水。极目远眺时,如秋日长空里太阳照霜天;收回近看时,如春回大地和风拂花。处理事务时,果断刚毅,镇定沉稳,临危不乱,如猛虎踏步深山。与众人相处时,和和融融,却不为众人所淹没,像凤凰飞翔在雪原,不失娇美光彩,成为众人瞩目的焦点。坐如磐石稳,卧如栖凤静,行如江水徐流,立如孤峰立平原。沉默静养,气定神闲,言不妄发,性不妄躁,喜怒不动心,荣辱不变节。世事纠纷错于眼前,利色诱惑纷纭身畔,而守贞如玉、心静如水。动如猛虎、静若处子。而观精气神不足的人,往往似醉非醉,头脑昏昏。不愁似愁,经常忧心凄苦。似睡非睡,一睡便又惊醒。不哭似哭,经常哭丧着一张脸。不嗔似嗔,不喜似喜,不惊似惊,不疑似疑,不畏似畏。神色昏乱不定,容仪浊杂不清,惊惶恍惚的神情就像出现重大失误,凄惨悲壮而又痛苦不堪,甚至带着恐怖感,做事虎头蛇尾,有始无终。

做一个精满气足神清之人吧!

(写于 2014 年 1 月)

小议儒家思想

儒家思想是中华民族历史发展中形成的优秀文化，深刻而久远地影响着我们。儒家思想到底由什么构成呢？根据笔者的学习体悟，我觉得主要体现在奉天法古、内圣外王、知行合一、重在体悟、执两用中、和而不同、守常明变等七个方面。

一、奉天法古

儒家非常强调以天为则、以史为鉴，这就是要奉天法古。以天为则就是要效仿自然，顺从自然。对于自然，对于天地万物，我们必须按照其自身的规律去理解它，而不应该根据自己的主观愿望去随意地改变它。这不仅仅是道家的思想，也是儒家的思想。

《论语》里面提到，尧为什么伟大啊？"唯尧则天"！赞扬尧舜能够无为而治。无为而治不是一种消极的态度，相反，它蕴含着积极的意义。最典型的例子就是大禹治水。大禹没有采取"堵"的方式治水，而是顺应水性去化解水灾,儒家对他的做法给予了高度的赞扬。那么以史为鉴呢,唐太宗有一句话是"以镜为鉴可以正衣冠,以史为鉴可以知兴替"。中国历代的统治者,当政局稍微稳定之后,一定会修订礼乐,另外还一定会修前朝的历史。为什么?是为了总结前朝兴亡成败的经验教训,这就是以史为鉴。

二、内圣外王

"内圣"就是自己的修养要高,那么怎样提高修养呢?就是以君子为榜样来要求自己。但是,仅仅提高内在的道德、修养是不够的,还必须强调"外王"。"外王"就是所谓的"事功",即不仅要有内心高明的修养,还要把它运用到现实的生活中去,并做出成绩来。

在中国形容一个人品德好,就是立德、立言、立功。首先是培养自己的品德;然后还要"立言",就是说你的话能够让大家从中受到启发、受到教育;但只有立德、立言还不行,还要立功,就是要做出成绩来。

三、知行合一

内圣外王是指内外两个方面——既要有自己的修养又要有外在实际的业绩,就是强调要能够经世致用。怎么用呢?《中庸》就讲,要"博学之,审问之,慎思之,明辨之,笃行之"。"博学之,审问之"就是要多搜集资料,直接去考察一下;然后"慎思之"就是要慎重地思考;还要"明辨之",即辨析清楚;最后"笃行之",就是要落实到行动中去。"笃"就是实在的意思,要很坚定、实事求是地去做。儒家荀子有一句话叫"学止于行而至矣"。行,就是做学问的最高点了。朱熹也讲过一句话:"学之之博,未若知之之要;知之之要,未若行之之实。"意思是说你学问再广博,如果不能把握知识的要领,那做这学问也是没用的;但是你能够把握它的精神要点,又不如你去实实在在地做。"知"必须落实到"行",落实到"行"才是最重要的。

四、重在体悟

儒家强调学习是"为己之学"，就是要通过学习来提升自己的修养，所以并没有把学习看作纯粹的知识积累，而是把它看作提升自己智慧的工具。因此儒家就非常强调在学习中的"体悟"。

"体悟"一词中的"体"本身也包括前面所讲的实践，即身体力行。在体悟中，儒家更强调"悟"，"悟"就是通过学习知识来把握事物内在的精神，并灵活地运用它，而且在体悟中，儒家还非常强调对不同个体的针对性，而不是一种普遍的适用性。哪怕是有很多普遍适用的东西，也要针对不同的个体进行个别的处理。我想这就是儒家非常重要的学习和思维的方法。

五、执两用中

再一点就是，儒家非常强调"中庸"，这个"庸"是平常的意思，它还有"运用"的意思。所以中庸实际上也可以反过来讲，就是孔子讲的"执其两端，用其中"的"用中"的意思，强调过犹不及，要把握适当的度，把握中道。

中庸不是调和的意思，而是恰如其分的意思。比如你吃得太饱了不行，会撑得难受；同样，你吃不饱饿着也是不行的。对子女的教育也是，你放手不管不行，管得太严也不行。既不能太严也不能太慈，要做得恰如其分。掌握中庸之道并不容易，所以在《论语》里，孔子感叹道，现在很少有人能具备中庸这种品德了，常常都爱走极端。

六、和而不同

儒家的思想里面还有一个非常重要的观点，那就是"和而不同"，实际上就是多元并存和相互包容。这个世界只有多元并存才能够互相学习、互相推动，才有共同的发展。如果都是单一的，没有不同的意见，没有不同的思想，那么可以说就没有一个前进的动力。所以，"和而不同"也是儒家非常有价值的思想。

七、守常明变

儒家"守常明变"的思想,或者叫"知常明变",即认识到事物都有其原则,或者是根本的规律,但是这种规律应该在特殊的情况下灵活地处理。这在儒家那儿就称之为"经"和"权"的关系,"经"的意思就是有原则或者规律,"权"就是权变、灵活。比如儒家讲"男女授受不亲"。孟子讲这个是"经","男女授受不亲"这是根本原则。但是如果你的嫂子掉到井里面去了,你伸不伸手去救她?孟子说应该伸手,这就是"权"。你不能光是守着井让她掉下去淹死,这个时候你就要权变。知常还要明变,即知道"经"还要用"权"。

所以儒家非常强调顺时而变,要与时偕行。"时"这个观念,在儒家思想里面跟"中"一样非常重要。在《周易》里面就把"时""中"这两个字放在一起讲,又把"中""和"这两个字放在一起讲,所以"和""中""时"三个观念就形成了一个非常完整的处理问题的原则。"和而不同"的意义,就是多元并存。那么在处理多元关系时就不能对一个过、对另一个不及,而是要掌握好一个分寸,这就是"中"。但这个分寸也不是你想怎么样就能怎么样的,要看时机。这个时机就包括环境和条件,其实也就是一种机遇。有了机遇,一件事情才能真正地实现;如果没有这个机遇,那你的愿望也不一定能够实现。对于这一点中国古代有一句谚语做了概括,叫"识时务者为俊杰"。这句话本来是正面的话,俊杰是非常能够识时务的,所谓"识时务"就是能够把握时机,可惜后来多数被用到贬义上面去了,变成投机取巧的意思了。

把"时""中""和"这三个思想很好地融合起来,吃透并把握住,我想儒家考虑问题的方法和处理问题的原则就都有了,做一个真正的儒者也就不难了。

(写于 2014 年 6 月)

五十知非

当明天变成了今天，成了昨天，最后成为记忆里不再重要的某一天，我们突然发现，自己在不知不觉中已被时间推着向前走。这不是在静止的火车里，与相邻列车交错时，仿佛自己在前进的错觉，而是我们真实地在成长。以至于有人发出感叹：

人生中十种无能为力的事：

（1）倒向你的墙。

（2）离你而去的人。

（3）流逝的时间。

（4）没有选择的出身。

（5）莫名其妙的孤独。

（6）无可奈何的遗忘。

（7）永远的过去。

（8）别人的嘲笑。

(9)不可避免的死亡。

(10)不可救药的喜欢。

一晃间,我已过了五十岁的生日。五十,意味着半百。人生百年,五十,就是走完了一半。前半生,如何?后半生,怎样?然而,五十岁这一年又是怎样的感触?我在这一年里记下了这些文字。汇集起来,与已过五十岁生日的人和即将要到五十岁生日的人共享。

孔子说:"五十而知天命。"意思是说人到了五十才知道上天所赋予自己的使命。这大概是孔夫子的境界。但大部分人达不到,还是在稀里糊涂地过日子。我倒是欣赏孔子同时代的卫国大夫蘧伯玉说过的一句话:"年历五十,方知四十九年非。"

相传有一天晚上,卫灵公与南子夫人坐在屋子里闲聊,忽然听得远处传来车驾的声音,这声音越来越清晰,这马车自然也越来越近,眼看着这车就要从宫门前飞驰而过。可就在这时,马车的声音戛然而止,车子似乎停了下来。又过了那么一小会儿,马蹄的踢踏声、车轮的吱扭声重新又响了起来,听起来那车已离宫门而去。卫灵公很奇怪,问:"这是谁的车啊,怎么这么奇怪?"他的夫人说:"这一定是蘧伯玉的车。"卫灵公越发奇怪了:"夫人,你门都没出,怎么就知道是蘧伯玉的车子呢?"夫人答道:"我听说,蘧伯玉为了表达对君王的敬意,路过宫门要停车下马,步行而过。真正的忠臣孝子,不仅在光天化日下持节守信,而且在独处暗室时也如此。蘧伯玉是我们卫国的贤人,对朝廷尊敬有加,为人仁爱而智慧。"卫灵公不信,派人暗地查访,才发现昨夜驾车之人正是蘧伯玉。卫灵公又来到夫人那里,骗夫人说:"夫人,我派人查过了,那个人不是蘧伯玉,这回你可猜错了。"没想到夫人听得此言,取来杯子斟满了美酒,跪下来朝着卫灵公拜了两拜,慌得卫灵公连忙上前双手搀扶,问道:"夫人这是何意?"夫人说:"我这是恭喜大王您啊。我原以为我们卫国只有蘧伯玉一个出类拔萃的贤臣,既然昨晚那人不是他,那么大王您就又多了一位贤臣,这正是国家之福,难道不值得庆贺吗?"

蘧伯玉到了五十岁还在不断地反思自己的过错。《论语》中有一段话,翻译过来就是:有一天,蘧伯玉派人来拜望孔子,孔子向来人询问蘧伯玉的近况，来人回答说："他正在努力减少自己的缺点，可却苦于做不到。"来人走后，孔子对弟子说："这是了解蘧伯玉的人啊。"

前半生已过，确有很多感悟。有时候，我们以一句"人在江湖，身不由己"，为自己开脱。其实，反思、反省何尝不是一次心灵的洗涤。勇于承认错误，检讨自己，没有什么不好。其作用在于让我们今后的路走得更稳更好。宗教设立了忏悔法门，供人们忏其前愆，悔其后过。同样，共产党人也讲批评和自我批评。有感于斯，本书取名为《五十知非》。

需要说明的是，本人并非作家，驾驭文字的能力也差。只是兴之所至，随兴而作，恐贻笑大方。感谢许月琴女士，为本书作了分类，并对文字进行了校对。

（写于 2014 年 7 月）

我家叫"九思堂"

对老家的回忆，留在记忆深处的是"九思堂"三个字。刚识字时，指着家里两把老旧木椅上淡淡的毛笔字问奶奶："九思堂张良记什么意思?"奶奶告诉我，张良是我太公，写有"九思堂"三字的物件是我家的东西。此后，看到每添置一件新农具，父亲就会提毛笔在背面写上"九思堂文德记"（父亲大名叫"文德"，是私塾的先生取的名），甚至我家山上每棵毛竹都写上了"九思堂正上财"（此农活称作"捏釉"）。

原来我家叫"九思堂"。

前些年国学热兴起，尤其是于丹老师在《百家讲坛》讲"论语心得"时，我便找来《论语》读了起来。第十六篇《季氏》第十章，有这样一段话：

孔子曰："君子有九思：视思明，听思聪，色思温，貌思恭，言思忠，事思敬，疑思问，忿思难，见得思义。"

意思是：

孔子说："君子有九种要思考的事：看的时候，要思考看清与否；听的时候，要思考是否听清楚；自己的脸色，要思考是否温和；容貌要思考是否谦恭；言谈的时候，要思考是否忠诚；办事要思考是否谨慎严肃；遇到疑问，要思考是否应该向别人询问；愤怒时，要思考是否有后患；发现获取财利时机，要思考是否合乎义的准则。"

看到这里，我明白了"九思堂"的来历！原来"九思堂"里暗含着家训的智慧！

世事变幻，需要淡然的心境去面对。人世沧桑，需要我们心净。当今社会，功利浮躁，需要有一份静气。守得住身、口、意三业，有开阔的视野，听得进逆耳之言，有辽阔的胸怀，有正确的义利观。

有智者说过，人有天使的一面，也有魔鬼的一面，多欲则寡欢，只要心渐渐纯净了，人的欲望就会减少，幸福指数便会升高。其实，人生本没有太多的华丽，有的只是寻常。人生的轨迹不一定按我们喜欢的方式进行，天外有天，山外有山，人外有人，所以，我们必须让心淡定、让心宁静、让心纯净。境由心造，心安便是归处。是非成败，转身即空，当我们觅得禅机、阅得禅语、悟得禅意，拥有一颗纯净的心，我们就能听到来自天界的梵音，无论走在何处，我们都能轻颦浅笑，安静从容，绽放最美的自己。

"以铜为镜，可以正衣冠；以史为镜，可以知兴替；以人为镜，可以明得失。"这就要求我们时刻擦亮眼睛，明辨是非，还要做到兼听而不偏听，集思广益。如果我们能消除羡慕、嫉妒、恨，淡然于怀、素然于心、静然于世，那么，我们就可以时时享受日朗风清，时刻悠步于柳暗花明处。

有人说："四时流转，所有的路都是自己的选择，每一个渡口都是自己甘愿停留，因果从不曾亏欠你我什么，我们没有理由去抱怨。人生，不会一成不变，其实无论悲喜，能够勇敢地面对属于自己的风景，就是最美。"是啊，在生命里，简单才是最纯白的写意，寡欲才是最精彩的落笔，纯洁才是最美好的结局。我们不必整天双锁眉头，满脸忧愁，更不必怒气冲冲，似乎这个世界谁都欠我！

"心头有事三界窄，心若无事一床宽。"我们不要等到头破血流了才愿意回心转意，我们不要等到走到了绝地才知道回头、转身，我们要像莲花一样"出淤泥而不染，濯清涟而不妖"，用感恩的心去触摸世界、拥抱世界，永远爱他人、爱自己，在红尘路上且行且珍惜。我们来到这个世界，是来历练的。

所谓"红尘炼心",是让我们经历世事磨炼,让灵魂进步。行住坐卧皆是禅,语默动静体安然。若我们能时常"吾日三省吾身",尽力做到不怨不艾、不怒不惊、不嗔不奢,心有宁静和纯净,那么,晨钟暮鼓里一定会有我们期待的春暖花开,花开花谢中一定会有我们希冀的优质氧气。

"高山不语,自是巍峨;月亮无言,自是高洁。"我们可以一起撑一支岁月的长篙,将身心流放到万水千山中,拥一份缱绻的柔情,以一颗纯净的心,去阅读红尘路上的风景,去守候自己生命的花期。

我的祖先要求我们按孔夫子"君子有九思"的要求,把握并规范自己的言行举止。以温、良、恭、俭、让、忠、孝、仁、义、礼、智为标准,加强道德修养,修身齐家。我们兄妹几个虽算不上出人头地,但都温和谦让,也非见利忘义之徒,此亦可以告慰祖宗。

我想,如果我和我的后辈都能按"九思"的要求去做,就算是秉承好家风了!

(写于 2015 年 7 月)

文物为"三美临安"添彩

临安作为吴越国文化之地,文物资源丰富。临安市委、市政府一直以来高度重视文物工作。近年来,临安文物事业取得了很大发展,文物保护、管理和利用水平不断提高,特别是本届政府执政期间,博物馆建设工程的启动及即将竣工,吴越文化公园的建设,国保单位的增加,已经成为临安文博事业发展的亮点,极大添彩"三美临安"。但也要清醒地看到,当前处在城镇化快速发展的历史进程中,临安文物保护工作依然任重道远。

一、文物保护的背景

今年3月4日,《国务院关于进一步加强文物工作的指导意见》(国发〔2016〕17号)下发,将文物保护提到"进一步发挥文物资源在传承和弘扬中华优秀传统文化、实现中华民族伟大复兴中国梦中的重要作用"的高度。文物是不可再生的珍贵文化资源,是"金色名片",是生生不息、发展壮大的实物见证,是传承和弘扬中华优秀传统文化的历史根脉,是培育和践行社会主义核心价值观的深厚滋养。加强文物保护，让收藏在博物馆里的文物、陈列在广阔大地上的遗产、书写在古籍里的文字都活起来，对于传承中华优秀传统文化、满足人民群众精神文化需求、提升国民素质、增强民族凝聚力、展示文明大国形象、促进经济社会发展具有十分重要的意义。

文物事业在取得显著成就的同时，也应看到，随着经济社会的快速发展，文物保护与城乡建设的矛盾日益显现。随着文物数量的大幅度增加，文物保护的任务日益繁重，文物工作面临着一些新的问题和困难。全社会保护文物的法治观念有待提升，文物保护的配套法规体系尚需完善；一些地方履行文物保护的责任不到位，法人违法行为屡禁不止；一些文物保护单位因自然和人为因素遭到破坏，一些革命文物的保护没有得到足够重视，尚未核定公布为文物保护单位的不可移动文物消失速度加快；文物建筑火灾事故多发，盗窃盗掘等文物犯罪屡禁不止；文物执法力量薄弱，执法不严、违法不究现象时有发生；文物拓展利用不够，文物保护管理的能力建设有待加强。面对文物保护的严峻形势和突出问题，我们必须增强紧迫感和使命感，本着对历史负责、对人民负责、对未来负责的态度，采取切实有效的措施，进一步加强新时期的文物保护工作。

二、文物保护的方针与目标

文物保护应坚持创新、协调、绿色、开放、共享的发展理念，坚持"保护为主、抢救第一、合理利用、加强管理"的工作方针，深入挖掘并系统阐发文物所蕴含的文化内涵和时代价值，切实做到在保护中发展、在发展中保护。基本原则有：坚持公益属性，坚持服务大局，坚持改革创新，坚持依法管理。主要目标有：到2020年，文物事业在传承中华优秀传统文化、弘扬社会主义核心价值观、推动中华文化走出去、提高国民素质和社会文明程度等方面进一步发挥重要作用。文物资源状况全面摸清，全国重点文物保护单位、省级文物保护单位保存状况良好，市县级文物保护单位保存状况明显改善，尚未核定公布为文物保护单位的不可移动文物保护措施得到落实；馆藏文物预防性保护进一步加强，珍贵文物较多的博物馆藏品保存环境全部达标。文物保护的科技含量和装备水平进一步提高,文物展示利用手段和形式实现突破。主体多元、结构优化、特色鲜明、富有活力的博物馆体系日臻完善,馆藏文物利用效率明显提升,文博创意产业持续发展,有条件的文物保护单位基本实现向公众开放,公共文化服务功能和社会教育作用更加彰显……促进中外人文交流的作用进一步发挥。

三、临安文物的丰富厚重

临安文物以其鲜明的特色和突出的历史、艺术、科学价值,在全省文物保护事业的格局中占有重要位置。经过多年的努力,临安已初步建立起时代序列和类型较完整的文物史迹网络,逐步构筑起高中低结合的历史文化遗产保护体系。目前,全市调查登记时不可移动文物点1880处,其中全国重点文物保护单位4处7项,省级文物保护单位6处,省级历史文化街区1处,市级文物保护单位50处、文物保护点130处。馆藏文物3000余件,馆藏文物中一级文物51件、二级文物52件、三级文物314件。

钱镠墓为浙江省唯一一座保存完好的王陵;晚唐钱宽、水邱氏夫妇墓、五代恭穆夫人马氏康陵的天文星象图,为国内已发现时代最早、最准确的古代写实天文图;康陵的石刻浮雕彩绘艺术是江浙一带保存最为完好的历史艺术遗存。功臣塔为全省现存最早的砖木结构方塔,其构造和形制具有开创意义。馆藏文物中,"官""新官"款白瓷及越窑王室专用青瓷贮量丰富,堪称稀世珍宝;国宝级文物有唐代越窑青瓷褐彩云纹熏炉、唐代越窑青瓷褐彩云纹盖罂和唐代越窑青瓷褐彩云纹油灯三件。河桥古镇、天目古窑址群、洞霄宫、天目山墓塔群和功臣寺遗址等古文化与古建筑遗存,以其历史声誉和文化内涵形成了我市独特的文物资源优势。

四、加强文物保护和利用,促进"三美临安"建设

文物保护是功在当代、利在千秋的工作。《国务院关于进一步加强文物工作的指导意见》中指出:明确文物保护责任,落实政府责任,强化主管部门

职责，加强部门协调。其中政府要进一步提高对文物保护重要性的认识，敬重祖先留下来的珍贵遗产，依法履行管理和监督责任。政府要切实履行文物保护主体责任，把文物工作列入重要议事日程，作为地方领导班子和领导干部综合考核评价的重要参考。

作为文物保护的主管部门，我们一定守土尽责，敢于担当，积极履行职责，同时希望市委、市政府进一步重视，将文物保护纳入专项考核，对推进文物保护意义重大。

在加强文物保护的同时，还应加大文物的利用。一是做好文物资源的展示、开放。当前最为重要的就是做好临安博物馆的硬件建设、内陈设计、展陈布置，尽一切力量让这张临安城市的"金名片"及早亮相。做好吴越文化公园的规划设计完善工作，按照时间节点动工，尽早开放。二是开放文物景点旅游产业。如天目山、省级历史文化保护街区河桥老街的进一步旅游产业化；清凉峰杨溪村省级文保孝子祠、市级文保郎氏宗祠、韩世忠墓等，与周边省级文保昱岭关、陈家祠堂等的景点联合产业化。三是开发文博创意产品，成为新的经济增长点。深入挖掘临安文物资源的价值内涵和文化元素，注重实用性，体现生活气息，开放拓展文博产品产业，引导文化消费，促进大众创业、万众创新。如开发国宝功臣塔、白瓷海棠杯、熏炉、罂等文博产品，让文物"活"起来，丰富群众特别是青少年的精神文化生活。

（写于 2016 年 8 月）

红尘里炼心 工作中修行

白云相送出山来,满眼红尘拨不开。

莫谓城中无好事,一尘一刹一楼台。

——法演《邑中州座偈》

法演禅师,是北宋中后期临济宗——杨歧派的著名禅师,俗姓邓,今四川绵阳人,少年出家,35岁时落发受具足戒。入白云守端禅师门下,得受法印,后与白云守端禅师分座说法。法演曾先后住持安徽舒州白云山,后移至湖北蕲州五祖山东禅寺,故世人谓之"五祖法演"。

"白云相送出山来,满眼红尘拨不开。"此句中的"白云"一语双关,既指法演的尊师白云守端禅师,亦指真正的青天白云。法演禅师悟道后,白云禅师送他离开白云山,法演信心满满,决心倾其所学,下山度化众生。既然出山入城,自然身处红尘而不可躲。红尘俗世"拨不开"也罢,"拨得开"也罢,悟后起修、悟后保任,这万丈红尘是最好的清凉道场。

六祖慧能有言:"佛法在世间,不离世间觉。离世觅菩提,恰如求兔角。"

儒家《中庸》中,孔子亦云:"道不远人,人之为道而远人,不可以为道。"深山与城邑,皆是修行求道的场所。深山虽然清静,但条件艰苦,需要苦行;城市条件安逸,但骚扰太多!至于到底要在何处修行,全看个人的因缘造化。安禅未必一定要在山水之间,不用强求出世,也不必勉强入世,随遇而安才是修行之门。心净则处处是净土。

出世、入世本就是一,只因不论是选择出还是入,心中都尚且留有"世"的概念。若泯灭了这等分别心,出世、入世无二,自然出入皆可,随缘度化。人生难得,倘若因厌世,而放逐了自己在尘世应尽的责任、应了的事,定是得不偿失。"本来无一物,何处惹尘埃",厌倦尘世者,早晚也会厌倦山野,依凭环境而改变的心绪意志,本来就摇摆不定,不会长久。

"莫谓城中无好事,一尘一刹一楼台。"对出家人而言的"好事",便是得闻妙法、得悟大道,没有烦恼。在法演禅师看来,城邑之中并非没有修行之径,一尘一刹,无一不是修行道场。烦恼时正是修行时,骚扰处正是炼心处,化烦恼为菩提,转生死为涅槃!《华严经》云:"华藏世界所有尘。一一尘中见法界。"法界遍存,于是一尘一刹皆是修行的阶梯,一一度化参破,自身的境界亦随之提升。法演禅师于红尘中度化众生,与此同时,众生也在成全禅师的修行。于此,心净则见城中"好事",即使是污秽,也能随缘度化,最终演变成修行的一种门径。修行如达华严事事无碍境界,则无所谓入世出世了。正如真净偈曰:

> 事事无碍,如意自在。
> 手把猪头,口诵净戒。
> 趁出淫房,未还酒债。
> 十字街头,解开布袋。

达此境界,杀盗淫妄酒诸戒也不在话下了!

无独有偶,对工作中修行,明代王阳明也有自己的见解。"人须在事上磨,方能立得住,方能静亦定,动亦定。"这是王阳明特别打动人的一句话。

陆澄问王阳明:"清静时,便觉得心境泰然,但一遇事便感觉不一样了,怎么办呢?"王阳明说:"这是只知道静养,不知道做克除私心杂念功夫的缘故。这样来对待事情,心境便会反反复复。人必须在事上磨炼自己,这样才能够最终处变不惊,遇事泰然处之。"

这个在"事上磨"的功夫是很多人的瓶颈。很多事情想想蛮好,说起来也一套一套的,但往往最后却成了"心高命薄""小姐心丫鬟命"。红尘之中,我们面临的诱惑太多,走着走着就迷失了方向,忘记了初心。导致想的不去做,想做做不了,越做不了越想得多,最后只能靠想象抚慰自己了,把自己给打了个死结。

王阳明提出的"知行合一",就是主张人要在事上磨炼,把工作坊当作修道场,而不是像木鸡一样只是坐在那里呆想。道理都在我心中,积极的心态就能成就大事。知道的事情必须做到事中检验,只有做事才能证明你是不是真的知道了,"知而不能行,只是不知"。最终又提出了"致良知",也就是凭良知去做事,一个有良知的人,肯定是个能做事的人。做事是最好的修行法门。

这是因为,如果心不静而躁动,这些躁动就会在做事时被充分地激发出来。而要把事情做完、做好,往往不是那么简单的,"在左右为难中成长成熟",也是"事上磨"的意思。在当今复杂的形势下,有时会觉得左右为难还不是最难! 这就势必要尽量按住自己的心、耐住自己的性。而这,正是对心性的最好磨砺。通过事上磨、心上觉,去除私欲,克己复礼,让内心明亮清澈如镜,物来顺应,过而不着,就能修得强大内心。

当今社会人们普遍感到压力山大,对名利的追逐使心为物役。无论是贫是富,总觉得自己活得很累,不断追求更高、更强、更快、更多,如同与自己的影子赛跑,永无止境。只有那些身心中和、内心强大的人,才能知止得定,因定得静,静而生慧,得以致远。

王阳明告示世人,在红尘的生活与工作中,通过诚意净心,事上磨炼心境,提升心性,就能获得"动亦定,静亦定"的力量与智慧。

(写于 2017 年 12 月)

人生三友儒、释、道

如果说人生是一段段旅程，那中国人无疑是幸福的。每一段旅程，都有不同的智慧支撑着我们。儒、释、道是中国文化的三大精髓，南怀瑾先生说过，人生的最高境界是佛为心、道为骨、儒为表，大度看世界。技在手，能在身，思在脑，从容过生活。

儒、道、佛三家智慧各有侧重，而这种不同侧重恰恰可以对应人生的三大阶段：年轻时、中年时、年老时。大致说来，三十左右要学儒家，积极进取，要"拿得起"；四十以后学道家，懂得道法自然，要"想得开"；五十以后要学佛家，求解脱，这时要"放得下"。从前有位叫"惟信"的老禅师，有一次他上堂时说出了自己悟道的体会："老僧三十年前未参禅时，见山是山，见水是水。及至后来，亲见知识，有个入处，见山不是山，见水不是水。而今得个休歇处，依前见山只是山，见水只是水！"我想，人生在年轻时大都是见山是山，见水是水；到中年时，生活的阅历丰富了起来，有了一定的生活感悟，见山不是山，见水不是水；到老年时，一切看透了，回归了生命的本源，见山还是山，见水只是水！

如此说来,中国文化因儒、释、道的融合而趋向圆满,人生三阶段如果能贴合这三家的根本精神,就可以趋向圆满。

一、年轻时学儒家

儒家文化(进取文化):

(1)做人标准:仁、义、礼、智、信。

(2)人生观:自强不息,积极进取。

(3)世界观:协和万邦,在世界舞台上展现才华。

(4)价值观:忠孝节义,在创造中实现自我价值。

(5)哲学倾向:入世哲学。

(6)物质食粮对精神食粮的比喻:主食(如米饭、馒头等),不吃就会饿。

人在年轻时,思想刚刚开始成熟,刚刚踏入社会,在此时面临很多重大人生课题,比如学会做人做事、能够安身立命等。这时,需要的是打好做人做事的根基。

孟子言:"我善养吾浩然之气。"什么是浩然之气? 就是至大至刚之气,也可以说是正气。要有一身正气,这是做人的根基。

孔子言"吾十有五而有志于学",自此一生不辍;王阳明也说"志不立,天下无可成之事"。立志,这是做事的根基。

这两大根基,都需要也最适合在年轻时确定,如此之后铺开的人生才能有底线和方向,从而避免误入歧途甚至邪路。

人在年轻时,未经社会充分打磨,身上往往有很多毛病和弱点,如果没有修养功夫,就很容易跑偏,失去操守、投机取巧,最终变得圆滑世故甚至不择手段。

这就需要儒家的"内省"功夫,所谓"吾日三省吾身",勤于内省并及时修正,这是最有效也最容易上手的修养功夫,如果能养成习惯,日积月累之下就是真修养。

此外,人在社会上,最容易人云亦云、随波逐流,怯于与世俗存在差异。而儒家主张"和而不同",要求和气,但内心也要有自己独立的意见和品格,这样才能既不耽误为人处事,又能保持独立之思想、自由之人格。

人在社会上摸爬滚打,也最容易在周围人影响和现实刺激下不讲信用、不讲道义。这样的人,做人已经失败,做事必也做不大、做不久,甚至把自己折进去。

因此,儒家极力倡导的信、义,就显得尤其重要,最适合年轻人作为做事和做人的准则。

"恕",又是儒家的一大精神。人在社会上,面临复杂的局面,很多事都是不合理,很多人都有着这样那样的问题,如果没有宽容的态度,不但做不好人、行不好事,甚至连路都可能走不下去。懂得宽恕,这是一种涵养,也是做人的一种方法和策略。

最能概括儒家精神的一句话,就是《易经》中那句"天行健,君子以自强不息;地势坤,君子以厚德载物"。

上面所说,就是厚德载物,这是自强不息的基石,人品的底子好,事业的盘子才能大。有了这个底子,儒家最深入人心的,便是那强烈的进取精神,事情是需要去做的,是要努力去做才能成功的。

积极进取,刚健有为,安身立命,担起责任,实现自己的人生价值和理想,是儒家的目标,也是年轻人的方向。一代代志士仁人,践行着儒家所倡导的"穷则独善其身,达则兼济天下"。总之,儒家倡导对国家要忠,对父母要孝,对自己要讲气节,对别人要讲义。同时强调知命不认命,尽人事听天命,做到无怨无悔!

概而言之,儒家对于年轻人的要求,就是六个字:做君子,立事业!

二、中年时学道家

道家文化(规律文化):

(1)做人标准:领悟道、修养德、求自然、守本分、淡名利。

(2)人生观:顺其自然、自我完善。

(3)世界观:天人合一。人与自然和谐相处,以达到养生,追求生命的延续。

（4）价值观：以完善的自我带动和谐的社会。

（5）哲学倾向：出世哲学。

（6）物质食粮对精神食粮的比喻：如各种炒菜、汤羹等，不吃没滋味的食物。

中年人，大多已经有了比较深厚的阅历，有了一定的事业和物质基础，所以人生的主要课题也就发生了变化。这时需要关注的，便是道家智慧。

有个词叫"中年危机"，即中年时期往往会出现很多问题，而道家的葫芦里正是对症的药。

人在年轻时奋发进取、有所追求，到了中年时就可能形成一种停不下来的惯性，就好像一个人忙惯了，一旦闲下来就会无所适从、觉得无聊；人到中年，在具备了一定的积累之后，还像年轻人那样追求物质，也会有问题。

一方面，这可能让人模糊和忽视对真正的人生价值的追寻；另一方面，也可能使人陷入欲望无穷的泥淖不得脱身。不解决这些问题，精神品质和人生质量就谈不上。

老子认为，道生于安静，像水一样；静，才能沉淀，才能看清一切。

庄子讲静观、静坐。庄子寓言"呆若木鸡"，认为最厉害的鸡，应像木头那样安静、呆滞。

道家超越物质功利的思想，正是化解之道。老子说"甚爱必大费，多藏必厚亡"，庄子也一再强调"不以物累形""物物而不物于物"，人要超越物质，不为物质所奴役，用物而不是为物所用，才不会本末倒置、舍本逐末。

明白这一点，以超脱的视角去看，而不是困在里面出不来，就是药方所在。说白了，中年时期的问题，症结就在于眼界不够高、格局不够大。

跳出来之后呢？ 人生已经到了中段，是重启对人生意义的追寻的时候了。

人在年壮体健的时候不觉得，只有年老力衰甚至接近死亡时才知道，人生的意义有多重要，那关系着你在人生的最后时光，心中是否坦然踏实，是否能够无悔知足。

至于功名利禄，活着时当然有用，在生命的最后却只如梦幻泡影。中年时正是明白这些道理并开始着手实践的时候，不然就晚了。

何谓真正的人生价值？老子言"祸兮福所倚，福兮祸所伏""反者道之动"，庄子言"彼亦一是非，此亦一是非"，是非成败祸福，都是相对的，都会变化，世间之事的好坏没有一定。

人到中年，经历体验过的是非成败已经不少，就应当对此有所领悟，看淡一些，看透一些。然后就能回归自我，向老子所说的淡泊虚静靠近。这种转变，这种精神品质和人生质量的提升，才是实实在在的。人生的意义，不在于功名利禄，而在于内心的自由和安静。

此外，人到中年，身体也开始走下坡路，也到了该考虑养生的时候，而这正是道家的长项。

老子言："人法地，地法天，天法道，道法自然。"顺应自然，则正是道家养生的最高智慧所在。首要的便是要养神，神清则气和，气和则身安，办法就是老子说的"致虚极，守静笃"，返璞归真，清静淡泊。中年人大多焦虑，养神之法也最为切要恰当。

至于其他道家养生法，如太极拳、四季调和、饮食进补等，也要以"自然"为依止，不可过，不可强，才是正途。

概而言之，道家智慧对中年人的启示，就是八个字：看淡尘俗，追觅高远！

三、年老时学佛家

佛家文化（奉献文化）：

（1）做人标准：诸恶莫做、众善奉行、遵守十戒、心灵安定、运用智慧。

（2）人生观：慈爱众生、无私奉献。

（3）世界观：相由心生，世界就在自己心中；一念之差，便可创造地狱、极乐。

（4）价值观：在为他人献爱心、为社会作贡献的过程中实现个人价值最大化。

（5）哲学倾向：以出世的思想，做入世的事业。

（6）物质食粮对精神食粮的比喻：水果（如苹果、香蕉等），不吃不甜蜜。

人到了老年，已经看惯世间祸福成败，历尽人间沧桑巨变，是到了觉悟和放下的时候了。觉悟才能放下，放下就是觉悟，这正是佛家人生智慧的第一义谛。

放下，是不再计较。经历了那么多坎坷曲折，看过了那么多悲欢离合，心性被打磨了大半辈子，应当有沉稳淡定、宠辱不惊的质地，不再像年轻时那样爱争、在乎，于是计较就会越来越少。

人生就是这样，经历过，才会甘心；经历够了，才会放下。年老之时，正是考验一生之心性质地的时候。

至于名利，或者该有的已经有了，或者没有但已经不再上心。因为到了这个年纪，更懂得以前的那种活法是多么累；也看清了凡事有得必有失，为了得到一些东西，也失去了另一些东西，甚至更多。

所以更加珍惜当下，更愿意去欣赏身边生活中的美好，心时时跟自己待在一起，踏实安然。

这时的心态，就是平和淡然。这种平和，是一种历经风吹雨打后的坚韧；这种淡然，是一种看破看透后的达观。

往后看，是苏东坡的"回首向来萧瑟处，归去，也无风雨也无晴"；往前看，是庄子的"人生天地之间，若白驹之过隙，忽然而已"；合起来看，是李白的"浮生若梦，为欢几何？"是《金刚经》的"一切有为法，如梦幻泡影"。能有此感，就是真的放下了。

这种不计较的态度，已经近乎《六祖坛经》所说"无念为宗，无相为体，无住为本"了；这种活在当下、与真正的自己同在的状态，也近乎禅宗所谓的"明心见性"了。

这就是觉悟。即使已经垂垂老矣，能到此境，人生便也不虚度，所谓"朝闻道，夕死可矣"。

"放下"，只是佛家的一面；另一面，则是"慈悲"。看过和经历过那么多爱恨悲喜，看到世间还有无数人在欲海中沉浮，作为过来人，心中如何不会有一份大悲悯？所以很多的老人，我们常常能感觉到他们不仅平和安宁，而且慈祥善良，他们更体谅他人，更重人情道义，更加古道热肠，更能乐善好施。

所以，年老时学佛家，要追求的，就是八个字：心中安然，与人为善。

综上，有人说，儒家是粮店，道家是药店，佛家是大型超市。儒修身、道养身、佛修心！为此我认为"三十学儒、四十学道、五十学佛"是可取的。

西晋左思诗云："功成不受爵，长揖归田庐。"这正是最正统的中国式理想——先建功立业，后归隐田园，是一种世间价值和人生价值两全的圆满。三千年读史，不外功名利禄；九万里悟道，终归诗酒田园。

就像金庸武侠小说中的主角，很多都是先成为一代宗师，再携佳人归隐山林、自在逍遥。人生最好的一种状态是：前半生追求欲望，到后半生，就应该有控制欲望的自觉。

年轻时学儒家，中年时学道家，年老时学佛家，其实也正是这样一个路径：在岁月中一路成长，在阅历中一生修行，然后抵达人生的通透之境。

（写于 2018 年 10 月）

一只公道杯

　　这是一件令我非常激动的事,一位耄耋之年的陶瓷艺术大师,用传统技艺亲手为我制作了一个红色的瓷杯。这是个奇特的酒杯,如功夫茶杯大小。杯里立着一尊佛像。以我的有限见识,我从未见过,也不知道叫什么。大师见我疑惑的样子,就倒了一杯水开始演示,只见他往杯中注水,水位到了佛像肩膀部位停了下来,我看与普通杯子没什么两样。接着,他叫我注意了。他继续往杯中倒水,这时,一股水流从杯底射了出来,过了一会儿,杯中之水全部漏完,一滴不剩! 他把杯子翻了过来,只见杯底有个圆孔。大师向我解释,这个杯子叫"公道杯",是古人饮酒用杯。通常杯中央立一老头或龙头。他作了改进,塑了个立佛。杯内有一空心瓷管,管子下口通杯底的小孔,上口则在佛像肩部位置。

　　据传,明代洪武年间,官府在景德镇开设"御器厂",亦名"御窑厂",专门为皇宫制造御瓷。当时的浮梁县令为了博得皇上的赏识,下令"御窑厂"的瓷工半年内制出一种"九龙杯"来进贡皇上,县令亲自监制。由于"九龙杯"的制造难度大,时间紧迫,瓷工们夜以继日地进行研制。经过三个多月的努力,几十次的反复试验,终于获得了成功。县太爷快马加鞭将"九龙杯"送至京城,进贡给皇上。皇帝朱元璋看着浮梁县令进贡的陶瓷珍品"九龙杯",爱不释手。

在一次宴会上,朱元璋用这批"九龙杯"作为酒具,宴请文武大臣。一些开国大臣自以为功劳大、酒量大,把御酒酌得满满的,想大喝一场;有的大臣则比较谦虚,将酒斟得浅浅的。结果,那几位酒倒得满满的大臣滴酒未喝到,御酒全部从"九龙杯"的底部漏光了,反而酌酒浅的大臣高高兴兴地喝上了皇帝恩赐的御酒。看到此情此景,朱元璋哈哈大笑,口称"公道""公道"!从此,"九龙杯"便被称为"公道杯"。

知足者酒存,贪心者酒尽。

《尚书·大禹谟》曰:"惟德动天,无远弗届,满招损,谦受益,时乃天道。""满招损,谦受益"表明骄傲自满必然会招致损害,谦逊虚心就会得到益处。人不可骄傲自满,正如俗话所说,"骄傲使人落后,谦虚使人进步。"

在我看来"公道杯"还是个"廉政杯",作为一名公务员,如果履行好本职,尽职尽责做好工作,不作非分之想,虽不足以发财致富,但亦可以衣食无忧。但一旦贪污腐败,无论是"老虎"还是"苍蝇",只要伸手,必被捉!结果会导致身败名裂!多年的努力,付诸东流!不少发生在身边的案例,已反复证明了这个道理!

公道杯是运用了虹吸原理制造而成的。当盛水超过杯子容量的 70% 时,所盛之水便会全部漏光。储水只能到老人像胸口位置,所以又叫"平心杯",意在劝导人们凡事要心平,不可贪得无厌!

这次大师给我的杯子是经他改进过的,他除了把原来的老人形象改成佛像外,盛水容量也由原来的 70% 上升为 90%,从原来的胸部抬升到了肩膀位置。这样做的难度比以前更大,同时对公道杯赋予的内涵更丰富了。

我想这个公道杯,不仅仅是个酒杯、茶杯,也不仅仅是件普通的陶瓷艺术品。它除了触动人们思考"满招损,谦受益"这一哲学命题外,也寄托了老艺术家对社会和谐、公道、公平正义的期盼!是的,公正是社会主义核心价值观之一,是每个公民的内心期盼。拥有公权力的公务人员必须办事公道,平心履职,要时刻牢记权力是人民给的,把公平正义担在肩!

公道杯,我将以你为宥座之器,警醒自己!

(写于 2019 年 3 月)

写在良渚申遗成功之际

2019年7月6日,联合国教科文组织第43届世界遗产委员会会议通过决议:"良渚古城遗址展现了一个存在于中国新石器时代晚期的以稻作农业为经济支撑、并存在社会分化和统一信仰体系的早期区域性国家形态,印证了长江流域对中国文明起源的杰出贡献。""良渚古城遗址",从此正式被列入《世界遗产名录》。

良渚古城遗址作为良渚文化的权力与信仰中心,以其建造于距今4300—5300年的规模宏大的城址、功能复杂的外围水利系统、分等级墓地(含祭坛)等一系列相关遗址,以及以具有信仰与制度象征的系列玉器为主的出土物,揭示了中国新石器时代晚期在长江下游环太湖地区曾经存在过一个以稻作农业为经济支撑的、出现明显社会分化和具有统一信仰的早期区域性国家,以及这个早期区域性国家在城市文明方面所创造的"藏礼于城"和"湿地营城"的规划特征,展现了5000年前中华文明乃至东亚地区史前稻作文明发展的极高成就,填补了《世界遗产名录》东亚地区新石器时代城市考古遗址的空缺,在人类文明发展史上具有重要意义。它让5000年中华文明有了实证依据。

　　良渚遗址的考古发掘于20世纪30年代,但到现在,仍有不少谜团尚未破解。如出土的代表性文物玉琮,刻在它表面的神人兽面纹是良渚文化的独特标志,它像人又像兽,神秘而诡异,其复杂和精细的程度让人感到匪夷所思。它代表着什么?有什么含义?学术界没有一致的看法,至今仍在争论。

　　1986年,考古学者在良渚反山遗址发掘了良渚文化大墓11座,出土了1200多件套玉器,其中有一件高8.8厘米、重6.5公斤的玉琮,为目前已知良渚玉琮最大的一件,享有"琮王"的美誉,称为"玉琮王"。这件玉琮的四个正面均雕刻有完整的神人兽面纹图案,图案上部为人像,脸呈倒梯形,重圈圆眼,两侧有三角形的眼角,宽鼻,用弧线勾出鼻翼,大口,露出两排16颗牙齿。头戴宽大的羽冠,冠上羽毛呈放射状排列。双臂抬起,肘部屈曲,双手五指平伸插于兽面眼眶两侧。中部是兽面,重圈为眼,双目圆睁,两眼间有短桥相连,宽鼻,阔口,似乎有上下两对獠牙露出唇外,中间有细小的犬牙。下部为兽足,双足呈爪状相对,爪甲尖利弯曲。

　　对于人像的看法,学者们的意见比较统一,认为它是良渚人的真实描绘，只不过他不是普通人，而是拥有超常能力、能征服猛兽的"神人"。在评价兽面纹时，学者们的看法出现了比较大的分歧，有人认为是虎纹，有人认为是鸟纹，有人把它看作最原始的龙纹，有人认为它是鳄鱼纹，还有人认为它是综合多种动物形象而抽象出来的图像。而对于整个人兽合一图案的理解，更是众说纷纭，莫衷一是。

人像的最大特征是头戴羽冠，因而学者们就推测，良渚人很有可能就是古代传说中的"羽人"。《山海经·大荒南经》记载："有羽人之国，其人皆生羽。"《海外南经》又记载："海外有西南陬至东南陬者……羽民国在东南，其人为长头、身生羽。一曰在比翼鸟东南，其为人长颊。"另外，在《吕氏春秋·求人篇》《淮南子·原道训》等著作中也有类似的记载。有的学者认为，尧舜时代南方地区有"羽人国"存在，并认为"羽人"就是良渚人的先民。我不反对这样的推测，但更倾向于认为是巫师的一种扮相，犹如酋长佩戴皇冠一般。

关于兽面纹，说法很多，学者们旁征博引。如虎纹说认为，神人兽面纹中的兽纹双目圆睁、獠牙外露、爪甲长而尖利都是食肉动物的特征。长吻食肉动物（如狼等犬科动物）的正面形象嘴往往显得较小，而只有短吻的食肉动物（如虎等猫科动物）的正面形象才是图案中那样的大嘴。在神人兽面纹中，虎作踞地俯伏状，表示神人有足够的能力驾驭猛虎。

笔者认为，神人兽面纹既然是良渚人的族徽，刻有神人兽面纹的器物必定与良渚人的生活息息相关，它不仅用于祭祀和陪葬，还应用于军事、经济、文化活动等方面。我们可以设想，画像中的神兽，是否是日常生产生活中遇到最多的、最平常的动物呢？因此，我的结论可能会让那些学者大跌眼镜，那动物则不过是只蟾蜍或虎纹蛙而已！

首先，从形象上看，大眼、大嘴、有疙瘩的皮肤、爪子等都与蟾蜍或虎纹蛙的特征相符。有疑问的是牙齿。我以为，学者们认为的獠牙，有可能是蟾蜍的唾沫，因为在其他图案中被画为圆圈。中间的牙齿细小、稀疏，符合蛙牙特征。

其次，从玉琮的功用来说，玉琮作为礼器，主要用于祭祀。

"琮"始见于《周礼》等古籍。其形以《周礼·考工记·玉人》所释："大琮十有二寸,射四寸,厚寸。"《白虎通·文质篇》曰:"圆中牙身玄外曰琮。"郑玄补注《周礼》时说:"琮,八方象地。"南唐徐锴释琮时讲:"状若八角而中圆。"后因后人难辨琮状的实体,以致南宋时称为"镇圭"。至清乾隆按东汉许慎《说文解字》,以"琮,瑞玉,大八寸,似车釭"的说法为据。

经考证,良渚遗址出土的玉琮距今 4000—5000 年,其功能与意义有:祭祀用的大礼器之一,它与玉璧、玉圭、玉璋、玉璜、玉琥被合称为"六器"。是我国古代重要礼器之一,由《周礼》"以苍璧礼天,以黄琮礼地"可知,玉琮成为统治阶级祭祀苍茫大地的礼器,也是巫师通神的法器。玉琮的造型是内圆(孔)外方,似是印证"璧圆象天,琮方象地"等道理。巫师也常用玉琮来镇墓压邪、敛尸防腐、避凶驱鬼。

当然,一方面,玉琮是权势和财富的象征。玉琮于墓葬中出土时有如下特征:墓葬规格高,规模大,随葬品较丰富;墓主人多为男性;琮常与璧伴出,一些墓中有殉葬人的现象。种种现象说明琮与原始宗教及祭祀礼仪密切相关,它的主人必属部族酋长、大祭司巫师之上层人物。从发掘现场可以看到,墓主身份越显赫,殉葬品中的琮、璧就越多,似乎要显示墓主生前的身份,可见玉琮象征着财富与权势,也代表良渚文化时期的一种葬制。

另一方面,玉琮还是日常捕捉蟾蜍的工具。捕捉蟾蜍时,蟾蜍会喷射一种有毒的液体,喷入眼睛会致人眼瞎。我猜想,部落首领平时会把小的玉琮戴在手臂上,用时随手摘下。我认为神人兽面纹中的兽是蟾蜍,是因为蟾蜍并非简单之物。

蟾蜍,也叫"蛤蟆"。两栖动物,体表有许多疙瘩,内有毒腺,俗称"癞蛤蟆""癞刺""癞疙宝"。在我国分为中华大蟾蜍和黑眶蟾蜍两种。从它们身上提取的蟾酥以及蟾衣则是我国紧缺的药材。蟾蜍属水陆两栖动物,皮肤布满小孔,具有渗透性,外加它们从出生就没有羊膜和壳等结构的保护,致使它们对环境的敏感性要高于其他类群。两栖动物被认为是检测环境变化的风向标。蟾蜍又被赋予神秘色彩,《后汉书·天文志》上说"言其时星辰之变",南朝梁刘昭注:"羿请无死之药于西王母,姮娥窃之以奔月……姮娥遂托身于月,是为蟾蜍。"蟾蜍后用为月亮的代称。

蛙的繁殖力强,产卵多;变化多,从卵变为蝌蚪,又变成蛙;蛙的能力强,是水陆两栖动物,捕虫速度快;力量大,特别是弹跳高,可奔月宫。

良渚作为水稻耕作区,湿地纵横,最多的是蛙类。蛙可能是良渚人的图腾和崇拜物!

"蛙"字由圭和虫组成,圭是重土,是祭祀用的土台。蛙可能是祭祀用品。琮是用来捕捉蛙的工具,曾被称作"镇圭"。琮的中孔一头大一头小,小的朝上,可能是为了防止蛙从里面往上蹦出。

综上所述,我认为,神人兽面纹中的兽是蛙或蟾蜍。但这只是我的一个猜测。

（写于 2019 年 7 月）

读唐人离婚书《放妻书》

今日读到一则《放妻书》，感到颇为有趣。阅读之余，佩服唐人"一别两宽，各生欢喜"的胸怀和智慧。

这是1900年出土于敦煌莫高窟的唐代文献，全文如下：

盖说夫妻之缘，伉俪情深，恩深义重。论谈共被之因，幽怀合卺之欢。

凡为夫妻之因，前世三生结缘，始配今生夫妇。夫妻相对，恰似鸳鸯，双飞并膝，花颜共坐；两德之美，恩爱极重，二体一心。

三载结缘，则夫妇相和；三年有怨，则来仇隙。

若结缘不合，想是前世怨家。反目生怨，故来相对。妻则一言数口，夫则反目生嫌。似猫鼠相憎，如狼羊一处。

既以二心不同，难归一意，快会及诸亲，以求一别，物色书之，各还本道。

愿妻娘子相离之后，重梳蝉鬓，美扫蛾眉，巧逞窈窕之姿，选聘高官之主,弄影庭前,美效琴瑟合韵之态。

　　解怨释结,更莫相憎;一别两宽,各生欢喜。

　　三年衣粮,便献柔仪。伏愿娘子千秋万岁。

于时某年某月某日某乡谨立此书

　　这段话的大致意思:谈到夫妻缘分,都说恩深义重;说到同床共枕,都会想起当时结婚时的誓言。两人成为夫妻,都是前世的缘分,今生才能走到一起。如果姻缘不合,那就是前世的冤家,纠缠到了今生。妻子常常会絮絮叨叨、整日抱怨,丈夫也心生厌烦、动不动就翻脸。两个人就像猫和老鼠一样互相憎恶,也像狼和羊一样各怀心事。既然两个人的心思不同,也就不可能达成一致;不如尽快通知彼此的亲友,就此分手、各走各的道。希望你我分手后,你可以注意梳妆打扮、装点自己,保持窈窕的身材,能够嫁到达官贵人家里。千万记得要放下心结、抛掉你我恩怨,更不要再相互憎恨。这样,一别两宽,你我都各自满怀欢喜地开始新生活。在此,给予你衣物、米粮等日用品,算是我的一点心意。祝愿你在今后的日子里平安长寿。

　　敦煌学研究者认为,这份放妻书是我国迄今发现的最早的“离婚协议书”,其年代跨越唐末至北宋年间,约在公元9世纪至公元11世纪前后。

　　《放妻书》的行文:首先讲理想的婚姻应该是怎么样;其次讲现实的婚姻状况,亦即离婚的原因;最后说明离婚善后事宜。

　　《放妻书》的不同寻常之处在于,极不和谐,乃至水火不相容的婚姻关系,最后又以极其和谐的方式告终。

　　与现代人离婚时前水火不容不同,在唐代离婚文书《放妻书》中,有宽怀文雅的文字。甚至,还有善良美好的祝愿:愿妻娘子相离之后,重梳婵鬓,美扫蛾眉,巧逞窈窕之姿,选聘高官之主。

　　唐朝女子再嫁不为失节:“一别两宽,各生欢喜。”

　　与唐宋时期不同,明清时期休书,往往语气生硬,遣词造句非常绝情。《喻世明言》中描述蒋德休妻,在休书中点明“妻王氏多有过失,正合七出之条”。在发现的一份咸丰三年的休书中,立休书的赵姓男子写道:“妻勾氏不守妇道,凡事不让不忍,多嘴多舌,搬弄是非,虽经多次劝解,恶行不改……”

反观唐人《放妻书》，语气很缓和，只有"相离""分离""离别""相别"之类词汇，绝不见"斥""逐""弃"之类字眼。

《放妻书》强调宿世姻缘，或云"凡为夫妻之因，前世三生结缘，始配今生夫妇。""若结缘不合，想是前世怨家。反目生怨，故来相对"。认为现实婚姻中夫妻感情的严重冲突，乃至感情完全破裂。既然如此，其出路也就只能是冤家宜解不宜结，好说好散。

或即基于这种认识，放妻书会拿出一段祝愿对方的话，如"相隔之后，更选重官双职之夫，弄影庭前，美效琴瑟合韵之态"。

有研究者认为，男女双方自愿离婚的"和离"，只是唐朝离婚的三种制度之一。唐朝法律还规定了强制离婚。夫妻凡发现有"义绝"和"违律结婚"者，必须强制离婚。"义绝"是一种强制离婚制度。如果夫妻之间、夫与妻的亲属之间或妻与夫的亲属之间、夫妻双方的亲属之间，发生了法律所指明的事件，如殴打、杀害、奸情等，不论夫和妻的意愿如何，必须离异，违者要受刑事处罚。

另外，夫方单方面提出的强制离婚，即"出妻"也是当时的一种离婚形式。"七出"作为离婚的条件，在西周就已出现。《周礼》规定，丈夫可以以七种理由休弃妻子，即所谓的"七去"，也叫"七出"：不顺父母、无子、淫、妒、恶疾、多言、盗窃。

但也有不能离婚的规定，即"三不去"：

"有所娶而无所归"是指女子出嫁时有娘家可依，但休妻时已无本家亲人；

"与更三年丧"是指女子入夫家后与丈夫一起为公婆守过三年孝；

"前贫贱后富贵"是指娶妻时贫贱，但以后变得富裕。

和离可能出于双方自愿，但又以父母做主为前提，因此它只是"七出""义绝"的补充。另外，由于古代男尊女卑，男子往往掌握着婚姻的主动权，加上经济等因素的考虑，女子往往是婚姻的弱者。《放妻书》达成的和离，其中很可能至少有一半以上是男子提出离婚，而女子被迫同意的。

（写于 2019 年 7 月）

这个班有点"不一般"

这个标题,首先是解决我自己的一个疑惑。

我是高一(1)班的,但我又不是高二(1)班的！高二最后一个学期文理科分班,我从(1)班分出去了。但我仍是你的同班同学！因为我们同过班,甚或同桌！只不过我不一般(偷笑)！其实我想说,我们不一般！

我们能成为同学不一般

我毕业于太平初中。太平乡位于余杭的最西部,与安吉县、临安县接壤,是个山区乡镇,所以,我们被称作"山里人"(贬称"山里炮")。与我同龄的人,不少还没走出过山里。所以,当地人称一个人有点成就,就会夸奖说:出山了！可见能够走出山里,在当地人心目中的分量有多重了！

我们前面几届的初中毕业生是定向到黄湖中学读高中的,从我们这届开始,到瓶窑中学读高中(至于什么原因,罗耀来老师在他的回忆录中讲了)。据吕灵仙同学回忆,我们太平初中到瓶窑中学的同学一共有十四位。

当时如果还是分到黄湖中学,那我们就不能到瓶窑中学做学生了!

从我个人看,也有偶然性。我和张海滨是同一村(时称"生产大队")的。当时分给我们村的读高中就两个名额。谁能读书是由大队党支部书记定的,美其名曰"选拔推荐"。当时,书记的至亲有三人,都想靠着关系让孩子读高中。被弄得头痛了的书记就说,谁分数高谁去。结果第一名的张海滨和第二名的我就与大家成了同学。

这不稀奇,相信每位同学都有自己的故事,套用流行的话说,"缘分! 不是冤家不聚头"! 嘿嘿! 当初的小冤家们,大家好!

我们的老师不一般

我记得开学报到的第一天,我们一帮山里的孩子,乘着客车从太平来到瓶窑街上,挑着被褥、水瓶、脸盆、衣物等,手上还提着一大堆,在大人的陪护下,挤过里窑大街,到瓶窑中学报到。报到处,一位头发有点蜷曲、满脸红光的老师热情地接待我们,他对每位来他班里的学生都是那么热情,圆圆的脸笑起来很好看。他就是我们的班主任岑老师。他给我的感觉是既亲切又有点洋气,因为他有时会抱着我的额头亲一下。这种礼节对从乡下来的我还是第一次,感到有点羞涩。后来得知,岑老师毕业于哈尔滨外语学院,主修俄语辅修英语,毕业后分配到当时的七机部(第七机械工业部),给苏联专家当翻译,中苏关系破裂后回到杭州。岑老师总把我们当作自己的孩子。我们太平住校生因为路远,不方便回家,买饭票的钱和粮票接济不上时,他总会给我们先垫上!

我们的老师不一般,还因为他们中有不少是班上同学的父母! 如吴兵同学的父亲是学校的书记,平时很严肃,但又特别关心我们;数学陈老师是小校同学的爸爸,好像东阳口音很重;地理乔老师是河南人,他的女儿也是我们同学,只不过男女生不交往,不知道她叫什么名字。当然也有同学把老师变成爸爸的,如吴诗兵同学,毕业后成了岑老师的乘龙快婿! 更特别的是一对夫妻老师,两人同时教我们——那就是罗耀来老师和王玲珠老师,一个教物理,一个教化学。罗老师后来成了校长,后又升任县教育局局长。语文史老师也特别好,人很文静,和岑老师一样家住杭州城里。我很羡慕的是,他们每周六早上都会去集市买只老母鸡,傍晚下班以后坐上 13 路公交车带回杭州与家人团聚。一周吃只老母鸡,对当时的我来说已完全超出了想象。也许老师们也不容易,要借着一只老母鸡表达他们对家人的爱意吧!的确,我们的老师不一般,他们是有情有义的老师!

我们的经历不一般

由于我们的高中学制是两年的,在瓶窑中学只读了两年书,却是我们人生中最值得珍惜和难以忘怀的青葱岁月。古人说,行百里者半九十。是说剩下的十里有相当于前面九十里的路程。而我老是把前面的十里当作人生的一半。从瓶窑中学离开后,每位同学都沿着自己的轨迹走,都有自己的抛物线。毕业后天各一方,但是工农商学兵、党政军民医都有我班同学的身影!

人的命运各不一样。各人的经历也是各不重复的,是不一般的。月有阴晴圆缺,人有悲欢离合。有位美学家曾说过:"这个世界之所以美满,就在有缺陷,就在有希望的机会,有想象的田地。换句话说,世界有缺陷,可能性才大。这种可能而未能的状况就是无言之美。"如意的,不如意的;幸福的,不幸福的,都是我们的遭遇。相比早我们一步去了天堂的同学,我们现在能相聚,就是幸福的!

该来的一切都会来,让我们轻轻松松走好今后的路,不乱于心、不困于情,不念过往、不畏将来。

我们的友谊不一般

我旁观过,也参加过一些同学会,有不少同学会上大家相见一笑,问下名字,加个微信,说声以后常联系,然后就没了下文,各自回归自己的生活。

最近,跑到一个景区,他们打出的广告语吓了我一跳:"这里是中国最黑暗的地方,晚上可以望见星空。"一想也对,现今到处是光污染,很难找到一片黑暗的夜空,可以静静地仰望月亮,清点星星。这对以前点煤油灯过来的我们来说,真可谓物是人非了!同样,人与人之间的交往也是如此,我们有了手机、微信,不管你在地球的哪一角,都可以找到你!当今的人虽没有前人的呆气,可再也没有前人的苦心与热情了!人世间的离别之苦,相思之苦,烽火连三月,家书抵万金的焦虑,以及久别重逢的喜悦……都将失去。

正如一首歌所唱:

> 相见不如怀念,
> 就算你不了解。
> 对你不是不眷恋,
> 也许心情已改变。

害怕失去当初的感觉,相见不如想念!

但我想,我们的友谊是不一般的!离别四十周年的相聚,是令人向往的。相信我们有说不完的话,捶不完的拳,干不完的杯!我们都到了接近或已经退休的年龄!

是到打开第二个锦囊的时候了!第一个锦囊是在我们下山时,老师在上面写着"不要怕",它鼓励我们一路前行!同学会,现在打开我们的第二个锦囊,上面赫然写着"不要悔"!我们应该有一个无怨无悔的人生!

退休是人生的第二个黄金时节,是"有钱有闲"、大把时光可以消费的时节!同学会,是规划我们未来人生的又一次机会。

所以,我不会缺席这次四十周年同学会!网上有段话,我很欣赏:同学会,混得再不好,我也会去。不为攀比,不为互助。只想作为一面镜子,照见青春,照见彼此。同学,是我们的影子,你逃不了,也踩不住。同学会是一场皮影戏,去与不去,都不会缺席,因为我们注定要活在彼此的记忆里。年轻时,如何攀比,如何假装,如何钩心斗角,都不重要。重要的是,我们终归会有一天,把布满皱纹的手搭在一起,不愿分离。

(写于 2019 年 11 月)

言满天下无口过

　　语言是一门艺术，因言语不当，无意中得罪的人不在少数。能做到"言满天下无口过"，是一件十分不简单的事。但古人也提供了"善言无瑕口"的案例。宋人张邦基在《墨庄漫录》中曾录有一则与苏轼有关的乡谈趣闻。

　　苏轼在翰林院供职时，他的弟弟苏辙在处理政务的机构为官。有个早年与苏氏兄弟有往来的旧交，写信求苏辙在任内为他谋份差事，久而未遂。一天，这人找到苏轼，说："鄙人想托学士为我的事情跟令弟打个招呼。"苏轼沉吟片刻，跟他说了个故事：

　　过去有个人很穷，无以为生，就去盗墓。他挖开一座古墓，见有个全身赤裸的人坐在棺内对他说："我是汉代的杨王孙，提倡裸葬，没有财物可接济你。"盗墓人无奈，又费了好一番力气挖开了另一座古墓，见有个皇帝躺在棺内对他说："我是汉文帝，墓里没有金银玉器，只有陶瓦器皿，无法接济你。"盗墓人颇为丧气，见有两座古墓并排在一起，就去挖左边这座墓，直挖到精疲力竭方才挖开。只见棺内有个面带菜色的人对他说："我是伯夷，被饿死在首阳山下，没办法帮到你。"接着，伯夷又说："我劝你还是别费力气再挖了，还是另找个地方吧，你看我瘦成这样，我弟弟叔齐也好不到哪儿去，也帮不了你。"听完苏轼所说的故事，旧交顿悟，大笑而去。

苏轼以讲故事的形式，巧妙地运用了三个典故，将自己兄弟俩严于律己、不谐流俗的意思，逐层循次地表达了出来，语言生动婉转，妙趣横生，取得了非常好的婉拒效果。他既说出了自己的原则，又让故人会心而去，言满天下，不留罅隙。

鬼谷子也曾说过："与智者言依于博，与博者言依于辩，与辩者言依于要，与富者言依于豪，与贫者言依于利，与勇者言依于敢，与愚者言依于锐。"意思是告诉人们，和聪明的人说话，须雄辩滔滔；与见闻广博的人说话，须凭辨析能力；与善于辩论的人说话，要突出要点；与有钱的人说话，言辞要豪爽；与穷人说话，要晓之以利；与勇敢的人说话，要勇敢；与愚笨的人说话，要锋芒毕露。

可见，言满天下无口过，是智慧，也是艺术，是一门语言艺术、做人艺术。正如老子所言"多言数穷，不若守中"，做人懂得把握言语的奥秘，把握何时该说、该说什么、如何说，自然做人无过，这个时候即便多言也无妨了。

（写于 2023 年 1 月）

在 50 岁时，我曾怀揣着一个梦想，希望将自己日常写的散文编辑出版，与读者分享我的所见所思所感。因此，当时我起了一个书名《五十知非》。这个书名寄托了我对人生的一些思考和领悟，但由于种种原因，书一直没有出版。

如今，时光流转，有 40 多年工龄的我即将告别工作岗位，迈入自由自在的退休生活。回首过去的岁月，我感慨万分，也倍感欣慰。于是再次燃起了将此书编辑出版的激情，作为人生的一个小结。但这本记载我 60 岁之前工作与生活的散文集，取什么书名好呢？一直令我纠结。

我的家族堂号为九思堂，小时候不明所以，只知道父亲会在家里新置的器物上用毛笔写上"九思堂正上财"几个字。长大了才知道，九思，取自《论语·季氏》。

孔子曰："君子有九思：视思明，听思聪，色思温，貌思恭，言思忠，事思敬，疑思问，忿思难，见得思义。"

我的理解是孔子告诉我们，君子有九种要用心思考的事：

看要看得明确，不可以有丝毫模糊；

散步山河历史间

耳闻声音而心能辨别其真伪,不能含混;

脸色要温和,不可以显得严厉难看;

容貌要谦虚恭敬有礼,不可以骄傲,轻视他人;

言语要忠厚诚恳,没有虚假;

做事要认真负责,不可以懈怠懒惰;

有疑惑要想办法求教,不可以得过且过,混日子;

生气的时候要想到后患,不可以意气用事;

遇见可以取得的利益时,要想想是不是合乎义理。

我的祖上以九思堂为名,实际上寄含了家训。我作为长子、长孙,既要承袭堂号,又要带头遵守家训。因此,我决定将书名从《五十知非》改为《散步山河历史间——九思堂随笔》。后来,我听取了出版社编辑的建议,简单易记的书名更容易吸引读者,而且书里已经有关于九思堂来源的说明,所以不再放副书名。于是,书名最后定为《散步山河历史间》。

这本书分设访今怀古、经史札记、山水禅心、诗词赏析、哲思小品等5编,收文82篇,各编按文章写作时间先后为序。以散文形式记录了我多年来的一些见闻感受,是我生活的一些经历,也是我心灵的倾诉,更是对人生的一次总结。在这些篇章中,我试着穿越时光的长河,去感受历史的厚重与风华,领略山水的壮丽与恬静,思考人生的意义与价值。

在这里,我要衷心感谢我的家人、朋友和读者们的支持与鼓励,是你们让我有了追逐梦想的勇气,有了坚持不懈地创作的动力。我要感谢浙江省文联副主席,省作协原党组书记、副主席臧军先生,是他在百忙中为本书作序和编辑文稿。我还要感谢许月琴女士为本书进行了初步整理,感谢浙江工商大学出版社编辑厉勇等老师的辛苦付出。

鉴于本人水平有限,错误在所难免,恳请广大读者朋友批评指正。最后,我衷心希望《散步山河历史间》能够在繁忙的生活中给予您片刻的宁静和思考。与您一起走进山河,走进历史,感受生命的美好和无尽的可能,感受历史的灿烂和深远的文化。

张发平

2024年5月于临安九思堂